【花渡】

鍾偉民

鍾偉民，作家，著有《雪狼湖》《花渡》《月照》《四十四次日落》《紅香爐紀事》《水色》等小說，格局多適宜改編為音樂劇。詩集有《一卷灰》《稻草人》《故事》等；散文集有《驚青集》《如何處理仇人的骨灰》等。作品曾在北京、廣州、香港、台北出版。

目錄

變奏五

變奏六

《造蛹：小說而後音樂劇》

——《花渡》舞台版序

1. 憑據

小說，都可以編成音樂劇；但有一些，只可以編成悶死人的音樂劇。譬如，一個人在棺材裡的掙扎史，拍電影還成，換一副壽板擱舞台上，擱到散場，主角才踹開棺蓋出來謝幕，你喝得出采？悲歌咕嚕咕嚕，是可以從板壁鑽的窟窿透出來，但壓根兒那只算一個音樂盒，要看劇的，能不割凳？

西班牙片《活埋》（Buried）講一個拉車的黑暗中醒來，摸到手機鋼筆打火機。他在伊拉克幹活，卻給砸昏了裝入棺材；確當地說，是教材。導演用一管內窺鏡，把旁觀者也送入四塊半，陪車伕喘上兩小時。換了音樂劇，怎表現黑箱裡的欲生欲死？熒幕上一隻伊拉克音樂盒，可以死不揭蓋；但興頭上去看現場，埋棺的綁匪不撕票，一眾看官，恐怕都悶得咬着舌頭把票撕了。

「交出這種盒裝小說，讓改編的方家頭大，恰當？」一九九六年，繁華未落。能去推敲音樂劇，該是怎麼一個寫法，回望也是一場因緣。「儘管寫，別擔心寫了做不做得來。舞台的事，我們解決。」張學友先生說。《雪狼湖》（Snow · Wolf · Lake）我寫幾十頁就傳過去，他總候在傳真機另一端，接過就分派了去譜曲，去填詞去造景。

小說是什麼？不好說。小說能做什麼？說得周全，那就是一座舞台的骨架，一場大戲的憑據。小枝小節，小中見乾坤燥潤，更是不能不想，不得不拘。

《歌聲魅影》（The Phantom Of the Opera）揭幕有大吊燈罩向觀眾。《西貢小姐》(Miss Saigon)中場一夜城陷，有直升機紛投的翼影。場面，我從來用心經營，想得最多。寧靜雪要投湖，不如開一輛越軌的紅跑車，飛臨歌迷頭上？「一準聞風喪膽。」這般天花亂墜，怕要砸死人，終究沒多着墨。

要有場面。於是胡狼燒炮竹廠，送阿雪一場慶生煙花。搬上舞台，炮竹廠，縮成了炮竹檔，火星子灑一灑算存了心意。編劇的陳慶嘉兄知道輕重，一字之差，紅館總算保住了屋頂。

要有場面。避風港裡，阿雪扁舟一葉，眼前漁船中樂喧天，她興到小提琴架頸，要中西合璧奏一回。聽說道具師傅去造了大木船，泰國買布蠟染了一袖袖的湛藍，數十人揪着篩着在兩頭興波。現實是帛上浮舟，沒看頭。這一幕就廢了。原來想得細瑣，才不會勞而無戲。說到底，舞台的事，也是小說的事。

2. 牽連

《花渡》（Fado）皇冠初印是二零零七年，六年後北京推出也算能賣，網版流傳得好。成書十年，那邊廂，胡狼寧靜雪身後，也寂寞了二十載。某天，有做製作，專辦演唱會的找上門，要一個劇本，不妨和《雪狼湖》有些牽連。「有現成的，一樣背景情調。」書一早備着，省了過去臨陣磨槍的張惶。「我只寫小說，但落筆知道迎合。」這話奪理。難得照樣遷就，捎去《花渡》另覓編劇做分場。

時節如流，二十年，難得專門弄虛的全息技術，也成熟了。小說寫什麼，真出來什麼。不僅亂真，簡直讓心境成真。藻飾過的十六浦水下，趙小瀾說：「船來了。」

尾生抬起頭，赫然看到一艘巨輪的船底。浸漚了幾年，船殼已全是鐵鏽，連那緩慢轉動的螺旋槳，都結滿海藻、藤壺和牡蠣。好大的螺旋槳，餘勢壓過來，逼人的陣陣暗湧。「颱風打沉的佛山，怎麼會在這裡？」尾生好迷惘。「來接我的。」小瀾說：「沉的，是我們，是我和你。」

這就是場面，可見可感的傷別離。抬眼望，船艄鐵葉攪海，灰慘慘壓向額前；或者，還纏搭了一綑水葫蘆，花葉向人漂舞。三維的鏽褐色翼影，比歌劇院吊燈暗，比直升機螺旋槳遲滯。情境夠逼真，觀眾儼如一起送行，一起逐流隨浪。描述得確當，換成影像，哀傷該一樣的淋漓。探聽過了，待小瀾爬上縋入湛藍的繩梯，全息圖還可以讓一尾蝠鱝，翩翩然，游向買了前座票的看客。

那大膨魚長相怎樣？船尾鐵螺旋怎麼運轉？都煞有介事，美工還給我擬了分鏡（storyboard）草圖。三桅藍船，沉淪佛山，鼓樂裡怎樣掙破水膜矗起來，湖心水花怎麼開落，一頁頁琢磨通透。據說，都以秒計酬，一件器物畫上八個面，八方光豔投注，聚成一時三刻的蜃幻。「買山頂票可以鳥瞰，谷底坐的，怎看得見台上煙水？」製作人顧慮。

偶然看了的《天鵝湖：荷蘭舞蹈劇院》（A Swan Lake），劇不傳統，背景垂天一牆鏡幕，與舞者腳下水光斜接。觀者安坐抬頭，撲眼就濕漉漉一湖廣漠。這虛實的相連相疊，自可借鑑。

所謂機緣，只是機器擺弄出的緣法，是無縫的巧合。製作人四出問了價，聽聞俄羅斯技術精良，但索款高，一百萬說的是幾十秒生滅。特效電影看足了，不得不同意俄人器材好。編劇的腦袋，總讓器材壓住，譬如《莫斯科陷落》再陷落，一直陷入死局，那是人家風格。悶場，就是沒情分的場面。場面有情，寫了能換錢，我高興；能花錢，其實一樣高興。

3. 虛實

本來小說賣改編權了，分期等收錢就是，坐不住還是檢視了舊文。《花渡》裡眾生，愛恨都有牽纏。趙小瀾、池鰊等角色都分派了戲份。緬梔樹下，腳印可以編成印譜；但場景，終究過多更替。拍電影是無礙，舞台，卻不宜一味的物換星移。

原書主調和變奏，總共五十幾節，為免接手編劇的頭疼，我不憚煩先動筆去枝削葉。事態相近，情味相投的，能銜接的都接上。這樣兩章湊成一回璧合了，場口幾乎減半，裁出主脈鮮明，約莫三萬字一個實用藍本。

小說有自己的時光，寫作就一門剪貼時光的手藝。這趟增潤，補入了半壁平行的湖山，小苦瓜阿鎌，是越界來的一個過客。另添了些變奏，來幾場虛的。尾生圓了夢去結婚，婚禮在湖上鋪演；湖面平如鏡，鏡下別有人間。

我向來計較小說的「收發」情況。電影《狐步舞》（Foxtrot）的莊納生，隨三個丘八遠戍以色列邊疆哨站，四面黃沙，夜宿泥濘裡一隻貨櫃。寅時卯刻，蹄聲橐橐，值班的就升起擋路橫桿，讓巴勒斯坦來的駱駝通過；也有夜行的，敲着慢板，等橫桿降下，就溶入黑路黑山。襯托劇情的雨夜，偶然來一輛車，啤酒罐扔出車外，嘎的一響。「手榴彈！」瞎叫完，莊納生聞風一輪掃射，誤殺了一車人。

人殺錯了，駱駝，可沒跑到題外。莊納生接到他爸的催命來電，歸途上，卡車開上一條窄路。這時，他送入夜色那一匹駱駝，適時地，在黃塵裡敲着橐橐。為了閃避面前這一伏筆，車走岔了，滾下了路堤。強納生死了，但屍體回到特拉維夫，達成他爸急着相見的心願。躁老頭沒人同情，一開場，他踢了一隻同情他的狗，是因；作者有擔帶，送了他一個難啃的果。

初版《花渡》那一篇跋文，提到當年勞動節，人車雜沓，一個老太婆蹲下來撿鞋，有差人據說為拯救她，向天開了五槍。有一粒子彈，飛過矮山，擊中一個騎摩托車的荷官。這一條拋物線，勾描出澳門半島的地貌。去量螺絲山，才海拔三十多公尺。也算反映了摩托車和荷官特多這一背景。這顆子彈很壞，當教材看，卻不能說是虛發。

4. 器物

講故事，離不開寫情和狀物。《花渡》寫情，織起的線索堪稱百密，謹小慎微，不讓人撿到多餘的彈殼；狀物，倒是還有一疏。物，不管那是巨物，微物，配置得宜，可以寄意。《聊齋志異》小翠一篇有：「展巾，則結玉玦一枚，心知其不返……」《荀子》謂：「絕人以玦。」戲中攞出豁了口一塊玉器，意思是這一路盡了，終須訣別。

不過用來點題，或者點睛的象徵物，宜點到即止；雜了多了，反看得人眼亂。

書名的「渡」，是接引，暗喻漂泊，舟楫自不嫌多。「或者，每個人生來就附帶着一條船，像墨魚生來，就蘊育一塊小舢舨似的灰白內殼。」舊版裡，聖羅撒女生岸邊放紙鳶，新書改了放船，湖中五色相競。那藍船，可大可小，因情而生變，而興波。

尾生蟬噪裡等小瀾下課，兩隻手沒閒着，他抱一艘模型佛山。那年，山未沉淪，魚雁般溝通港澳。以小見大，算我的慣技，道具船兩舷掛的救生圈，是戒指尺寸。後來，也有髮圈在水裡折射放大，溺水者入了套，抓住泡影還以為得救。

實在「絕人以玦」續了句「反絕以環」；環就是還，無始無終，水窮處，卻是去年雲起和落轎的地方。救生圈這等大環小環，在小說裡露眼，作用是隱喻，隱喻無人脫身而出，到尾聲了都裝入玉甕，長埋緬梔樹下。

授人以環，以期能修好，那是原意；但現實，總癡想居多。相悅，卻背道的兩個人，「踅到各自的懸崖，隔水相望：那玉玦的盡頭，下臨深淵。」《籤文》裡的相望，盼的就是渡，是崖下來了船。人物線索本就周密，借修繕這舞台版，我梳理得更順溜。

器物，那些要上舞台的道具，細審到底過繁，看着蕪雜。

「總得有些繩墨。」於是，我規限了自己，一台佈景，一件器物，要展現兩次以上；每回重現，烘托的聚散和悲喜，理應篤定了，牢靠了幾分。用字，從來宜經濟；為掏錢製作的設想，因情而狀物，也該想一想經濟。路標一樣，植在故事曲折處的道具，意猶未盡，搬到下一場亮堂堂點着了，可以當一枝街燈。

5. 時光

《花渡》寫苦，苦在求不得。綠浦上，分明註了鴛鴦；三世書裡，批了水邊相遇。卻總是，錯身而過；總是一個遲到，一個早退；寒來暑往，數十載的移船就磡，就是接不上榫。「那夜湖上月白。」說得再白，今夕同賞者誰？算你看盡桃花十里，十里笑春風的，沒一朵笑過去歲的人。從來靜水無瀾，渡頭寂寞。

「時間不對。」是賭氣說的。歲不我與，終究是落點不好，步速不對，一路錯失緣機。錯失，追隨我和我的人物好長時日，催生的是憾；然後，是傷人懷的情節。

《雪狼湖》的胡狼跳入「時間傷口」，「世界的盡頭，傳來十二點的第一下鐘聲……聽着時鐘齒輪的軋軋悶響，胡狼知道，時候到了，那就是他的救贖，那就是屬於他的時光。」他回到過去，但沒什麼能改變，能彌補，反促成了命定的意外。他冀望的未來，早定了調。愛和恨的盡頭，一樣的斜陽衰草。

小說是現實的影子，影子可以摺曲，變形。因應山形水勢，去剪裁這變形的黑白，摺曲的日月，是一門細活。興許出於憐憫，撮寫《花渡》舞台用故事，我給尾生裁出了一個平行時空。苦瓜阿鰜是一條虛線，是鏡湖下一株倒影。情節，因思念而生，瓜藤越牆，為的縫綴一段緣分的破損。原書我酌情改動，不想動了全身，只添了幾個「變奏」；夢未圓的過去，仍舊化為夢境。

蝴蝶有雌雄一體的，翅膀色相，偶或兩邊相異。一左一右的陰陽永隔，開合之際，卻自有相依相靠時候。今年着手寫路環島一百年枯榮，暫名《月照》（Moon Shadow），實境裡，照例攙幾分虛情。寫的不僅是時間，是時代。

「杭思朗三十八歲登月，阿密椁到那年紀，是三十年後的一九九九年，填海地上臨時蓋的玻璃棚裡……葡萄牙人也摺好了自家紅綠國旗，就等燈滅了捎走。回想過去光景，阿密椁自覺也是在月面回望，迢遙，卻也清澈。他架起望遠鏡，孤寂地等路環轉過來面向他。到底有點時差，那個晚上，鏡筒裡童年的阿密椁沒見到月亮……」

也因為這個「時差」，鏡筒中回望，所見無所謂生者死者；活着，或者活過的，讓時光蠶食淨盡之前，都拒絕淡退。不是胡狼的墮入過去，不是過去來了阿鰜，這同一個背景的第三部書，講一座島的生靈抵抗遺忘，他們守住過去，拒絕月影把最早那一個門牌吃掉。

6. 枘鑿

《阿波羅13號》（Apollo 13）有一節講太空船損壞，湯漢斯等人躲入水瓶號登月艙避風頭。四個人擠在鐵盒子裡，快要給自己的碳排放悶死。困局，出在捎帶去的方頭二氧化碳過濾器，入不了水瓶號圓形的喉管洞眼。一陽一陰，先天地配不上對。矛盾，自小處生起。接到難題，太空總署炸開了鍋。「怎樣用有限材料，拼湊出一件臨時調解衝突的東西？」這是對航天專家，對作者的入門考驗。衝突緩和，水瓶號把演 Jim Lovell 的湯漢斯，送回地球。

這一幕「方枘周旋於圓鑿」的尷尬，古人早有描述。用一隻登月艙去闡釋，規模大了，容易讓人記住。當然，這周旋偶有一方情急，用了蠻力，就不止尷尬，還錐心。登月艙有紙盒膠帶供利用，讓方和圓接合了，湯漢斯等演員，總算沒死在大氣層上。

兩個人交集的時間不對，遺憾由是而生，落實到細項，就是具體的「形格不對」。姚溟和小瀾強接，尾生與阿鰜苟合，《花渡》裡好多方枘圓鑿，該撂給木匠的活，我都接辦了。

小說可長如涓涓的細流，音樂劇，最好還是有些激盪。錢昌照「先求平易後波瀾」我是聽查良鏞先生說起的，追隨查先生做事十幾年，他教過我寫信作文。「大波為瀾」，角色稱小瀾，是有點牴觸；但重點，是瀾。平易過後，沒大波大浪一場漲潮，讀書看戲的，都不遂心。

「後波瀾」的頭一句，是「文章留待別人看」。寫了要留得住，四字訣「簡要清通」。

清通說易不易，土產奇才都自行豁免了；但一渠的不清不通，能搧得起什麼浪濤？

看小說還要人家去看門道，是有點苛求；門道前頭，畢竟橫着個「要識字」的門檻。錢氏在民國做官，在共和國做官，大概料不到身後幾十年，平易與波瀾，雖有良鏞先生等達人宣講，門外滿眼的蓬蒿，探頭探腦一大片以為是葉子，卻原來都是葉公。好龍的一夥，搧來好看熱鬧的一野地看官罷了。

門檻高了趕客，看改編小說的音樂劇，是比看小說輕省；但音樂劇沒了小說，沒了那個「簡要清通」做底子，卻不中看，浮腫不成體統。《花渡》舞台版修理出來，這一個瘟年，我埋頭寫《月照》，獨門獨院的盡可能成篇，寫了十篇還得再寫一兩年；能寫完，再回頭拾掇《雪狼湖》的繁蕪；這書薄弱，治一下就好。籠統叫「三部曲」落俗，或戲稱為「澳門三疊紀」；紀，可以曲解作紀念，是三疊紀念舊時《花》《雪》《月》的情書。

人世靜好，是讓太多的牴觸和扞格擾了。戲劇裡，這些奉命去製造矛盾，攤派了去演白臉的，卻缺不得。白臉在《花》是寡斷，在《雪》是癡頑，在《月》是遺忘；

有時鉛粉敷厚了，那臉白得教人腸斷。說到底，音樂劇作者，就像 NASA 的模擬登月艙前，頭痛着該怎麼把方榫頭，插入圓洞眼的工程員。我們都為懸在半空的衝突，找一個絕處逢生的拍掌位。

7. 隨勢

寫《雪狼湖》那年，沒人對小說背景有異議；《花渡》面世十載，送去改編，也沒人認為澳門那舊時風物，會損蝕票房。到寫《月照》，我簡直耽溺故紙上，漫漶的一個路環鎮。難得一路遇到明白人，明白像《杜蘭朵》（Turandot）的北京，《孤星淚》（Les Miserables）的巴黎，《西貢小姐》的胡志明市，總得有一個時空，一些場景，甚至一個時代，去講一部故事。

珠海味，拉斯維加斯味的澳門，變味浮土用不着我去點染；我寫的是前塵。用筆墨替香港上色，我也從不揀薇甘菊的蔥青，或者文學土鱉牙縫裡揳的慘綠。除了城鄉郡縣，背景，還可以是沙漠，是廢墟，是隕石坑裡長出來的集市。音樂劇作者，有自己篩濾出來的水色。我那一座，湖畔開繡球，開緬梔。即使落筆那夜，一季的韶華漸盡，看《紅樓夢》裡眾妞兒掣花簽，霽月都應景地，拿到一支荼蘼簽了。

故事背景，可以在舞台埋沒，沒規定要刨出來曬日頭。拿島嶼做襯底的音樂劇，我想到一齣《媽媽咪啊》（Mamma Mia！）。搬上銀幕，景移物換是輕省了，小說隨便寫，場口再多也真可以照拍。那戲裡梅姨替女兒辦婚宴，三個 uncle 到了島上，牽出和三個 aunt 的膠葛。

不留神一隻窗板推下去砸了人，梅姨唱歌；女兒躺着看書，忽然挺起身，瞪大眼唱完，還跳舞。全無徵兆，甩手跺腳兩分鐘，又坐回去喝酒吃雞，還要不喘氣。歌舞，硬揳入劇情，揳得唐突，人物都嗑了藥一般失態。前車 aunt 可鑑，警惕人下筆要留心眼，讓跳舞唱歌的，有個落腳餘地。

或者，得從要角的志趣說起。配合背景中的社會，打腹稿開始，我就編派各人一門藝業。還在寫的《月照》，一個陳念織起生與死兩個時空，她在陽世彈鋼琴，為鎮上面具劇社伴奏。《雪狼湖》的寧靜雪姐妹，在樂團編制，屬第一和第二小提琴。當年燒煙花檔，只能灑落些火花；如今舞台還可以下雨。《花渡》的姚溟吹雙簧管，尾生在銀樂隊任鼓手。絨幕一拉起，滂沱裡，他就頂着個大鼓，三步一擂，從右走到左。雨再大，到底是虛影，水浸了演員諒不會觸電。

總覺得歌曲和舞蹈的融入，宜自然而然，一路隨山順水；音樂隨勢而悠揚，而止息。然後，到尾聲了，趙小瀾在模型佛山輪的舷旁，摘下救生圈，套上自己無名指。灰慘日頭下，景物換到好多年前，尾生抱着那隻船，杵在女校門前緬梔樹下，等女生下課的心情，唱出來大家共鳴。

記得《歌聲魅影》開場拍賣一座音樂盒，盒上坐一隻敲鐃鈸的金毛猴子，渾然地，敲出傷感主旋律。《花渡》這部小說能成劇，我那濕涀涀的尾生，其實也會像那銅馬騮一樣，敲出序幕。無奈那場雨，醞釀到庚子年，終究下不成；篷隆的鼓聲，也響不起。

8. 淨化

「白布簾後，那一毛不能再拔的陽物，善感得能領受她輕盈蓮步撩起的清涼意。……他（尾生）這樣躺著，只能看到半個自己，半株槐樹；但蒸騰進來的，是一季的槐花香，香得好完全，不像他，殘缺地，在二十歲那年，在一九六零年的夏天，等待一場遲來的割禮。」

割禮，天主教名割損。宗教儀式。通常對男孩施行，方法是把陰莖上的包皮割去。早期山洞壁畫，古埃及墓穴，早有關於割禮的描述。猶太教視為上帝吩咐，不遵行不成，男孩出生後八日，就得割一下。這是在維基能查考的。

尾生他「長噓一聲，虛脫了，勉強側過頭，床畔那扇格子窗，就窗台幾隻空消毒藥瓶，盛了些未退盡的晨光。」二十歲，才去醫院待割，是遲了些，後知後覺。承平日子，沒炮火連天的大場面襯托，戲劇化衝突，真會打些折扣。

小眉小眼的衝突，搬上槐花香薰過的病床，我是圖個出陳脫俗。主角僵躺在溫柔晨光下，造物，或者導演給他開了個玩笑，隔着橫過臍間一重白幕，為他剃毛的學護，正是他心魂牽繫的女生。這太要命了，他害怕她越過那重簾子看到他，發現了是他。他寧願戰機，在窗外投彈，用一場轟炸夷平他的忐忑。

說過了，戲劇需要衝突。然而，演音樂劇，女歌星燈下掐住男主角，當然是全城矚目的男主角，他小雞巴上一塊皮，這要怎麼表現才得體？說雞巴小，是他最不樂見，在這風口浪尖，雞巴失控長大。就是咬斷舌頭，他都要阻止這糗事成真。他不敢吱聲，但女角可以獨唱，唱出用肥皂搓完他那一股亂麻，再款款運刀的心情。

生怕爆笑聲起，要壞了一段情緣的酸苦，演出用稿，就抹了這一筆。橫豎連電影改編權一併賣了，要拍戲，再補入這一幕不遲。鏡頭特寫了表情，看到演尾生的凸眼鼓腮，就知道下面要出大事。

我後來卻犯嘀咕了。世情，沒不能入文的；能不能入劇，那是看編導知不知道變通。我送出去一個潔本，是瞎操心了。《西貢小姐》開場，妓寨裡一片乳波臀浪，淪陷前的忘形，差一點就猥褻。《殷勤的印地人》（Les Indes Galantes）號稱「全裸芭蕾舞劇」，確切說，是歌劇而多裸舞。

開場伊甸一幕，五男七女，除去披薄紗高歌的，綠茵上羅列奶子六對，雞巴五條；大小修短不同，都無畏地，搖來晃去。然後，互誘以蘋果，雜有香蕉。吃飽了，五對璧人抱着滿地打滾，該是水果誘發了獸欲。

好景不長，教皇和仨樞機來了，軍人球員等登場。教皇率眾吃完薯片，零食袋佈滿天堂。旅行團遺下領帶，公事包，安全帽和電鋸。光豬們撿了去，推想是暗喻「文明」開始。塵世遍地衣冠，連場紛擾，光陰流轉轉回了伊甸，眾生又光脫脫嬉玩。結尾有裸婦挺着大肚子，掐住蘋果核出來，八成要孵出禍胎。

以為不宜演的，要是橋段搶眼，還能點睛，人家都不猶豫連毛帶肉演了，而且登了大雅之堂。音樂劇，沒什麼場面不可以寫。觀眾成熟，吃了奶看了奶子，未必都要家長抱着托着掃風。

9. 感懷

連餘暉都褪盡了，只好在自己的暗室點燈，寫一些感懷。其實自香港易手，我有二十幾年沒會過學友先生。《雪狼湖》首演前數月，是去過尖沙咀寶麗金的辦公室，聽籌備事宜。那天學友也在，黑皮褲，天色般蔚藍樽領毛線衣，一臉從容自若。聚眾談笑間，忽着我到一隅說話。其實是他說。說擔演的那胡狼的脈絡，說寧靜雪，說其餘要角的脈絡；四五段遭遇，前因後果，說得簡練而順達。

「是這樣嗎？有哪一個說得不對？」他說完問。我倒是楞了。閉門寫作的，總把各色人物的行蹤和心跡，扭纏成一股；一股五色線一段段裁了，就是一章一回。一回幾千字，算是戲劇的一場。囫圇的一團，哪想過一條條抽出來梳理？梳完，還剪得長短合度？演藝家原來這樣讀小說。

歎服之餘，記住了一直不敢偷工。到寫《花渡》，是寫了些曖昧情意，人脈倒像緬梔的葉脈一樣，斟酌得分明。台上演的音樂劇，真容不得蕪雜。演員的戲份，過多不宜，要唱得喉乾；太寡了也不好。孰輕孰重，寫多了，我才知道要認真掂量。一根橫枝，這一章伸出來撩風，下一節撩雨，不斧削了，月下舞弄出一園亂影，倒像寫的是鬼戲。

潤飾《花渡》我補入荔枝碗這地名。那個十五歲的趙小瀾，「她站在荔枝碗水邊，碗裡空茫……一隻在他們相遇那天，就沉沒的靛藍三桅船，再次浮出水面。那隻船，讓斜暉放大了，感覺上，可以載她回到那年夏天。然後，重新調好桅帆，迎攬該有的一場薰風。」這碗細膩，淡墨淺描居多，埋頭花影，可以追撫雪和狼那一座湖的器量。

舊話說多了，就不像講心得，像在說心事；其實我在反省。人事盡了，四方蜩螗的這凶年，就算織起一屏文字的湖綠，就算不叫花渡，叫花渡湖，也不會再有一個心水清的胡狼，肯去爬梳出頭緒。「說到底，就一個夢。」水邊趙小瀾悲哀地說。

10. 念想

二零一七，丁酉雞年開始，旁觀主辦一方再三周旋，統籌的兩眼冒煙，才知道真箇是小鬼難纏。在紅磡，那跟國際和世界兩館，幾乎接軌的一座體育館，據說看門的，竟對要租場的百般留難。「連續幾十場，怎麼說，都是不可以的。期間有歌星要租用，那怎麼辦？你要，頂多十場十場的給。演完十場，歇一下回氣再來，豈不更好？」嘖面是一嘴的鬼話。搞私房廣東戲的，還有自家一個「Xiqu」。音樂劇，大製作，有另一幢夠空洞的綠館黃館，會來纏磨你，仰你鼻息？

朝搭晚拆，過幾天再來大興土木，是荒唐也荒謬的。但怎麼奔走說項，看門吏，自有咬着不鬆口，要平分春色的官方道理。改道去東涌亞博館？那山不轉路轉的隔涉，想一下就教人氣短。出師遇上地不利，束手之餘，籌辦的還裹足。

哪想到這一蹉跎，天既不時，人和，換上人禍再接上了人瘟。蹉跎到去年底，要角人選算敲定了。紅館外，催淚煙半年的蒸熏，要演唱的都退訂不唱。這會子要租場，要連演幾十夜？歡迎呢。看門吏早涎了臉，叼着門匙在紅館階前等人撓脖子。

場地忽然有了，公演前，該付我的改編費，也付了。二零二零年，年中和歲杪，聽說各訂了幾十場。演藝生意，不演個上百天，再境外迴轉，人家討不回血本。幾年懸宕，以為熬過己亥，《花渡》終於能磋磨成一台戲。可恨不偏不倚，又撞上這庚子奇災。

瘴氣東來，連百老匯的老劇目都凋敝。邊陲填土上的亞博館，一色臨時病床景。紅磡這一隅，沒淪為撩鼻驗菌中心，不見得就可以避秦，可以在有蓋桃花源裡議論，舞台宜開三面，還是兩面，才容得這一夜遺興。

遭遇這一劫，成事日遠，帷幕拉起無期。這劇演不成，逐場計算的酬賞，固然沒指望。心寒心灰的是，以為敗局和悶局，會透進一縫曙色，卻原來天黑得不能再黑了，人性的腐沼，早漚壞了星月。「這些年，他其實一直摟着她在漩渦上跳舞……終於，力弱了，她要浮開去，他要沉下去。沒入千噚黑暗之前，他決定向她表白，或者說，向她懺悔，他要告訴她，他愛她，他一直都愛她。」劇中尾生，陪着一道蹉跎。

我把這一個繪影繪聲，情節較貼近演出面貌的「舞台版」付梓，就當留個倩影，存幾分念想。本來有的舞台，看來，就剩一個憑吊用的本來了。

二十年來我對「音樂劇小說」這一體裁的思量，拉雜說一下，權當一篇序文。這書，最終要不能成劇，那是現實裡的「時間不對」；船到橋頭，才趕上黑雨紅浪。小說和人生遭遇，經常是吻合的，總有叫陰差和叫陽錯的兩個歹角，蹲在紅綠燈旁向人使絆，尤其那是講惆悵，講遺憾的小說。

二零二零年十一月七日

庚子立冬

花渡

——舞台版

變奏一

「我恨死這樣的霧。」女人說，她心好亂，好難受，霧，就要封住她咽喉。

「會散的，散了就好。」尾生安慰她。渡輪，才離開上角碼頭，荔枝碗的旱塢就不見了，汽笛，前呼後應，一句句，是漫長而遙遠的嗚咽；然後，共鳴疊起，但四面八方，似乎隱伏着一團團等待假釋的悶響，無形，無色，無味，卻有重量，有厚度，伺機合圍過來。「白，竟然滅了五色。」他感到悚懼：虛空，已經把他們堵死。

霧掩進來，抹掉廣利號前頭幾組座椅，一組五排，像樂譜上五條平行黑線，線上，或疏或密，本來佈了些黑袍修女，當中，有一個女孩，穿雪白校裙，他覺得，是趙小瀾，是好多年前，還在上中學的趙小瀾。女孩綰起頭髮，從鄰座修女手上接過一圈花環，雞蛋花編的花環，枝葉，卻是黑色的，像一個全音符。

「儀式開始了，我去獻花。」女孩好像這麼說，說完，捧住那個音符，起身走向船頭。

「『這是痛苦流淚的日子，當人從塵埃中復生，負罪之人等候審判，天主，求你對他仁慈垂憐……』」

修女唱完祭文，顯得躁動，有人起來踮腳張望，有人離座尋索，尾生這才看到她們黑布裹頭，頭上還裝飾着一兩枝黑旗，「那分明就是八分和十六分音符。」細察眼前序列，心中哼唱，要琢磨出旋律，「該是安魂曲，不冷僻，一準聽到過的。」思而不得，尾生竟也有點浮躁，回頭，見女人仍在埋怨霧重，越發不快，問她：「你怎麼會在這首樂曲……不，這艘船上？」

「你帶我來的。」女人挽着他手，小聲說：「你不招惹我，我就不會留意你，不留意你，就不會掉入你的圈套。」

音符，一個個溶入霧裡，沒再回來。

「你說，這是一個圈套，是我佈的圈套？」尾生不解。「你像個好人，會割肉飼鷹的那種好人，我飛過來，要咬一口肉，讓你設的羅網逮住了。」「我沒想過害人。」他強辯。「你有欲望，欲望害人。」她說。馬達的濁響弱下來，螺旋槳沒再犁起浪花。「不過，網一罩下來，我就放棄抵抗，馬上愛上你了。」女人解開黑連衣裙的襟鈕，露出左乳，乳暈旁邊黥了一隻蜻蜓。

「可是……我還不知道你名字。」尾生問她：「你究竟是誰？」

「你是不知道名字，但你偷偷愛着我，不是嗎？」女人仰着臉看他，嫵媚地一笑：「我記得，你喜歡藍眼蜻蜓，所以……」「我喜歡，是因為……」他要解釋。她搖搖頭，食指輕點他的唇，噓了一聲，「曾經，我夢見和你睡在一張床上，」她告訴他：那是好大的床，枕褥白茫茫，無有窮盡，就只有蜻蜓飛舞。

「就只有蜻蜓飛舞？」他叨唸着，越發茫然：這究竟是什麼地方？什麼時候了？一陣風，削薄了霧，瞥眼間，濁海冒出幾座浮標，浮標鏽色如墨，標杆上蹲着一些大鳥，也是黑色的，尖喙紅如火。這哪裡是什麼浮標！沒蹲鳥的，是四分音符；蹲着一兩隻鳥的，是八分和十六分音符……

「提防女人！提防女人……」鳥語，好平板，平板得像在敲拍子。音符，不斷從舷旁漂過，沒鳥棲止的二分和四分音符滑走了，是一連串緊靠的符號，到底，激昂的樂段不多，一晃眼，回復均齊，仍舊徐徐的，不遠不近，暗合「提，防，女，人……」的節奏。音符接着音符，驀地，船艄浮起一丸黑球，黑球曳着七個降記號，「這是降C大調的……」曲名，他就是想不起來。

「這曲子，我知道，叫《三個橘子之戀進行曲》。」女人信口說。

「不，普羅可菲夫不是這風格，這是悲歌，是哀樂，葬禮上奏的。」過眼一行黑鳥，每隻鳥，竟也在瞪着眼看他，直看得他發毛。「可惡，竟要你提防我。」女人火了。尾生聞聲回頭，見她手裡多了個紫檀木匣子，罵一聲：「死鳥！」就朝三個相連的音符投擲過去。「提防女人！呱……」群鳥振翅，剎那間，黑羽，全溶入白霧。

匣子掉到海裡，變成附點，載浮載沉。

女人背靠船欄，眼神渙散，咕噥着：「我……我真的瘋了。我怎麼可以這樣？怎麼可以拿匣子扔這隻死鳥！」汽笛交鳴，修女和浮標的移動開始重複，音符，像一丸丸煤球，在船的四周上揚。「匣子裡藏了什麼？」他問。「你怎麼會不知道？怎麼可能不知道？」女人撲進他懷裡哭。「我……我怎麼會知道呢？」他捧着她的臉，欲望，早變成一根鼓槌，擂亂了他的心。「我說過了，欲望害人。」她喘息，熱氣蒸他耳窩：

「匣子裡，是我們的灰……」

「難道我和你，已經……」尾生惘然。「我和你，還有那個女學生，那些修女……回不到岸上了。」「不可能！」「怎麼不可能？這是哀樂，葬禮上奏的哀樂。你說過的。」「可是……」尾生疑惑地看着她，她的臉，總是那樣模糊，霧，彷彿在髮叢裡沛然而生。

「我見過你，見過這隻蜻蜓。」看着她乳上的潮紅，他承認，霧起之前，就跟她有過錯綜的瓜葛。「可是，你始終忘不了那個消失了的人。」她指着舷旁逝水，這時候，雞蛋花編的全音符，正傍住那紫檀匣子，晃悠悠的，朝他靠近。「小瀾？」尾生回過神，心中暗驚：「小瀾掉到水裡去了……」他探頭舷外，濁海裡，一條胳臂竄起來，那蒼白的，細柔的手，像一束水草和他緊緊相纏。「我愛你。」他說，這句話，他想說好久了。「我也愛你，永遠永遠愛你。」聲音，無限柔美，似乎來自水中；但水中，只有音符流動……

「我恨死這樣的霧……」女人仍舊不住嘮叨。

主調 1

澳門。一九六八年。

檸黃葡式老宅沉陷在霧裡。

一個黑袍修女上門去找尾生，見屋前小庭院一隅，有個黃白色小崗亭，式樣跟碼頭的售票間無異，趨近看時，方窗下一個男人靠裡伏在一張大鼓上，赤了膊，也不知有沒穿褲子。那窗戶，就嚴實一面玻璃，她指節扣紅，卻沒見他反應。「不像在歇晌，是個死人。」退半步，差點兒讓病懨懨一盆藍鳶尾絆着，她搖頭批了句：「還是個不會栽花的死人。」拔起盆中一橛枯枝，再去敲那玻璃。

尾生覺得節拍不對，醒了，惺忪着眼，扭頭見窗外一團黑影，微微吃了一驚，鼓槌還捏着就推門出來。

「這濕翳天氣，不怕中暑？」她問尾生。

「沒法子。」他只穿了短褲涼鞋，光着濕浞浞上身，見了這年輕修女，有些虛怯，一抹臉上汗水，朝牆根下那五六盆白海棠勾勾頭，尷尬地一笑說：「花受不了。」

尾生告訴她：偶然在院子擂一下，花就落瓣；擂上半天，都像要蔫了。琢磨是怕這鼓樂喧噪，受不得驚嚇。這品種和他有淵源，種不活可惜，只得遷就，悶葫蘆裡自個兒撕心裂肺。說着，但覺短褲鬆垮垮的，有點兒篷起，垂眼見襠裡餘勢未消，夢中的蒼茫和熾熱，方才，說不定讓她窺了半豹，不覺大窘。

「你女兒要見你。」修女笑瞇瞇看他。白霧飄開，男人黑實的膊胳閃着汗，她雖然決了志要侍奉上帝，看久了，凡心一動，兩頰飛紅。「你是誰？」尾生問。「德蓮娜。」她答。「你怎麼進來的？」「門開着。」德蓮娜一字一頓，把話又說了一遍：「你女兒，要見你！」「我哪有什麼女兒？」他好費解，惱這戴黑頭巾的八分音符莽撞，敲破他的夢。

「你不該光脫脫打鼓，那很不好。」德蓮娜反過來責怪他。「有什麼不好？」他問。「影響不好。」她答。「我等你換衣服。」德蓮娜踱到門前老槐樹下，在階石上小歇。天氣濕翳，黑袍糊在背上像多了一層皮，其實，她好羨慕他睡得那樣放肆。

「霧散得真快。」德蓮娜說：「我來的時候，你那幢屋讓霧吃掉了，就剩一個門牌。」

天空，忽然藍而高闊。

三輪車滑過媽閣廟，停在皇家橋碼頭。

「到了，走好。」車伕背着他們說，日頭下，紅風衣扎人眼。

買票，上船，瘦長的廣利號，就穹隆穹隆冒着煙，朝氹仔和路環島開過去。

「我沒騙你，我真的沒有女兒。」在船上，尾生仍要辯白。「再過一會就有了。」

她朝他一笑，那笑綻開了，可以襲人。「修女，有沒有人跟你說過……」「說過什麼？」

「你好……好神聖。」「神經病！」她走到船艄，看浪花開落。他其實想說她漂亮，怕冒犯，臨陣變了節。

路環聖母聖心學校，俗稱姑娘堂。

德蓮娜領尾生到育兒室，室內散放着玩具，有兩個女孩，大的兩三歲，睡着了；小的，坐在地毯上，摟着個編了雙辮的布娃娃，她仰頭看一眼尾生，失去平衡臥倒了，倒了還是望着他憨笑，笑一回，喊一句：「爸！」

「我沒說錯吧?是你女兒要見你的。」德蓮娜抱起小女孩,親了半天,一邊親,一邊解畫:「小苦瓜把爸盼來了,好開心呢。」忽然別過臉,問尾生:「小苦瓜開心,爸爸開不開心?」「我……」他一臉迷惘,問:「這……這條苦瓜,叫什麼名字?」「阿鰜。」她這才省起問尾生:「你貴姓?」「姓池,『池中物』的池。」他答。德蓮娜不管池中住了何物,正色說:「你最好當池鰜是女兒,她母親希望你當她是女兒。」「她母親是誰?」尾生越來越糊塗。「若鰈。」「我不認識什麼若鰈。」「不認識,你又去看人家?」「我也沒看過什麼若鰈。」「我的意思是偷……偷看。」德蓮娜解釋:「池鰜的母親,叫江若鰈,她住近你家,該在坡下,兩年前,你總是偷看她。記得了吧?」

尾生若有所悟:

兩年前,坡下那幢粉藍色小洋房確實住了一個女人,一年裡,就冬天最寒冷的那一兩個月,刺桐掉光了葉子,女人客廳那一扇窗,才會在黑瘦的枝條間隱現。他一直以為女人沒發現他,他藏身濃蔭背後,為了看她,靜待花葉凋零。女人出入總穿灰藍連衣裙，那大概是愛都酒店賭場女荷官的制服。「記起來了？」德蓮娜問。他點頭招認。「若鰈告訴我，你總偷看她換衣服。她明知道你看她，還是讓你得逞；她認為，你只是看，沒行動，雖然窩囊，到底還算老實。」德蓮娜瞟他一眼：「你既然看了人，就應該負責任。」

「我……」尾生臉有赧色，苦笑問：「你說的……若鰈呢？」「跑了。錢不夠用，信手拿一點，拿得多了，不走就不行了。」「跑哪去了？」「葡萄牙。生了小苦瓜，就跟湖基走了。」「湖基是小苦瓜父親？」「不，是她『阿姨』。」德蓮娜補充：「湖基教鋼琴，中葡混血，長得秀氣，就是太娘娘腔，像個女人。」「那小苦瓜的爸，究竟是誰？」尾生撓着一頭短髮。「一時糊塗。」德蓮娜笑說：「她跟一時糊塗懷了小苦瓜，一時糊塗就溜了，女兒生下來，缺錢，就出岔子了。湖基要回葡國，她只好隨他走，走得張皇，小苦瓜就送這裡來寄養。」「真胡鬧。」千頭萬緒，他實在沒法子順着藤蔓，摸到這條苦瓜的根柢。

「若鰈生小苦瓜，還不到十八歲，不能太怪她。」德蓮娜說。「不要孩子，幹嘛生孩子？」尾生不以為然。「不會種花，幹嘛你又去種花？」德蓮娜仍舊笑瞇瞇，一句反詰，就消解了他的怨惱。

「多大了？」他問。「二十一。你呢？」」她朝他眨眨眼，長睫會搔人。「我是說阿鰜。」他白她一眼。「噢，今天滿一歲，你是她的生日禮物。」德蓮娜着尾生多陪阿鰜，自去拉開櫻桃木櫃的抽屜，取出來十幾枚紅藍相間的籌碼。「你想幹什麼？」他以為修女要開賭。「練習。」她在矮桌上堆起籌碼，整疊抓住了，指腹鬆緊開合，籌碼竟霹靂啪啦落成一摞，收放套弄，動作嫺熟利落。「留意到了？」德蓮娜瞟他一眼。「留意什麼？」他瞪着她。「我的閃電手。」她從袖子翻出三枚籌碼，笑說：「若鰈教的，她來看女兒，無事就傳我這門絕活。」「她教你千術？」「不是千術，是魔術。」她告訴尾生：學會這玩藝兒，娃兒們都當她活寶。「這都是十塊的籌碼，拿到賭場，可以換錢。」「你去換啊。」德蓮娜把籌碼給他：「換了錢，還我十幾塊這樣的小圓餅就是。」「你留着。」他說，但挑了個較鮮亮的：「送我一個做紀念就好。」

該紀念什麼呢？他心頭一片空寂；窗外，杜鵑鳥在杜鵑叢外啼血。

他活了二十八年，從沒見過杜鵑鳥，但每年早春，遠樹籠煙的時候，鳥，總是重複着那不變的音節。世事無常，他唯一能肯定的是：秦朝那些工匠，他們連夜為嬴政趕造兵馬俑的時候，肯定聽到過這一樣的悲聲。

「我要走了。」尾生說。親情來得急，小阿鰜握着他的拇指，越笑越甜，對他，是一見如故；然而，他不夠投入，對自己父性的薄弱，他畢竟有點歉仄，有些惶愧。

「其實，你不必真的做她父親。」德蓮娜柔聲說：「過兩三年，她懂事了，有空，你就多來看她，讓她覺得自己有個親人，只是在這裡上寄宿學校就是。就算若鰈不回來，我們也會照顧阿鰜，直到她上完中學。這裡沒有孤兒，孩子都是有困難的父母暫時托養在這裡的；我希望他們這樣看待自己，這樣看待有困難的父母。」

「往後，我應該怎麼做？」他問。「回家，繼續睡懶覺；睡醒了，主自有安排。」

德蓮娜直送他出了校門，門外青石路，千年榕樹，一路蔭人。

「阿鰜她媽……」尾生走了幾步，回頭問德蓮娜：「她媽還提起我什麼？」「她媽說……她媽說你很響！」她大聲說。「什麼很響？」「去年復活節，聖像出遊，你們從大堂直追着花地瑪聖母奏樂，若蝶抱着才滿月的小苦瓜，在人潮裡看你，她說，你當時穿着藍制服，頂着個大鼓，走在樂隊後面，雖然老半天才猛敲一下，好無聊，無聊得不能再無聊了，不過，在那幾十個拉琴吹號的人當中，你是最響的！」「我明白了，然而……」他死心不息：「就只是響，沒別的了？」「已經這麼響了，你還想怎樣？」德蓮娜擺擺手，忍着笑打發他。

「她怎麼不明白，那一響，就因為稀罕，才珍貴，才艱難。出遊啊，兵荒馬亂，人車雜沓，我還得聽清楚每一種樂器，每一個音符，等你們奏到骨節眼上，千鈞一髮，我擂這麼一下，這叫『一槌定音』。這一槌，快半拍，慢半拍，不能若合符節，樂隊沒了依據，我自己失了中度，你說，影響有多深遠，為害有多劇烈。我受夠了，壓力夠大了，她竟說我無聊，無聊得不能再無聊！你說，這是什麼道理？」尾生說得激動。

「她，真的這麼重要？」姚溟反問他。「當然重要，她說我無聊啊。」「我們也說你無聊，我們重不重要？」「你別挖苦我了。」尾生猛擂大鼓。每年聖像出遊，拜完苦路，信徒聚集水坑尾，樂手調弦吹管，絲竹低鳴，就等他這一槌，這響徹半島的重槌敲過，眾聲疊起，巡行，才算正式開始。

警察銀樂隊，實在一九二七年就成立了，是跑馬場俱樂部出資十八多萬辦起來的。指揮佛蘭哥帶着二十二個樂手，每星期兩次演奏，一次在嘉思欄花園。據說，當年去聽吹打的，人山人海。迭經更替，風光不像舊時，通曉樂理的警員也不多，每遇慶典，或有官方儀式，澳門這支唯一的樂隊，就要到慈幼和鮑思高中學借將，請會奏樂的同學相助；學生跟警察，時相過從，琴瑟諧協，畢業了，多順勢投身警隊。

尾生和姚溟念慈幼，是校內小樂團團員，早習慣了讓警察急召，執行澎湃的要務。八年前，兩人甫出校門，就同時當了差；這差也好當，偶而執勤，偶而操練，偶而聚聚會，奏奏樂而已；除了六六和六七年，小城，也無大事，天常清，海常濁，日子敲着慢板過去。

「小瀾替你買了幾盒尿布，沒想到，你比我們先有孩子。」姚溟戲謔他。「幸災樂禍，小瀾跟了你這個冷血人，真是有眼無珠。」「阿池……」「怎麼了？」「都六年了，你還放不下？」「我早放下了，是你還提着。」尾生歎了口氣：「她嫁給你，是有眼無珠；但她不嫁你，不見得就隨我過日子。」

「有時候，我會這麼想，」姚溟說：「如果咱哥兒倆，她都不嫁，卻嫁了教國文的肥鱷，結果會怎樣？」「我們會去坐牢。」尾生苦笑。「為什麼？」「咱倆萬念俱灰，會扛起大炮，攜手轟死這個糟蹋她的人；然後，一起去蹲市牢；然後，幻想小瀾偶然來探監，還會哄我們：『你們要行為良好啊，肥鱷死了，你和神香溟誰先出獄，我就嫁誰。』可惜，我們出獄，她已經八十歲！」尾生問他：「小瀾在家裡，還是喊你神香溟？」「一般省了『香』字。」「臭美！」「臭美，也是美。」姚溟乾笑一聲，埋頭揩擦雙簧管。

六七十年代，炮竹、火柴和神香，還是澳門三大傳統手工業，姚家出口神香致富，姚溟未承父業，先得了個香聞百里的渾名，難免氣結。「神香溟……」「欸？」「最近，你走路有點瘸，如果生了花柳，要看醫生。」「生你的大頭鬼！」姚溟瞪他一眼，解釋：「捱暴龍那一刀，這些年，每逢變天，腿就痛得要命。」「過幾年，他出獄了，我們也去捅他一下，算清這筆帳。」他提議。「我們是差人。」這是姚溟的口頭禪。「差人也是人，捅了他，說不定可以止痛。」尾生臉現嗔色。

「老實說，我還真有點怕他，小地方，大家講祥和，裝友睦，連老婆偷漢，都吞聲，就這暴龍像一頭惡獸，火氣衝天。」姚溟哼了一聲：「我就欠了這一點獸性。」「你沒有，我有。」尾生說。「我知道。」他轉了話茬：「結婚之前，我答應過小瀾一件事，還沒兌現。」說着問尾生：「你知道她最愛什麼樂器？」

「就你這雙簧管啊。難不成還有別的？」「不是雙簧管，不是大鼓，是一座鐘，是一座鐘敲出來的鐘聲。」姚溟說。

「什麼鐘聲？」尾生一臉疑問。

「學校下課的鐘聲。她說，她每天最期待，最想聽到的，就是下課那噹啷噹啷的聲音。」姚溟解釋：「我答應她，她嫁了我，什麼時候要聽，就可以聽到那一樣的鐘聲，就有下課的好心情。」

「送她鐘就是了，有什麼難辦的？」

「難就難在她學校那黃銅鐘，不大不小，也不知從哪兒訂的。這些年，我一直留神着，就沒找到模樣兒差不多，那噹啷響，一樣順耳的。」姚溟說。

「你就不能湊合買一個？敲下去，不像家裡鬧火災就是。」尾生算是獻議。

「她湊合嫁了我，我可不能湊合敷衍她。」姚溟說。見尾生再沒反應，也就不吱聲，只猛吹雙簧管，荒腔走板，惡聲襲人。

指揮白了姚溟一眼，見隊員齊集，翻開樂譜，「莫扎特《安魂曲》，我們練第七段『那是痛苦流淚之日』。」說着，向尾生勾勾頭。急鼓擂過，隊員元神算歸了位，開始為這一年的復活節巡遊綵排。

雨，越下越大。「今年出遊，怎麼會遇上這一場失魂雨？」尾生心裡嘀咕。

每年復活節，他胸前總掛着個深藍色大鼓隨聖像走，每秒邁一步，每三步一擂鼓；巡行，奏的多是哀樂；他不喜歡哀樂，在哀樂裡，鼓手可有可無。八年來，有時耶穌，有時聖母，迎來送去二三十回，就這一趟遇雨。抬花地瑪像的，怕雨水打壞鮮花供物，越走越快，樂隊跟不上，步伐急了，亂了，從崗頂到東方斜巷，吹號的，早就氣血逆行，脫了節，走了調，音符骨碌碌掉到碎石路，逐水流瀉。

「阿池，別落單了！」姚溟偷暇回望，急雨，灌得他的雙簧管失聲。「怎麼快得了？」尾生好沮喪：路，陡而滑，大鼓又妨礙視線，每一步，都不踏實。姚溟趕大隊去了，聖像領着凡人，轉眼到了坡下，郵政樓前，幾百朵黑傘圍過去，灰影像一座鯨，灰鯨游入狹窄的水巷，消散了；唯有哀樂，似有還無。

尾生一個人走到空闊地上，天地迷濛，聖徒們在雨中溶化殆盡，他鞋裡灌了水，仍舊每秒邁一步，三步一擂鼓；樂隊沒了鼓手，仍然是一支樂隊，然而，「一個失去樂隊的鼓手，還算是什麼？」他好落寞，這是他從來不肯承認，不想面對的落寞。「阿池，你真的落單了。」這次，換了一把甜熟的女聲。

他抬起頭，隔着薄薄一簾冷雨，趙小瀾就站在仁慈堂的門廊下。

「這些年，你都落單了。」小瀾看着他，神情憂鬱。「你等神香溟？他到主教座堂去了。」尾生說。「我等你。」小瀾垂下頭，濕髮在頰上糾纏，「我一直在等你。」她有點哽咽。

哀樂已不可聞，他和那首《安魂曲》的從屬關係，算斷絕了。

「回家吧。」他朝獨守在噴水池旁那三輪車招手，車就開過來。擱好大鼓，攙小瀾上了車，尾生擠到篷下挨她坐定，車就碾水滑行，從新馬路繞到南灣堤畔，短篷早擋不住撲面風雨，樓台漫漶，溟濛的天幕下，就車伕那襲連帽風衣紅潤鮮明，像去夏不肯萎蔫的一瓣玫瑰，隨風飄移，滿城尋覓一個落腳處。

「到了，走好。」車伕頭也不回，在雨中淡去。

他本來要送她回姚溟家，車伕怎麼把她載到自己家裡來？尾生心神惑亂，推開庭院欄柵，拉她走到門廊下。「這雨真是……」他從褲袋摳出鑰匙開了門，小瀾卻移步坐到屋前那擱滿盆花的長石墩上，垂下頭，輕薄的花布裙繃着大腿，她望着水珠流轉的膝蓋，不動，不說話。

「進屋去吧。」他把大鼓也搬到門前，說：「神香溟有套球衣沒拿走，你換來穿了，讓雨渥着不好。」「沒有神香溟，你不自在？」她問，仍舊望着膝頭。「我不是這個意思？我……」他移開一盆蒲公英，陪她坐，中間，隔着一個沒養花的大陶盆。「我打算種一株苦蘵。」他告訴她：苦蘵就是燈籠草，一直沒找到稱意的花苗，陶盆，才滿盛了雨水。「說你不愛我。」她不讓他把話扯遠。「我……」「說你不愛我。」「小瀾，你該明白，我們……」雨，從廊簷滴下，他倆面壁而坐，水珠打在背上，一滴比一滴沉重。

「說你不愛我，我就走。」她別過臉去，掐下左側盆子裡一株海棠的花蕾，沒抬眼望他，只撕下黃瓣，逐片扔到右側靠近尾生的水盆裡。「我希望……我希望還可以愛你。」他說。「你不可以愛我？還是，你不愛我？」她垂注着盆中雨水，兩個人模糊的倒影裡，漂着黃花。他沒勇氣面對這樣的逼問，雖然她的語氣，哀婉而溫柔，回眼望，見庭院裡一株簕杜鵑過早開了，鞭炮似地，一路炸到腳邊，也摘了些碎瓣，投進陶盆裡；這陶盆，儼然一座湖，無岸無涯，要生生世世，把他們隔絕；然而，兩人彷彿早有默契：花瓣扔得夠多了，就會修成正果，怨妒癡頑，都砉然了斷。

「你想過的，我知道你想過的。」她察覺他瞟了一眼她的腰；她的腰好細，雨露把圓臀的曲線描畫得好淋漓。他當然想過，想得太多了。那些潮熱的夜晚，她總在夢裡為他敞開門戶。「到底分不開了。」她說。紅花瓣，黃花瓣，忽然泊了滿盆，相連相接。他看得有點驚心。「我裙子濕了。」她對尾生說，她覺得冷，渴望有一盆火。果然，他把一個大瓦罐搬到她腳邊，進屋去捧出來一摞樂譜，撕開了堆在罐裡點燃；雨落在罐裡，火，反燒得更旺；清冷的雨，就像煤油。

最先焚燒的，是《Que Deus Me Perdoe》（主，寬恕我吧），十二弦結他的琴音，暖暖的，從藍燄中升起，如斷似續，繞着屋廊流轉，簷前大鼓，也讓雨滴敲出沉穩的節奏。「記得吧？高二那年，你說過最喜歡這曲子。」他提醒她。「我裙子濕了。」

她也提醒他：星星之火，可以讓她焚身。他聽而不聞，仍舊坐在她旁邊烤火。「你總夢見我，對吧？除了我，誰會讓你心動？」她鍥而不捨。

「我不想說。」他心頭發熱，直熱到耳根，禁不住垂下頭，掬起水中花潑臉。

「你不說，我不死心。」她嗓子乾澀，兜了一掌水湊近唇邊，連海棠花瓣喝了。

鼓聲急亂，一隻紅嘴大黑鳥喊着「提防女人」飛過，門前發大水了。尾生轉過身，朝外坐回石墩上，暗忖：怎麼就不來一艘船，載他們回到過去的某一天？抬眼望去，矮籬外，路沒有了，屋和樹也不復見，淼淼茫茫的，竟彷彿置身海上。

「瞧！那失去的，不是回來了？」遠處，一個圓環，綠茸茸的，載浮載沉，她以為是十年前掉到水裡的髮圈，待漂過門籬，徐徐到了跟前，才知道是一個救生圈，附滿了青苔。

「你不愛我，為什麼送我這圈套？」她一撒手，那呢絨一樣的綠圈兒，竟又讓潮水捲了開去，慢慢漂遠。

7/500
St. Dominic. Macau

主調 3

「家裡大掃除，小瀾找到這張唱片，說你也喜歡，要我捎來送你。」姚溟遞給他《Que Deus Me Perdoe》，續了句：「送了你最好，你也知道，她善感，音樂一起，那葡國女歌手一開腔，她就淚汪汪的，像死了丈夫。」「我以為女人死了貓狗，才會哭。」尾生笑着接過了，見塑膠唱片還保存得完好，忽然滿掌琴音，前塵影事，抑揚無定。「幹嘛約我到這裡來？」姚溟問。「好久沒來，想來。」尾生和他坐在石欄上，六點鐘，燈塔的陰影漫過腳邊一叢桃金孃，天和海就枯了，連風，都是熟黃色的。

過去，兩人總結伴爬松山，說是爬，其實是跑，比誰先跑到山頂燈塔旁的聖母雪地殿教堂。「不中用了，氣，這才喘定；以前……」姚溟搖頭嘆息。「結了婚，當然喘氣，都把精力耗在床上。你看單簀陳和小號周，一辦完婚事，人就老了十年。」尾生笑說：「要不是當差，說不定，你比肥鱷還肥。」「我們快一年沒做那回事了。」「你有病？」「她不想做。」姚溟說完，望着開向路環的渡船，船離得很遠，很小，像燈塔剝下來的一片白漆。尾生明白：床笫之私，再問，就太僭份。

「有沒有和小瀾來過這裡？」姚溟問他。「沒有。」第一次，他誑姚溟，他不知道為什麼要撒謊。一年前，他和小瀾在路上相遇，她話不多，悶悶不樂，兩人漫遛着，就走到這裡來。她說過，她好喜歡這片東望洋斜坡，沿碎石路往上走，燈塔下，有個藏了風訊標的小石室，「只有這裡頭，無風無雨，可以避世。」她說。石室外，城，就鋪在腳下。那天，小瀾也坐在這崖邊石欄上，坐了很久；然後，黑雲從西洋墳那邊堆過來，「我得回去了。」她垂下頭，望着膝頭說。

「你呢？有沒有和她來過？」尾生照樣問姚溟。「沒有，要她一起來，她說沒好看的，不想來。」姚溟睨他一眼：「還是說說你『女兒』的母親吧。」「她來了一封掛號信。」尾生說：「里斯本市郊一座監獄裡來的。」「她要你做什麼？」「信裡有條鑰匙，她走得急，還有東西留在澳門家裡，要我去拿，拿了寄給湖基，她的男朋友。」

三天前，尾生用那條鑰匙，打開若鰈家門。

越接近那幢房子，他越覺得四牆的藍，是天底下唯一的異色，跟一城移植過來的鮭紅、檸黃和湖綠，杆格不入。

屋小，客飯廳相連，當中一張風化木長椅算是間隔，那張椅子好大，宛如深淵裡撈起來的一截枯樹。兩年前，冬天，若鰈幹活回來，開了電暖爐，脫下制服，浴畢，照例歪在這長椅上，赤條條，抱着踏在椅上的左腿，右腿從環抱的臂膀裡穿出來晃蕩，像一隻折翼的鳥，不自然，但美麗；這樣的姿勢，最少維持十分鐘，她總是眼望虛空，若有所想；大概，那是她鬆弛的方式，或者撫慰自己的儀式；然後，她靠在椅上抽煙，瞇着眼，徐徐呼出煙氣，蔥指夾着的那一截菸絲，成了灰，還是長長地掛着，不肯墜下來。

若鰈左邊乳房有塊很小的藍斑，他一直以為是胎記，後來，禁不住拿望遠鏡去窺探，才發現那是一個蜻蜓刺青。「她究竟在想什麼？」她的裸體，她的思慮，甚至，她的煙霧，同樣教他着迷；當然，這迷，還有一項他迴避的原因：她長得像好朋友的妻子。

兩年了，這一天，風化木椅騰出了無窮的虛位，這個壞女人，留給他這個陌生人一座豐饒的過去；他抬起頭，南窗外，土坡濃綠障眼，每年一、二月，刺桐的樹葉落盡了，這扇窗，才會顯影出他的住所。他一直以為她沒發現他，沒發現坡上有這麼一幢檸檬黃的老洋房；原來，她只是不在意，不在意他的褻瀆和窺伺；她早看穿他是一個標準的鼓手，一個每秒邁一步，每三步一擂鼓，不會越軌，更不會犯險的人。

椅上皺縫，還藏着她體味和餘溫。

小客廳牆上，就一座停擺了的舊鐘，矮桌擱着台收音機，銅相框裡，是若鰈和一個男人的合照。男人劍眉狐目，穿了警察制服，卻無半點正氣。暗忖：恐怕這人就是德蓮娜說的「一時糊塗」，是阿鰜的生父。「紀律部隊，怎麼會有這種不守紀律的負心人？」他鄙夷地覆下照片不看，轉念間，又扶起了，找來放大鏡，細審制服上警員編號，總算記下號碼。

斜暉，從西壁一扇百葉窗透進來。他替那座鐘上了發條，鐘擺搖動，滴滴答答響，屋，忽然重新有了脈搏。睡房敞開了門，紗簾網住梳妝鏡裡一瓣晚霞。人在客廳，可以看到她的半張床，床單皺亂，薄被搭在床沿，感覺上，是纏綿過了，她還在浴室攬鏡看胸脖上朵朵嫣紅。他有點猶豫，沒想到會走上這一步，她的床，就橫在那裡等他。

睡房還算寬敞，床畔置了四抽屜的榆木櫃子，櫃頂煙灰缸偎着兩截煙蒂，旁邊玻璃盤盛了蘋果、橘子和香蕉，塑料的，看起來鮮亮。尾生不抽煙，也討厭人抽，但愛看她吞雲吐霧。每一年，刺桐有十個月屏蔽着這幢磚房，他看不到她，這兩個煙蒂，也許，是她和相框裡那巡警事後一起燒牘的。他妒意油生，他恨這個男人，恨他留下透着醋酸味的罪證。

「我一定要活捉他，投進牢裡，要他贖罪。」他把煙灰缸推到櫃底，坐在床沿，不自覺地揉着枕頭，他實在按捺不住深入了解她的衝動。榆木櫃沒上鎖，頂層擺了護膚膏、化妝品和小飾物；第二、第三個抽屜，塞滿洗滌用品和毛巾；最低那一個，藏了些胸罩，一疊通花內褲底下，還埋了兩本紅封皮的日記。

「她交了男朋友，但一個人住。」尾生有了結論。

他捻亮床頭燈，尋常的一盞燈，磨紗玻璃罩，四十支燭光燈泡，銅燈台焊了個放冷箭的銀天使，如此而已。他打從心底裡覺得疲累，好像那盞燈才點起來，天就黑了；是那盞燈，把夜招來的。翳熱的夜，灌進來一陣帶草香的風，雨也來了，一來就滂沱。

「不能回去了。」本來，他就沒有離開的意思。他用若鰈的蜜糖香皂洗了澡，穿了短褲，躺在床上。「那個壞警察，總算留下一條好短褲。」他從沒想過和她隔得那麼遠，又靠得這麼近；雨聲好大，但雨聲再大，他還是覺得她就在枕邊呼吸。

如果塌坡，他的房子翻下來，樹倒下來，就會把這個窩壓碎，埋沒；他和她，從來骨肉相連。

「別忘了，我們是警察。」姚溟提醒他。

「沒事，就一盞床頭燈。我拆開了看，怎麼看，都是一盞床頭燈。」尾生說。「她要你寄燈，會不會另有深意？」「你說呢？」尾生早就搔破頭。她留下重大線索，但要破案，兩人茫無頭緒。「燈，我寄出去了，為了這盞燈，我還得花點錢。」「付郵費？」「房租。好夢沒做完，才破曉，就有人來敲門，是個老太婆。『你是誰？』老太婆反過來問我。我是誰？我怎麼會在屋裡？真不好說。她來了好幾次，門鎖了，那天出來晨運，見睡房亮了燈，就來討債。」「你替她還了？」「還了，還把屋租下來了。」尾生告訴他：老太婆就靠這點租金度日，他每月花幾十塊錢，就可以幫兩個女人。

「你說『好夢』沒做完，是怎麼個好法？」姚溟笑問。「這也不好說。」其實，他是不想說，不能說。夕陽，有如燈罩裡的殘燄，熄了。尾生把《Que Deus Me Perdoe》舉到面前，竟想擋住壓境的暮色。

8/580
5 de Outubro St.

有些事情，不管那是糗事，是好事，又或者，是糗得透頂的好事，最好深藏不露。一座古墓，就算寶物讓賊子淘空了，最終供奉在博物館聚光燈下，墳坑，最好還是不要「對外開放」，到底墳主，也就是那條殭屍，該有他的「不曝光權」，「就算是殭屍，也該有殭屍的尊嚴。」尾生開解自己。

既然事情沒曝光，姚溟，當然不會知道尾生跟趙小瀾，早就有過一段非比尋常的「親密關係」。

投考警隊，事前，要驗身。替尾生驗身的醫生，姓魯，土生葡人，是他以前的鄰居，對舊相識，驗得格外仔細，「包皮長了些，我建議你順勢割了；割了，一來美觀，二來暢快。」魯醫生說。「誰暢快？」他問。「你暢快，女孩子更暢快。」魯醫生笑嘻嘻的，瞧着他：「你這東西夠粗，讓一塊皮悶住太可惜，割吧，保證你不會後悔。」

尾生暗忖：有這種保證，似乎，一割無妨。

「逢星期二，我到『山頂』客串，替人開刀。明天，有個病人要割胃，昨夜吃完瘦肉粥，忽然死了，你正好補上。」魯醫生說。「這麼倉卒，不會……不會有事吧？」尾生臉有憂色。「不吃瘦肉粥，就沒事。」魯醫生哈哈大笑，笑完，囑咐他：「八點半，你先去掛號，我九點鐘吃完早餐，信手帶把餐刀去替你割一下。」尾生以為那是要病人釋慮的俏皮話，感激地一笑，問他：「手術前，我該做些什麼？」「少喝水，除了這一項，你想做什麼，就做什麼；手術後，你可能……」魯醫生忍住笑，補了句：「可能什麼都做不了。」

翌日，九點鐘，尾生躺進了手術室。

病床正對房門口，以勘輿學角度來說，頗不吉利，不是破身，破氣，就是破財；破床陋室，用來做手術，未免簡陋，看來是針對他這種未算美觀，不夠暢快的小毛病而設的。橫樑間一根鋼管，懸着半牆布簾，才一庹寬，烙着一窗亂影，忽然嘎吱一聲讓人拉過來，以他肚臍為疆界橫在面前。他看不到自己下半身，感覺上，好多年前給腰斬了，臍下半壁江山，早化作衰草斜陽，無盡茫漠。門外，醫護員來回走動，笑聲滿耳，他卻只能僵躺着，那牆布幔，剝奪了他一半自主權，他的下體，將任由別人宰制。

感覺好奇怪，好陌生，也好屈辱，他，就像一個讓人污辱了，再赤條條撂在道旁的女子，沒人會給她一塊遮羞布，大家都有特權，都可以隨便翻閱她漿血淋漓的隱私。魯醫生說，等一會，就有人來替他「淨身」。真討厭！這醫生的幽默，怎麼總是黑色的？他該知道，黑色幽默，對病人，即使只是多了一塊皮的病人，也是致命的傷害。

醫生，為了緩和氣氛，涎臉安慰病人：「不痛的，資深劊子手，不會讓人多受罪。」就夠不道德的。他說「等一會」，這一會，究竟是多久？他怎麼可以脫掉他褲子就走了去？讓他那見不得人的器官，展覽在泛光燈下。他是不是該下床去散散步，讓血液可以更好地循環？或者，換件體面的衣服，跟至親好友見見面，交代了後事，再來捱刀？

「趙小瀾，你閒着，來幫幫忙，十八號房，有個青頭仔要剃度！」魯醫生在門外吆喝。

淨完身，還得剃度，折騰下去，還算是人？嗄？他說什麼？趙小瀾？趙小瀾怎麼在這裡？姚溟說過，小瀾要去做學護，做學護，怎麼會在這裡？做學護……尾生大夢初醒，除了在這裡，還可以在哪裡？他該怎麼辦？逃？來得及麼？對，可以趕在她前頭，跟黑色大夫說：「我有急事，辦妥再來受刑。」或者，乾脆光着下身溜出去，奔到山腳，再圖善後；又或者……他聽到推門聲，涼風送爽，有人走近病床。

怎麼辦？是不是該跟她打個招呼？譬如：「小瀾你好，我是尾生，一直想約會你，沒想到竟在這裡碰上你，要你為我剃毛，實在過意不去。」這麼說，恰當麼？但怎麼說，才算恰當？南無阿彌佗佛，在天我等父者，救苦救難觀世音菩薩……人遇危難，他聽說，念佛可得保平安；可是，這算得上「危難」麼？

她只要往兩旁多移一步，就會看見他的窘態。她看不見他，可能是她故意不去看他。然而，床腳就懸了病歷，上面寫了名字，她難道也故意不看？她可能真的沒半點好奇心，又或者，澳門有二十萬個趙小瀾，她根本不是他心目中的趙小瀾；就算是，他也不是她認識的池尾生，只要她不探過頭來求證，只要大家都不作聲，他就可以一輩子抵賴。

怎麼沒動靜了？她究竟在做什麼？在顫抖？在觀賞他？琢磨該怎麼動手？在這之

前，她有沒有見過其他男人的東西，比方說，姚溟的東西？命運，怎麼會安排她拿着剃刀，在這片柔和的晨光下，獨對他的陰莖？半晌，他終於感到鋒刃，揩上了大腿，那樣的不着邊際，飄忽無定，在他股溝外流連，然後，那冰涼，越移越近，他知道，她正用一根手指頭把他陰囊撥向一旁，可以用一隻手指做的事，她似乎不會用上兩根。是敬畏？還是厭惡？如果她知道，這是他的東西，她會不會同樣敬畏，或者，厭惡他這個人？

刮毛，真要刮得這麼仔細？「噢……」他幾乎要失控驚呼。她，沒來由地掐住他的皮，把那根陽物扯得高高的。他覺痛，要抗議，還是吞了聲。在這種驚險關頭，他除了把生死和榮辱豁出去，咬牙瞪眼，任她胡搞，還可以怎樣？他已經不是一個自主的，有尊嚴的人；他是一隻小雞，在放血之前，脖子，理當讓人繃得死直。

驀地，他頭腦裡有一把聲音，響遏行雲，上帝彷彿倚着天門，向凡塵大呼：「不可偷柴！」

柴枝，偷藏於褲襠，用來描劃不可告人的勃起，實在太生動了。「偷柴」，是一個極度可怕的念頭，可怕之處，在於：他越要壓制這個念頭，這個念頭偏要跟他作對。他的陽具，因為這個念頭，開始充血，一大鑊熱血，從他腦袋，如大潮洶湧，直衝向小腹……快！快！快想別的事情，想世上最可驚的事情；最可驚的事情，就是……就是在這骨節眼，他的雞巴，變成一根木柴，硬得貼着小腹！硬得她要握住它，扳開它，才可以繼續未完的任務。

不要！不要！不要碰那兒！他在心裡呼喊，那地方最敏感了，他不要勃起！不，它已經勃起了！他要它軟耷下去。

或者，她漸漸接受現實，接受這個臨時崗位要面對的猥瑣，動作變得溫柔。她用燙熱的濕毛巾裹住他整副生殖器，輕輕地揉搓，揩擦。他聽到「嗤」的一聲，到底，她忍不住笑出來了？想到她穿着純白護士服，瞧着他那話兒嬌聲淺笑的樣子，他萬念俱灰。欸？怎麼又不動了？她還要做什麼？我警告你，如果你探頭過來，發現這雞巴的主人是我，我決不饒你，一定扒光你衣服，也徹底地檢查你！你……你這天殺的陽物！怎麼還是雄糾糾，氣昂昂，要長驅直入敵營？

明知道形勢凶險，他膨脹的小圓頭，偏要撐破頭盔，在這可笑的戰場上爆炸。「我服輸，我投降了！」他在心中叫嚷，他不要死得這麼滑稽，他寧願扯白旗，一輩子當她的奴隸。

投降沒用？對，可以背書，分散心神，就背一段《聊齋》，「人必力士，鳥道方可生開；洞非桃源，漁篙寧容誤入？今某從下流而忘返，舍正路而不由。雲雨未興，輒爾上下其手……謬說老僧入定，蠻洞乃不毛之地……」越背，怎麼越上火？還是想一些虛耗精魂的東西，想五線譜，想《Que Deus Me Perdoe》的序列，一串八分音符，然後，是幾個全音符……他閉上眼，頭上，果然橫着五條平行黑色粗電線，一朵朵玄黑鬱金香，那倒生的鬱金香，從電線上垂掛下來，搖搖擺擺，在病床四周捲動。整首樂曲，都在探索他，鑽研他，一枚飽熟的四分音符，汁液淋漓，忽然張開厚瓣，銜着他的頭，吸吮他，花蕊直探入他的耳鼻喉……

他不能呼吸，抽搐，從上而下，他沒想到連音符都結了黨，聯群作弄他。

「不……」冰涼，麻癢，他感到有一窩北極來的螞蟻，咬他陽具的頭。他知道，她正用飽蘸消毒水的藥棉擦拭他，盡責的她，竟然細心捋他的皮……尾生猛然醒覺：抽搐，已經集結臍下，玉石俱焚的最後一擊，枕戈待發。他不能讓禍事發生，他寧願咬舌，用鮮血，用最大的痛苦，遏止腹下熱流，向她的粉臉噴迸……多承天主，還有佛祖庇佑，就在爆發前一剎那，她退下了！

尾生聽到門開門掩的聲音，白布簾後，那一毛不能再拔的陽物，善感得能領受她輕盈蓮步撩起的清涼意。他長噓一聲，虛脫了，勉強側過頭，床畔那扇格子窗，就窗台幾隻空消毒藥瓶，盛了些未退盡的晨光。他這樣躺着，只能看到半個自己，半株槐樹；但蒸騰進來的，是一季的槐花香，香得好完全，不像他，殘缺地，在二十歲那年，在一九六零年的夏天，等待一場遲來的割禮。

18/500
Cathedral Square, Macau

治安警察廳近鄰，是消防局，消防局那輛一九五五年出廠的丹尼斯牌火燭車，服役了十三年，因為保養得宜，銅飾生輝，車漆鮮紅耀目。尾生聽到鈴鐺響，習慣探頭下望，那輛車，一年裡，最多出動兩三次，消防員坐在兩旁長凳上，幾十隻穿了黑長靴的腿，沿街晃悠。

消防員和警察，多是認識的，每年，還舉行球賽，互有勝負。澳門樓矮，雲梯也就不高；有一回，消防隊目黑炭頭，從雲梯扛下來一個光脫脫的女人，女人後來嫁給他，婚禮好熱鬧；黑炭頭娶了這麼一個肥瘦勻稱的老婆，大家都羨慕。

火燭車駛過警察廳那排百葉窗的時候，尾生閒來會朝消防員揮揮手，喊一聲：「加油！」其實，火上加油，根本是添亂。

這夜，丹尼斯火燭車在月下開過來。

尾生推開窗，車頭兩盞圓燈，竟明晃晃瞪着他，駕駛座上，換了一個穿連帽紅風衣的人。貼着車身危坐的，是趙小瀾、江若鰈、阿鰜、姚溟、德蓮娜、肥鱷、樂團指揮……還有，他早就遇難的父母。「你們要到哪兒去？」他問。火燭車滑到窗下，「失火了！」姚溟猛敲着銅鈴，但沒發出聲音。「失火了！」德蓮娜抬起頭，笑瞇瞇說了目的地。

「終於可以去救火了！」車上這夥人，言笑晏晏，像去旅行。

尾生省起災場，正是他家，連忙下樓追趕。車，開得好慢，全不像有急務；然而，他走得再快，總差幾步才搆得住車尾雲梯。「別撂下我！不要走……」這樣追趕了一夜，火燭車，在淡月昏燈下流動，流過益隆炮竹廠，三婆廟，碼頭，銅馬像和八角亭……那年頭，橋沒架起，卻無礙火燭車在虛空裡穿行。

「我不要失去你們！不要走……」他哭喊着，直追到榕蔭路盡頭，驀地，紅光映眼，他住的那幢葡式洋房，每扇窗，果然都吐着火舌。

丹尼斯火燭車停在庭院前。「到了，走好。」駕駛員說。「這場火，夠大，夠旺，燒得真好看！」眾人跳下來，嬉鬧着，拉水龍喉去灌救。「怎麼沒水了？」修女握住喉嘴，笑對火宅。「我家裡有。」若鰈跑到坡下，挽來一桶水潑到門前，撲熄了一盆海棠花。阿鰜會走路了，說一句：「爸爸愛我。」就向屋裡扔一塊石頭。「我們得進去救人。」姚溟對趙小瀾說，說完，要領餘人衝進火場。

「屋裡沒人，別冒險！」尾生急起攔阻。

「怎會沒人？尾生就在屋裡等我。他說好了要等我。」小瀾說。

姚溟瞟她一眼，怪她說得坦露，踢開門，帶頭進了屋。不旋踵，就拖着一副下半身燒爛了的屍體出來。

「尾生這孩子，真大意，才活過三十，就走上咱倆的老路。」他父母站在老榕樹下觀火，神態從容，但面目，模糊不清，像投射到煙幕上的幻燈照。「媽，你回來了？」尾生心頭一陣喜悅，要朝她走過去，映像，卻消失了。他頹然回望，姚溟已把屍體拖到腳邊，「怎麼真的是我？」尾生再吃一驚。

「我一直住在你屋裡，我就是你。」那屍體睜開眼，為他打氣：「要加油啊！」

火宅之人，火上該怎麼加油？

夢中「一夜」追趕火燭車，現實裡，原來已過了四年。

主調 5

「日子過得真快！」德蓮娜在月曆上畫了個苦瓜，提醒自己：一九七二年三月某一天，阿鰜五歲生日。

「阿鰜愛笑，幹嘛老喊她小苦瓜？」尾生曾經問德蓮娜。「這種笑，叫人前笑。」德蓮娜領他走到阿鰜住的小房間窗下，百葉簾半垂着，阿鰜和一個布娃娃相對坐在地毯上，當中擱了些塑料製的杯碗瓢盤，阿鰜斟茶佈菜，把一場虛幻筵席，擺佈得井井然；然後，她皺起眉頭，呆望着百葉窗烙下的黑條子和白條子，「媽媽帶囡囡過馬路。」阿鰜當布娃娃是女兒，拉着它，走過遍地光陰。

「果然像個苦瓜。」尾生悄聲說。

「她似乎不怎麼喜歡自己。」德蓮娜憂形於色。阿鰜出了房門，兩人尾隨着走到園裡。她個子小，竄過盛開的鳶尾花叢，不見了。尾生和德蓮娜尋了一會，聽見潺潺水響，原來已到了溪旁一排白樺樹後，隔着草叢，阿鰜蹲在小石橋頭，解了鞋帶，一條綁着布娃娃的腿，一條繫了塊石頭。「你看她要幹什麼？」尾生悄聲問。德蓮娜點唇嘬嘴，「噓」了聲，要他耐心看。阿鰜連結了兩條鞋帶，抱了布娃娃走到橋上，嘟噥完，捧到欄杆外，鬆手讓娃娃掉到水裡去。

德蓮娜衝過去摟着她，瞜一眼水中竄起來的泡沫，心亂如麻：「你幹嘛要這樣……」「媽媽不要阿鰜，阿鰜也不要囡囡。」她忽然放聲大哭；四年來，尾生第一次看到阿鰜哭。

小苦瓜兩歲，修女就察覺到她的毛病：她唇色瘀紅，皮膚卻比一般小孩蒼白。去檢查，西醫說：「心臟有些雜音，該是嚴重貧血。」看中醫，中醫照例送她一袋紅棗，笑着安慰：「長大了，問題就沒有了。」小苦瓜愛吃紅棗，愛看中醫。

阿鰜三歲半，某天，跟小孩們到對面聖方濟各小學的山崗去捉知了，忽然昏倒在草叢裡。救醒了，急送山頂醫院，照了X光片，休息過，仍舊能吃能喝，並無異樣。「先天不足，心臟的瓣隔似乎沒長得完全，血不流通，不乾淨，多滋補調養，長大了，這種遺傳問題，就沒有了。」最後，連西醫也這麼說，大家只好認同：那是從母體帶來的虛弱。

事實上，阿鰜四歲，臉色，確實比兩三年前好，偶然昏厥，歇一會，就無大礙。心疾沒料理好，到五歲，心病竟又來了。

小苦瓜知道德蓮娜不是她媽媽，總愛問：「我為什麼沒有媽媽？」

對面小學常有小男生攀過牆來，到醫務室要止咳糖當零食，小男生為小苦瓜開出不少「找媽媽」的奇方，譬如說，躲在客商街天主堂的神壇下祈禱；或者，扮水獺，到山澗堆起石頭，堵住流水，在自築的水池泡上半天，媽媽就會出現。結果，她浸漚了一個下午，暮色來時，德蓮娜才找到她抱回姑娘堂。

「我外公管電燈局，可以用街燈為你找媽媽。」一個小男生對阿鰜說。六點鐘，路環電燈局最大那台發電機，會按時啟動，加倍為這座島供電，電流交接，全島燈光閃動。管電燈局的，姓鄺，人稱福伯，確有其人。為了替小苦瓜尋母，在黑夜降臨前，他讓路燈眨眼，眨了五分鐘。「如果你媽在島上，她會知道你惦着她；如果她不在，有人會告訴她；街燈，傳達了意思，她早晚會回來。」福伯着小男生護送阿鰜回家。

某天，德蓮娜要給阿鰜做一條裙子，拿了軟尺去量她。阿鰜不在房間，德蓮娜以為她又去看園丁鬥彩雀魚去了，搜園，搜出一身花氣，就是不見人；瞥眼間，花崗岩圍牆外，鳳凰木的綠影裡，那座水泥發達橙汁變了樣：瓶蓋上，蹲着一個人。

「小苦瓜！」這一驚，非同小可。德蓮娜跌跌撞撞出了院門，奔過卵石路，仰頭望着阿鎌，「你別動！我……我想辦法抱你下來。」泥塑汽水瓶比人高，德蓮娜踮着腳，還是搆不着瓶頂。「來救人啊！」蟬噪，淹沒了她的尖喊，好在兩個修女發現了，搬出來一張梯子，三個人小心翼翼，終於扶了阿鎌下來。橙汁，聳立在菜園外，背靠鐵絲圍網，諒她是踏着網眼攀到瓶蓋上的。「你幹嘛要去爬『大發達』？」修女問阿鎌。「等媽媽。」她告訴德蓮娜，小毛頭說，汽水做得比佛像大，因為法力無邊，在瓶蓋蹲上三天，媽就會回來。

「他們誆你的，你媽在海的另一邊，她住得好遠，根本看不見你……」德蓮娜好激動，冷靜下來，察覺她臉額紅燙，呼吸急亂，看來在日照下待了一兩個鐘頭，怕觸發隱患，忙送她到碼頭，搭船到半島的山頂醫院檢驗。

「你看來好累，剛才吹錯了幾個小節。」尾生說。「這兩天沒睡好。」姚溟把雙簧管裝進皮套。這天，樂隊到聖羅撒中學去表演，隊員和女學生都離開了，禮堂那幾把吊扇的聲音，越來越響亮。「有事？」尾生問。「小瀾住醫院了。」姚溟仰着臉，看飛過講壇，就要讓扇葉捲沒的一隻蝴蝶。「她沒事吧？」「沒事，盲腸發炎，做了小手術，再住幾天就出來。」「沒事就好……」尾生走到窗前，矮牆外，一輛黑轎車埋在夾竹桃的豔影裡，連車篷，好像都要發芽長葉。

「明天，你會去看她？」他回頭問姚溟。「明天要當值，後天再去。」「我陪你去。」尾生說。「你自己也可以去。」姚溟仍舊望着吊扇，蝴蝶又來了一雙，履險，卻不知道貪生。「我和小瀾好久沒見面，她病了，總該去看看她。」「你別想歪了。」姚溟苦笑：「你們是好朋友，你一個人去，你跟我兩個一起去，還不是一樣？我當值，你能去陪她最好。」「阿溟……」尾生安撫他：「小毛病，你不必太過操心。」「我操心的，還有別的事情。」他搖搖頭，噓了口氣。

尾生仍舊望着黑轎車，擋風玻璃後，原來還有個男人，面目，讓光陰割得零碎。

「我們似乎讓人監視。」尾生信口說。姚溟竟回了一句：「衝着我來的，這輛車，我見過好幾次了。」「你準備木凳，我揪他出來！」「不用了。是暴龍。」「暴龍出來了？」「嗯。七年，就一晃眼過了。」「他要來尋仇？」「有可能，不過，」姚溟眉頭緊皺，「他不犯事，沒理由再抓了他關起來，小心點就是。」他擺擺手，要尾生先走：「我一個人再坐一會。」

探病時間，就下午兩個小時。

尾生經過八角亭畔一爿花店，想起去探病，不宜兩手空空，但店裡群芳獻媚，該挑什麼才好？「女的？」店員問。尾生點頭。「太太？」尾生搖頭。「女朋友？」尾生想點頭，卻搖搖頭。姚溟說，他和小瀾是好朋友，「好朋友，該送什麼？」他問店員。「茉莉，雛菊，劍蘭，或者，送她一個蓮蓬頭都可以。」店員說。「可以，但不恰當。」他根本不知道什麼才是「恰當」。

雨後，嘉思欄花園幾株鳳凰木紅得驚心，一蓬蓬，像山在濺血。

蟬噪四起，尾生拾級而升，見坡上一樹樹雞蛋花還在含苞，買不到恰當的花，他乾脆折了一株，去了葉，十幾個淡黃蓓蕾連嫩枝握在手上，色和香，都在蓄勢。

一朵雲移近山頭，驀地，就鑲了金邊。

小瀾靠着床頭看小說，書頁霞影流動，她揉揉眼，見尾生從門外過道走來。她好久沒見他了，遠遠見了他，卻只想到從床頭滑下來，拉起白床單蓋臉。尾生問了房號，找到房間，見門上姓名牌寫着「趙小瀾」，床上人竟裹了白布，他大驚之下，心神俱喪：「小瀾！」要掀開蒙頭白布，白布卻讓人從裡頭掐住了不讓他拉起來。「我沒想到你會來，你先出去，我洗把臉，換件衣服再見你。」「你……你真會嚇人！」「你出去再說！」她仍舊白被蒙頭，不面對他。

尾生驚魂甫定，怪她拘泥，故意坐在床邊，「你不要走動，這樣說話就好。」天氣熱，床單搭在身上，像一層薄皮，他看到她胸腹起伏不定，斜暉映照，一床是波瀾。「神香滇知道你來？」她問。「知道。」他把瓶裡枯了的紅薔薇抽出來，換了，花氣沁進床單，小瀾鼻子微顫，問他：「雞蛋花？」「嗯，等你出院，花開得正好。」他說。

「好懷念那樣的味道。」她眼前白花花一片，迷濛日影下，是他迷濛的人影。

那天，小瀾下了課，就到姚家。

慈幼的幾個男生，還有她們聖羅撒女中的兩個學姊，已佈置好大宅客廳，姚溟和尾生忙着裁畫紙，要把十幾方黑畫紙貼上格子窗；幾扇高大的綠格子窗，像幾張原稿紙，要把空格都填黑，原來十分費事。小瀾走過去幫着填格子，東西兩扇格子窗的玻璃填完，面向庭院那一扇，花影搖曳，幾樹明黃月白的雞蛋花，枝節橫生，把日頭過濾得好細碎。

她蕩着兩條編得謹慎的長辮，校裙清清白白的，踮着腳，舉着黑畫紙，等分站兩旁的姚溟和尾生用膠布把紙黏牢在窗櫺上，三個人，挨得好近，她知道這兩個男生在偷偷看她，看她正在啄衣服的乳房，她有點惱，也有點窘，聽到兩頭小色狼沉重的呼吸，她故意笑問：「你們為什麼喘氣？」「我……我氣管粗，出氣就響。」姚溟狡辯。

「你呢？」她問尾生：「你也氣管粗？」

「我？我是陪他喘。」他心虛，支吾以應。「出去透透氣。」她提議。「你去不去？」

姚溟問尾生。「你去。」那一刻，尾生不明白為什麼要相讓，或者，他發現還欠一方黑畫紙，自己有責任去裁削，去遮擋那最後的一格風景。

兩人走到一棵瓣緣緋紅的變種雞蛋花前，姚溟摘了朵半開的給她。尾生看着他們的背影，但聽不到聲音。他覺得那個畫面好美，美得教他難堪。他不忍心將那僅餘的小方格封嚴，然而，同學們催促他，派對就要開始了，封妥門窗，他還得去準備慢舞的音樂。尾生貼了畫紙，午後陽光，像潮水急退。黑暗裡，他推開一線窗，想再看小瀾一眼，湧來的，卻是雞蛋花的甜香。

那香，一發難收，香得人醉，香得人腸斷。

好長一段黑暗過後，大廳門外聚集的同學，各領一枝插了五角星的小木橛，陸續進場。幾支快舞之間，音樂轉徐，木橛上那顆星，就會在熄燈之後，幽幽熒熒地綠着。各人認準要邀請的舞伴，等眼前一黑，就去摸索心中的那一個亮點。

尾生沒跳舞，只捂住那熒光棒，貼牆坐在一排椅子上。小瀾和幾個女生就在對面，他膽怯，怕出洋相，沒敢起身去邀她共舞，不想音樂一起，幾十顆綠星子，已在他眼前亂竄，來去無端。唱片，是小瀾帶來的，難怪調子耳熟。然而，哪一顆星是她？誰邀她去跳舞了？在這闋悲歌裡，時間那麼漫長。

燈亮了，他見到姚溟一隻手牽着她，一隻手搭着她的腰，兩人生澀地笑着，各自歸座。

「船長怕沉船，要一輩子泊着不動？」小瀾的舊校友取笑他。

尾生還要編個不啟碇的理由，陡地，五色綵燈閃眨，繁弦一過，節拍轉急，幾乎所有人都站起來活蹦亂跳。尾生眼花了，耳聾了，心中更是七上八落，但覺青紅皂白不分，八方都是魅影。

好容易待到轟炸消停，房頂一盞大圓吊燈，照得一舞池湛藍，粼粼水光裡，他隱約聽到汽笛聲，船要開了，卻不見了小瀾和姚溟二人。

「其實，我也喜歡白瓣黃蕊的雞蛋花，那比較自然。」小瀾後來對他說。「你和神香溟摟着跳舞，就很自然。」尾生一句話噎死她。她惱他倔，不解溫柔，越發跟姚溟親近。

「這些年，你和神香溟還好吧？」尾生似乎在問一張床單。「沒有不好。」她答。「那就好。」他接不上話。「十幾年了。」小瀾忽然說：「那天，你讓神香溟帶我去看花，一晃眼，就十幾年了。」「嗯。那一年，雞蛋花開得最放肆了。」氣味，最能喚醒假寐的記憶；說到底，他真有點恨開在姚家的變種雞蛋花，那花太富氣，他總覺得，她偏愛富氣的花和花陰下的人。

「你知不知道，盲腸炎，還有個名字？」她問尾生。「不知道。」「闌尾炎。」她苦笑：「小瀾，尾生，在發炎。」「這病，真會嘲弄人。」他陪着笑完，問她：「你真的不肯露面？」「這樣相處最好。雖然靠得近，但你看不見我，我看不見你，說什麼都可以不算數；你最怕說話算數，不是嗎？」小瀾半天沒聽到回答，問他：「你知不知道那天在院子裡，神香溟對我說了什麼？」「他沒告訴我。」「他說，你喜歡我。」小瀾乾笑，笑得身子亂抖，大概牽動傷口，哼了一聲。「你沒事吧？」他偎近她問。「沒事。」她聲音很小：「你可以走了，你走吧。」

「小苦瓜要留院觀察，那兩天，我都在醫院陪她，怎麼沒見到你？」德蓮娜問。「我坐了一會就走，沒去巡房。」尾生瞟一眼阿鎌，笑問：「小苦瓜沒再去爬大發達吧？」

「實在拿她沒辦法。」德蓮娜一臉無奈：「她找不到親媽，去山頂看病，卻多了個乾媽。」「誰是她乾媽？」尾生好奇：「我做『爸爸』的，怎麼不知道多了個乾老婆？」

「你問小苦瓜。」德蓮娜說。「阿鎌，乾媽叫什麼名字？漂亮不漂亮？」「瀾姨好漂亮。」阿鎌笑答。尾生暗叫不妙：「瀾姨，是不是趙小瀾？」「好像是。」德蓮娜說：

「她來過幾次看阿鎌，聖誕節還會來，到時候，你自己瞧個明白。」

「她知不知道阿鎌是我『女兒』？」尾生問。「我們沒提起你。」德蓮娜憨笑：「你半年沒來，我們早就忘了你。」「是怎麼攀上關係的？」尾生尋根究柢。「小苦瓜到處走，那天，走到她瀾姨的房間，有個護士看到了，以為是女兒來探病，說了句：『好可愛呢！怎麼囡囡長得跟媽媽一個樣？』言者可能無心，她『母女倆』你看看我，我看看你，大概都覺得護士有理據，有見地，就這樣順勢攀了親，結了緣。」德蓮娜感歎：「她倆是各取所需，我看得出，瀾姨好想有一個女兒。」

他們說話的時候，阿鰜跳來跳去，要搆頭上吊燈，幾十串藍水晶，像天使凝在半空的眼淚。「我告訴她，她搆得着吊燈，媽媽就會感動得回來。」德蓮娜說。「修女誆小孩，不怕犯戒？」尾生笑問。「總比小鬼頭亂出主意好；而且，」德蓮娜嬌嬈地一笑：「十戒裡，也沒有『毋誆小朋友』這一戒。」

「你先歇歇，別跳了。」尾生兩手罩住小苦瓜的頭：「告訴爸爸，你想要什麼聖誕禮物？」「望遠鏡。」阿鰜說。「幹嘛要望遠鏡？」尾生不解。「望遠。小黑明說，望遠鏡可以望遠。」阿鰜話沒說完，又去搆垂得最低的那一顆藍淚。

聖誕前夕，姚溟和尾生在松山敘面。

「暴龍托人找我，說有件東西要交給我。」一座黑雲，移近姚溟頭頂。

「叫他送到警察局去好了。」尾生說。「他請我明天到他家去。」「去不得。他在家裡下手，斬碎你，還可以辯稱自衛；而且，」尾生臉色同樣陰沉：「明天，我們還得到姑娘堂去演奏。」「小事情，你們去就是，缺我一個無妨。」姚溟反過來關心他動向：「聽說，你經常出入檔案室，問長問短，在找一個警察，對吧？」「嗯。」「找到了？」「根據一個號碼，」尾生說：「只知道他是治安警，叫江鯤，三十歲，就無故退休，按理說，沒理由不等到吃長糧。離隊之前，他丟了佩槍和六發子彈，報稱讓人搶去，但一直沒尋回；離隊之後，人，也下落不明，沒出境紀錄，住所空置，街坊多年來沒見過他；簡單說，這江鯤可能讓河鰻銜走了，也可能藏械，每天跟我們擦身而過。」

「你認為他會犯案？」姚溟問。「我認為他是阿鰜的生父。」尾生答。「你要替乾女兒尋親？」「我……我不知道。或者，這宗懸案，是我的寄托，一天不破案，我就一天覺得自己有意義。」「所以，你不直接去問乾女兒的母親？」「我問過了，她沒理會。」尾生說：「前年，她該出獄了，來過兩封信，沒附回郵地址，話也簡短，說感謝我照顧她女兒，無以為報，日後，機緣巧合，自當以身相許。」「你替她看顧女兒，看來，不是蝕本生意。」姚溟一笑，問尾生：「這個女人，幹嘛會坐牢？」「她去陪酒，人家要陪睡，她不肯，對方硬來，她一個酒瓶敲得人半死，逃不掉，就讓西洋鬼判了三年。」「真不是省油的燈，日後，她來報恩，你最好先綁住她，審問明白，再傳周公之禮。」「行禮，不急於一時，倒是這江鯤，我得先弄清楚他是生是死。」

「暴龍，要說是個禍患，他擺在眼前，沒什麼可怕；不過，你的江鯤……」姚溟沉吟着：「他牙尖嘴利，卻藏在暗角，在我們看不到的地方游弋，不知道動機，不知道圖謀，越接近，處境，就越危險，真要小心的，是你。」他站起來，走近燈塔下窩藏風訊標的石室，鑽進窄門前，回頭擲下一句：「我跟我的禍患，也該有個了斷！」

石室一地紅磚，四面白牆，牆上鐵條掛着五六個漆黑的風訊標，颱風來了，鐵風標才會讓人抬出去，懸在山頂示警。

尾生獨自眺望松山腳下那一溜平房，他和趙小瀾，曾經發現這座城，有着世間罕見的佈局：墳場，是半島的核心；墳場的核心，是聖味基教堂，專門行追思彌撒的。不是居高臨下，還不知道千門萬戶，原來都擁向墓園那四面藍牆；藍牆裡，葬禮和葬禮相續，哀樂與哀樂相連。好多年前，墳場周圍，是郊野，是痲瘋人的生死場；但一轉眼，就讓房舍合圍。「如果世上有『傷心城市』選舉，這座半島肯定入圍。」尾生暗忖。

去年，小瀾一個舊同學病故，追思彌撒過後，從墳場教堂出來，卻在松山腳下碰見尾生。

「怎麼一直沒見你來？以前，你經常去姚家找阿溟的。」她問。「老去打擾你們，不好。」他答。她要尾生陪她走，心裡鬱結，她還是愛到燈塔去，鳥瞰矮山下蛀牙般零散的墓碑。

「不刮風，不會有人來。」小瀾告訴他：這是她的告解室，黑不溜秋的這六塊鐵頭，是閒着等人來唸叨的黑袍修女。「這是黑球，這是一號風球，顛倒了就是三號，這是八號，九號……」她未介紹完，尾生站在一塊十字形鐵頭前，早陰沉了臉。

小瀾看着他，一臉不解。「前兩年，」他皺了眉頭：「就是一個十號露絲，打沉佛山，要了八十八條人命。」「這麼說……」小瀾琢磨出大概。

「我爸是二副，該還在艙裡。」

「那年你送我佛山模型，說伯父在裡頭，原來……」

尾生垂下頭，支吾道：「如今……該算個靈位了。」

「你爸靈位我去供奉，那我豈不成了你……」她要說「你家的人」，一轉念，覺得虧死了，臉現赧色，改了口感歎：「怎麼都是船？都是風雨？都是波折？」她苦澀地一笑。

烏雲佈久了，忽下起大雨，一室都是雨聲。

小瀾總做着這樣的夢：那個十五歲的她，站在荔枝碗水邊，碗裡空茫，竟無一物。她掉進一個只有倒影的世界，她看到一隻三桅船，一隻在他們相遇那天，就沉沒的靛藍三桅船，再次浮出水面。那隻船，讓斜暉放大了，感覺上，可以載她回到那年夏天，然後，重新調好桅帆，迎攬該有的一場薰風。「說到底，就一個夢。」她悲哀地說。

「嗯，一個好夢。」

「一眨眼，你送我那靈位，也好多年了。」

「你和阿溟，還好吧？」「沒有不好。」「那就好……」說完，他想起同樣的話，在她婚前問過，她也一樣答過。

「那天，你為什麼不邀我跳舞？」她問。「我不會跳。」「有會跳的嗎？阿溟就老踹我的腳。」她小挎包裡楔着一部耳筒收音機，綠邨電台的葡語節目，正播送着統稱「Fado」的民謠，醇厚低迴，也狂歌當哭。她把連着紅線一個小耳塞餵他耳朵，驀地，《Que Deus Me Perdoe》又在他耳窩奏起。「這歌，我辛苦找來，畢業舞會上，就是為你播的……」小瀾退了兩步，因為紅線牽連，他也隨她踏前了兩步。

葡國的「Fado」，音譯，就是「花渡」。

伴奏的十二弦結他（Guitarra），是葡萄牙樂器。航海業蓬勃，水手上了船，多半不知道目的地，這些人，漂泊無定，歸家無期，唯有靠「Fado」舒解愁懷，寄託鄉思。十八世紀開始，生離死別，造物弄人這一類題材，在里斯本平民區，餘音不絕。

「『Fado』，拉丁文原義，就是『命運』（Fate）。唱這歌的人，都在找岸……」她想這麼告訴他，但眼淚，竟涔涔而下。

「挑一個。能夠回去，你會邀我跳一支舞麼？」她泫然望着他。送葬穿的黑連衣裙，夾在兩個八號風球之間，也真像一個風標，只揣摩不出風向。「小瀾……」尾生遲疑地伸出手，他知道她心結難解，但解結的，他理智的時候，總認為該是她枕邊人。

「你們男人，真有情義……」她嘀咕着退了半步，苦惱地搖頭：「回不去了！我的舞伴，只能是這沒心肝一塊鐵頭了。」她把兩顆小耳塞戴上，扶住懸着的一個三角形八號風標，閉了眼，款款地旋舞。

尾生掏出手帕，要替她拭淚。她卻掙開他，出了石室，不回頭冒雨直奔向坡下。

姚溟從小石室出來，臉色，有如天色，陰霾密佈。「小瀾沒來過，怎麼知道裡頭掛着六塊黑鐵？」他逼視尾生。「我告訴她的，好久以前的事。」尾生說；說謊難，圓謊更難。

7/500
Rua de Amparo
LU MING

屋頂十字架的投影，就像一把剪刀，阿鎌走過空闊地，輕渺如裁下來的一片布屑。

「你送了阿鎌什麼？她當寶貝抱着，不讓我看。」小瀾問尾生。「望遠鏡，我答應送她的。」他說。茶會開完，音樂表演終結，幾個銀樂隊員走了，德蓮娜和兩位胖修女，忙着收拾殘局。「我們的女兒，她在那邊等着呢。」小瀾走過去拉着阿鎌，三個人在園裡閒遛。那一刻，任誰看見，都會認為他們是一家人；那一刻，小瀾的確讓自己的處境迷惑，她覺得尾生是她丈夫，他倆結婚好多年了，女兒已經五歲。他們不作聲，在那一刻，愉快地，擔演命定的虛無角色；阿鎌喜歡自己是一個女兒，小瀾享受着當他的妻子；而尾生，他說：「我總覺得有點不對頭。」

「什麼不對頭？」小瀾問。「神香溟想我去幫他，他一個人會暴龍，出了事，我會……」尾生想到姚溟陷險，心中忐忑。

「你會很內疚？對吧？」小瀾不知道暴龍兇猛，負氣地說：「我在這裡陪阿鎌，你快去搭救我丈夫。」

尾生賠了不是，趕上正鳴笛的渡輪，回到警察局槍房，領了佩槍，就直奔龍潭。

「我家沈先生在見客，你稍等，我替你通傳。」男僕擋在「玉廬」門前。「不必驚動他，我自己進去。」尾生着他不要妄動，按着槍柄，邁入客廳，見有條過道，似乎通向靠近庭院的廂房，就躡足走了過去。

「沒有人是無辜的！」是暴龍的聲音。

玉廬主人本來姓沈，名龍，因為性情暴躁，大家背後都喊他暴龍。

尾生打開手槍保險掣，潛近偏廳。半掩紅門，湧出來一片草色。他貼臉門框，朝裡頭瞜了一眼，見暴龍和姚溟面向庭院，就隔一張矮几靠牆趺坐。「有句話，叫自食其果，我們都要承受自身的果報。」暴龍語氣激動：「承受了，不去尋釁，不去種新的因，到此為止，才有可能解脫。」

尾生聽得心驚，兩個男人講解脫，形勢，也夠凶險的。該衝進去，開槍射殺他？但講解脫，不算犯罪。逮捕他？未見得有罪證。唯有按兵不動，聽明白了，再作打算。

「那個獄友開導我，他說，人，在三界中生死流轉，要能解脫，就像一隻蟲在竹子裡，必須一節一節往上咬開，最後，才看得見頭上那一片天。我沒慧根，只好學蟲子，能咬開多少是多少。」「這樣咬下去，也不是辦法。」姚溟插了一句。「佛家有所謂的頓超法門，那是直接從旁破開竹子，脫身而出。」暴龍長歎一聲：「要脫身而出，談何容易！」

「這是怎麼回事？」尾生聽得一頭霧水。

在尾生到達之前一小時，姚溟，就面對人生最大的威脅。

「你到底想怎樣？」姚溟問暴龍。「我想送你一件東西。」暴龍遞給他一部打火機，黃銅鑄的，機身鏤了一篇微雕的楷書《金鋼經》，「那天，你拚了命要搶這東西，一定很喜歡，所以，我打算送給你。」「你留着，點你的無名火。」姚溟一口回絕。「這火，我還點不夠麼？」暴龍苦笑：「我請你來，沒惡意的，就想敬你一杯清茶，說一聲抱歉。」他垂下頭，神色黯然，「我和我妻子……我是說，我和前妻的事，不應該累及無辜。」「我們受薪抓壞人，因工受傷，不能算無辜。」「非親非故，害你捱刀，到底不好。」「是你的親故，捱刀就好？」「我不是這個意思。」暴龍察覺他話裡有骨頭，不想添他怒氣，延至偏廳安坐，傭人上了茶，他接過轉奉姚溟，禮數不缺。

「你不必這樣，事情，早過去了。」姚溟接過茶盅，呷了口，味極甘醇，是頂級的陳年普洱。「事情，不會一下子全過去，都是一點一點，艱難地過去的。」暴龍說：「這杯茶，能消一分怨嫌，事情，又會過去一點。」「我這條腿，來的時候，還有點痛；走的時候，大概還一樣痛。不過，」姚溟望着他，為了回報他的恭謹，勉強笑了笑：「喝了你這杯解藥，這痛，或者就不那麼難受了。」

沈家陳設清雅，偏廳鋪了榻榻米，牆上，掛了一幅女人肖像畫，是按着照片用炭筆摹上去的，那是暴龍的妻子，她兩手支着櫻桃木圓案，抬眼望着落地窗外一片油綠。循畫中人目光看去，庭院裡，有一艘船，只造了骨架。「你造的？」姚溟問。暴龍點點頭，他在牢裡七年，學木工，學得很用心。「專心學一門技藝，或者，做一件事情，就容易忘記一個人。」暴龍說。

「你忘記了？」姚溟問，那幅畫，讓他想起一個故事：一個大和尚怕死，怕得要死，於是，他在床前懸了斗大一個「死」字，日夜看着，要把這死克服；說不定，暴龍為了要忘記她，天天看着她。

「忘記，像花落一樣，有個過程。」普洱泡釅了，暴龍看着那盅黑水，自顧搖頭。滿院子，是遺忘的落花，花落，花猶在，樹上亂紅映眼。「所以，我還在造這艘船。」他笑得苦澀。「船太小，只能坐兩個人。」姚溟說。「兩個人正好，不會有第三者。」暴龍告訴他，他幻想有一天，船造好了，他就可以和「妻子」一起出海，船掛了帆，但沒有槳，也沒有舵，大海茫茫，就聽風擺佈。

「你希望她回來？」姚溟問。他點點頭。「你認為她還會回來？」「她離開我，是應該的。」暴龍眼望虛空，沒正面回應，怕他聽漏了，又補了一句：「應該的。」「可是，你還在……」姚溟不解。「造船，讓我覺得實在，覺得船造好了，就會有那麼一點不同了。」他垂下頭，臉色一沉：「或許，我只可以用這樣的方式，去記念她。」

「船，總有一天造好，到時候，你沒了寄托，會不會又要出……」姚溟不好意思往下說。「出亂子？」暴龍放聲大笑：「造孽，夠衝動就行；可造船，太難了。船殼造好了，還得去雕琢，去打磨；雕琢和打磨，夠耗上半輩子了；打磨好，還得『畫船』。」暴龍問他：「你有沒有聽過一種叫『Korlae』的船？」姚溟搖搖頭。暴龍告訴他：泰國南部北大年府，有回教徒聚居的漁村，村民愛畫船，畫得好細緻，天堂、地獄和人間色相，全髹上船身，就像派一幅油畫去遠航。

暴龍造船，可夠認真的。他每星期抽一兩天，到路環荔枝碗去學做龍骨；而且，開始學雕刻，學一點簡單的素描，老師是大陸美術學院退休教授，他教暴龍：要學好雕刻，對音樂，最好有點認識；雕刻，是表現音樂的流動感的。「我要做一艘像《甜蜜的家庭》一樣靈動的船。」暴龍問他：「你知道畢夏普這首歌嗎？」「知道。」這本來是歌劇《克拉利》的主要旋律，配了詞，一直流傳。姚溟暗想：歌，追隨了暴龍敲鑿子的節奏，恐怕要變了調，成為悲歌。

「你結婚了？」他問姚溟。「嗯。十年了。」「希望你不要像我這樣，要『記念』一個人。」「相愛和相處，從來是兩回事。」姚溟有點感觸。「我在牢裡遇到一個學佛的人，」暴龍說：「這人造孽太多，這輩子，肉身是出不來了，可他教會我一件事：重要的，是細節。一個細節出錯，遺漏了，船，就經不起風浪；夫妻關係，也是這樣。」

「你說『肉身出不來』，難道其他東西，就可以出來？」姚溟從沒忘記自己是警察，他不能讓違法的東西出來；而且，他是來「了斷」的，講信修睦，到底離了題。「精神可以出來。」暴龍解釋：「精神上，可以得到解脫。」

尾生聽了半日，進退維谷，好在姚溟要小解，拉門出來，兩人在過道遇上。

「什麼時候來的？」姚溟問。「才來。」尾生答。「小瀾回去了？」姚溟再問。「嗄？」「她不是到姑娘堂去嗎？她回去了？」「該回去了。」尾生有點心虛：「我以為她沒告訴你。」「她說去看『女兒』。」姚溟苦笑：「沒想到她的『女兒』和你的『女兒』，是同一個人；我要攀點關係，還沒門。」「我不是故意要瞞你，實在沒想到，小苦瓜在『山頂』遇到的瀾姨，就是小瀾。」「她總想有一個女兒，這一回，算遂了心。」姚溟回頭向暴龍告辭。

兩人出了宅門，一路上也不多話，走進嘉思欄公園，覺累，在一條長椅上小歇。「難得你肯來，不過……」他瞟尾生一眼：「你該早點來，暴龍蹲了幾年牢，變了暴龍法師，慈航普渡。」

「知道你們在鑽研佛理，我根本不會來。」話是這麼說，對「脫身而出」四字，尾生還是反複思量；到底，要遠離癡想，遠離那些錯誤的選擇，真是談何容易！「沒去會暴龍，我一直煩。」姚溟說。「會了，就好了？」尾生問。「想通了。」他仰頭望着那株影樹，風過時，那一重重綠羽，撩得整座園起了騷動，花和樹，彷彿隨時要飛起來。

「阿池，」姚溟慢悠悠地說：「我決定要走了。」「你要走？」尾生有點錯愕：「你要走到哪裡？」「里斯本。」姚溟說：「家父在那邊有生意，人老了，一直要我去接手經營。我愛當差，當差，對市民有責任；這種責任，你可以去負，小號周和雙簧炳，也可以去負；不過，延續老爸的事業，我想通了，是我這個做兒子的責任。」「小瀾她……」他覺得不該問，但問了。「畢竟，她是我妻子。」姚溟看着鼓翅的樹，冷冷地說：「她沒有留在這裡的理由。」

19/500
Rua de S. Lazaro

「暴龍幹嗎要送姚溟打火機？」德蓮娜問。「七年前，這頭暴龍，真是暴躁得驚人。他很愛妻子，但妻子偷漢，」尾生問德蓮娜：「你知道『偷漢』是什麼意思吧？」「我沒偷過，怎麼知道？」她嗤的一聲笑。「總之，妻子有了男人，暴龍妒火攻心，就往自己和妻子身上澆火油，」尾生告訴她：那天，他和姚溟當值，巡經沈家，女傭正巧衝出來大呼：「燒老婆了！老爺要燒老婆了！」兩人暗吃一驚：老婆，是易燃物體，燒着了，可不是鬧着玩的。尾生掃視大宅，找滅火筒。姚溟聽到女人哭號，尋聲找到那個小偏廳，破門而入。女人長髮披散，抱着頭，濕淋淋縮在牆角。暴龍手握黃銅打火機，怒目圓瞪，但眶裡湧着淚；他咒罵過，哀求過，嘶喊過，忽然失了常性，打算把妻子點着了，就撲過去和她一起化灰。

「我愛你！你知不知道，我不能沒有你！」他像負傷的野獸，嗥叫完，打火，火星子一閃，滅了。「住手！」姚溟無暇細想，撲向他，要搶他手中打火機，推扯之間，兩人滑倒在地，扭作一團，那會兒，姚溟身上也沾滿火油，遇上火花，兩男一女，真是共冶一爐。他拚了命要把打火機奪過來，混亂中，暴龍隨手抓起一把剪刀，捅進他腿彎，這一捅，傷了筋腱，始終沒能復元。

「好在打火機搶到手，我進去掐住暴龍脖子，他幾乎氣絕，才放脫姚溟。」尾生說。

「警察制敵，都這樣掐人脖子？」德蓮娜笑問。「這種手法，警校是沒教，當時，我實在太慌亂，一慌亂，就只想到掐脖子。」他見阿鰜來了，笑着作勢要掐她頸脖，女娃兒竟瞇着眼，噘唇作聲，憑空送他一個飛吻。「還是小苦瓜厲害，我再兇殘，就是敵不過她一個吻。」尾天仰天倒在草坪上，大笑。

「那個沒讓丈夫燒掉的女人，後來怎樣了？」德蓮娜問尾生。

「暴龍意圖殺人，判了七年；第三年，女人就上吊死了。這件事，警察局有卷宗紀錄，還是感情問題，她擺脫暴龍，跟了另一個男人，但那個男人，聽說，沒多久，卻搞上了另一個女人。」「暴龍知不知道？」「不知道。」尾生臉色一沉：「今天不知道，明天也會知道。」「男女間的事，太複雜。」德蓮娜垂頭劃了個十字，唸了句：「天主保佑，讓我遠離繩索，也遠離火油。」唸完，兩手輕捏阿鰜臉蛋：「小苦瓜長大了，也要遠離這些東西啊。」

主調 10

人，一生裡，肯定思考過這樣的問題：「我這一生，有什麼意義？」或者說：「人生，有什麼意義？」

我這一生沒有意義，當然，不等於「人生」，或者「人的存在」，也沒有意義；但常人，是不會細分的。「人生沒有意義。」尾生是這麼看的：十萬年前，他的祖先，揮舞着荊杖，擊殺意圖侵犯交配權的敵人；十萬年後，他的後人（如果有的話），仍舊會為了交配，用荊杖（如果也有的話）擊殺同樣的敵人；在無窮盡的星空下，人類幾十萬年的興衰，破立，根本沒有絲毫意義。

戰爭沒有意義，和平沒有意義；愛沒有意義，恨沒有意義；文學沒有意義，音樂沒有意義；他在澳門水坑尾擂鼓，擂得再響，相對於星球爆炸釋出的聲光，也沒有意義。

「在沒意義的人生，我可以『選擇』怎麼活。」尾生中學畢業，捱受過小瀾婚訊的重擊，很自然地，生出這種感悟。

卡繆和尼采都說過「自由意志」這回事；「可以選擇怎麼活」有個前提，那就是：這個去「選擇」的人，有自由意志。

可惜，這只是哲學家的假設。比方說，有一個饞人去吃自助餐，甜品區，有五十億種糕點，他可以「選擇」葡萄乾、燕麥餅、牛油果沙拉……或者，糖霜巧克力蛋糕；糖霜蛋糕，他明知道吃了會發胖，會變醜，會沒人喜愛，受人歧視，心血管堵死前，還要淪為減肥廣告嘲笑的對象，「我可以面對接踵而來的巨災！」他心裡發一聲喊，吃掉了蛋糕。第二天，照鏡子，量體重，又後悔了，暗想：「真希望沒吃那塊蛋糕；我其實有『自由意志』，可以『選擇』葡萄乾，或者，其他東西。」

這種不由自主的自由意志，還算什麼「自由」，什麼「意志」？

尾生一直認為，自己可以「選擇」。在姚家大宅，他舉着那方黑畫紙，把日頭逐出客廳之前，他的確「選擇」了趙小瀾。他本來可以「選擇」她，從一開始，他就「選擇」了她；後來，那連串的相讓，退守，克制，悔疚……還有，目前這樣的處境，那是「無可選擇之下的選擇」。

他第二個自主的「選擇」，是「選擇」了若蝶；他「選擇」了偷看她，思慕她，幻想她。然而，這真稱得上是「自主」麼？「那些人總問我，瀾姨是不是我媽媽？他們說，我長得好像媽媽。」阿鎌說這話的時候，尾生還不肯承認一件事：若蝶的女兒像趙小瀾，因為若蝶，像趙小瀾；她們三個人，有着相同的氣質。

他愛的，是這種「氣質」；這種愛，具有不能割斷的連貫性。

他為什麼會「選擇」這種氣質？他的「選擇」，為什麼這樣「連戲」？

他做過這樣的夢：

他和趙小瀾躺在「病房」裡，各睡一床，中間隔着床頭小櫃，櫃上瓷瓶養着一大簇水草，熱帶魚在水草上迴游。

「你倆病得好重，臉色發青。」醫生，頭戴潛水罩，話，像從銅鐘裡傳出來。他掏出一丸膠囊，掐斷了，藥粉瞬間溶解，染得病房一片藍。「發青，是因為這枚藥丸。」尾生抗議：「換一粒紅的，像婚幛那種紅，人看起來就……」他還要往下說，但藍水，入口苦澀，灼人肝腸。「不是藥的問題。」醫生抓起針筒，抽進去一管藍水，走近小瀾。

「你想怎樣？」她有點惶惑。「治病。」醫生把她翻過來，扯下褲子，粗暴地，用藥棉揉她的臀。

「別傷害她！」尾生要阻止，卻沒力氣坐起來。「你着緊她？」醫生問。「當然。」他答。「為什麼？」「因為……」「因為你愛她！」醫生隔着潛水銅罩的玻璃，逼視尾生：「我知道你愛她。我要問的是：你為什麼愛她？」「因為……因為那種氣質。」尾生看着他眼睛，覺得是個熟人，順藤摸瓜，小心回答：「我終於明白，就是那種不斷延續的氣質。」

「錯了。」醫生一針扎向小瀾屁股，她哼了聲，呼吸變得急驟。他沒理會她的呻吟，又說了一句：「錯了！」然後，換了針藥，踏着遍地蚌殼走近尾生，「你在追逐苦味。」他鄭重地說：「氣質，只是表象，苦的表象；你一直漚在這裡，一直沒離開過這貯滿苦水的房間。」

「算我錯了，你別難為她。」尾生側頭一看，小瀾竟光着下身浮起來。他向她伸手，要抓住她，但太遠了，虛空，不住擴大，他悲哀地看着她讓無窮盡的靛藍漂走。「放輕鬆點。」醫生也給他扎了一針：「特效藥，專為你們配的，總有一天，你和她，會在這個大房間裡重逢。」醫生說完，轉身摘下銅罩，咕嚕咕嚕喝了幾口苦水，隨即化為烏有。

他覺得身體很輕，一划水，就離開了那張床，向小瀾消失的方向游去。游了不知多久，他碰上一面透明的巨牆，抹掉牆上一點苔綠，他看到自家的客廳，廳中陳設如舊，窗外廊簷下，卻坐着男女二人，中間隔着一個陶盆，雨，不住從簷緣滴下，盆裡，黃的是海棠，紅的是杜鵑，花瓣相連相接。

「到底分不開了。」女人，似乎這麼說。

從發育時期，從遇上小瀾開始，他以為，自己就讓苦水映照出的「氣質」牽引：這三個女人，趙小瀾、江若鰈和阿鰜（如果她能成長為女人的話），她們都有相同的特徵：小眼，高鼻，豐唇；透着憂鬱，但感情龐沛。在四牆玻璃滿載的水色裡，他一直「自主」地「選擇」這樣的女人，就像那個在自助餐廳面對甜點的饞人，總是一而再，再而三地，運用「自由意志」去「選擇」他的糖霜蛋糕。

在他的生命裡，不是只有糖霜蛋糕，是只能有糖霜蛋糕；而且，是吃不到的糖霜蛋糕。

然而，那種貫徹始終的「選擇」，可能不是源於發育時期；去年，他到西洋墳去掃墓，望着墓碑上母親的瓷照，他有了更深的感悟：「不是從遇上小瀾開始的，他愛上她，只因為她像這一幀二十八年來，飽餐風雨的瓷照！」他母親，在他五歲那年遇害，鄰居一截煙蒂，燒掉了幾戶人；那天，他在姥姥家，才避過這一場火劫。墳頭黑白照，是他出生前，母親到影樓拍的；美麗，深情而哀傷；母親留給他的，就這一幀隨着時日流逝，反變得分明的舊照。

他根據這幀老照片，在塵世，在他的藍病房裡尋人；這，就是他所謂的選擇。

主調 11

聖誕節前幾日。警隊人手短缺，本來只管奏樂的姚溟和尾生，也得穿了制服，上街巡邏。「不想這一眨眼，就過了三十歲。如果這就死掉，咱們算半輩子的交情了。」姚溟說。

「以前上學，聽見某老師三十歲，只想到是個老人，活不長了。」尾生一笑說：「不想自己到這年紀，卻覺得三十四十，青春得很。」

「那是因為你沒結婚。」

「婚姻，真那麼會摧殘人？一結就老；再結，還有生路？」

「你儘管青春個夠。」姚溟莞爾：「小瀾告訴我，那天我們十周年，你來一下，以後就沒見着。小地方，這怎麼可能？我一天裡，就在三處不同地方，碰見過同一個人。除非，這是故意碰不見，故意避着不見。」

「這幾年，你見過自己眼睫毛？想多了。」尾生笑着掩飾。

「你的眼睫毛，或者想見見你。平安夜巡遊完了，你別一個人抱那大鼓回去，到我們家吃頓飯吧。」姚滇提議。

那天，姚滇兩口子慶錫婚，小瀾中學女同學，包括三個愛嚼舌根的，都結伴來了。姚滇事前在下臨庭院，大宅樓頂曬台小圓亭裡，悄悄架起一座銅鐘。待小瀾和幾個在醫院共事的步進院子，他拾級奔上屋頂，抓住鐘舌垂下的繩子，就晃出一疊噹啷，噹啷響。

「火燭啦！你姚家出大事了！」

「倒像咱們母校火燭，鐘聲傳過來。」

「母校火燭？好……好兆頭啊！」三隻女毒舌鬼又鬧成一團。

其實，姚滇早告訴他，佛山號船上器物，有讓人打撈了流落市場的。這一座敲響了示警，着人逃生的鐘，聲音和形狀大小，竟跟小瀾那女校掛的，一模一樣。「你買了？」尾生問。姚滇沒察覺他黯然變色，只囑咐他：「你先別張揚，等那天我送她一份驚喜。」

聽到那久違了的鐘聲，小瀾怔愣住了。

有那麼一瞬間，她只想到要背起書袋，奪門逃出校園。回過神，尋聲抬頭，見姚溟正在屋頂圓亭下敲鐘，一邊敲，一邊俯身對着她傻笑。「你把咱們家弄成老姑婆女校，我下課走了，可不回來了。」她話是這麼說，一直甜絲絲笑着。

尾生耷拉着頭隨她走，他覺得，那壓根兒就一串催魂鈴，佛山號傾頹入水的暗夜，那銅鐘大概也這般響着。那不吉祥，那是他爸，是一船亡魂最後聽到的，催他們逃命的聲音。

「能逃到哪裡去呢？」沒頂之前，父親會在風雨裡想起他？想起總埋怨他不腳踏實地的女人？「一個好女人不要你，那是你不夠好。」他爸曾經說。他望着小瀾的背影，強笑着。比起姚溟，他的確不夠好，他的落單，是活該的。

進屋虛應了片晌，他就坐不住起身告辭。小瀾送他到門口，「我知道你不痛快。」湊近他，嫵媚地一笑：「你寄在我處那……那隻船，今晚我替你上炷香，你爸會保佑你順風順水，早日找到你……你心中的人。」

他叫尾生，有根有據的癡漢子，他心中早有了人，心眼堵了，還有什麼可以找的？

這話似是安撫，無意間反刺痛了他。他撂下一句：「我立馬就找。」頭也不回去了。

「小瀾認為你不想見她。」姚溟說。

「沒這回事。」

「那平安夜，你就來吧。」

「到時……再說。」尾生猶豫着沒答應，暮色裡，忽有人高喊：「聖誕老人搶東西了！」原來一個小賊，罩了紅絨帽，戴了聖誕老人面具，抓住一個珠片手袋，正在對面行人道狂奔。

「去把這冒牌貨抓了！」姚溟一擺手，率先過了馬路。

兩人追到一片空場子前，這天，當中多了一座逾十呎高的半圓形水晶球，五六個穿水手服的小丑，在黑白地磚上拋瓶，換手拋一回，又把木瓶投向對方，七上八落，眼花繚亂。木瓶，都繪成救生筏模樣，大花臉水手，個個手忙腳亂，就像在船難中表演「疏散」似的。

聖誕老人奔近水晶球，見兩名警察追來，無處逃竄，臨急把附近遊蕩的女孩挾持住，拉扯到玻璃罩後面，小刀抵着她咽喉，喝令二人止步。

姚溟和尾生挨着玻璃，要分頭去包抄。那傢伙見狀威脅：「不想活着過節了？」

「你冷靜！咱們不過來。」姚溟穩住他。

三方對峙，不進不退，各人鼻頭貼着的，都是水晶球的玲瓏世界，球底一面鏡子，承着城市的模型，水光澄藍，氣泡在房頂不住冒升。

姚溟勸不動那賊子投降，尾生救人心切，乘他分神，三步拼兩步竄過去，要奪他小刀。糾纏間，女孩脫了身。姚溟見兩人扭作一團倒地，無從入手解救。混亂中，尾生的配槍脫出槍套，爭持之際，他失手發了一彈。「嘣」的一聲巨響，子彈擊中水晶球，玻璃四散飛迸，貯水嘩啦啦湧出來，染藍了空闊地。

沒有了圓穹的水晶球，露出濕淋淋的澳門街，濕淋淋的議事亭前地。鏡面上，也有一個尾生，一個姚溟，一個在仁慈堂廊檐下的趙小瀾。倒影裡，樓房的千扇小窗，燈火熒煌。

藍水變紅，姚溟仆倒地上。原來水晶球破裂，一塊厚玻璃撞上了他腰椎。救生筏木瓶，三三兩兩，在四周漂浮。演水手的，見聖誕老人逃去，慢慢圍過來，俯身看着姚溟；而尾生，他持槍站着，槍聲教他耳聾，所有人，忽然改演了默劇似的。

姚溟本來就有意退休，得了這傷，更必須提早離開警察樂隊。出院不久，就決定偕妻子遠遷，協助在葡萄牙的老父營謀。

尾生記得，他曾經去送行，但情節，回想卻像一場夢，他寧願，是這樣的一場夢。

「這就到了？」尾生怪三輪車伕踏得急，剎那間，就到了十六浦內港碼頭。

「到了，走好。」車伕拉嚴連結風衣的紅帽，響着鈴鐺去了。風大，他和趙小瀾走進候船室，大來和德星號早開出泊口，水手兀自把輪梯推向水邊。

內港碼頭，位處珠江支流出海口，一百年來，螺旋槳攪動河道淤泥，濁浪滔滔，不舍晝夜。但這天，水浪，竟然是藍色的，像夢中淹了病房的藍藥水，像議事亭那玻璃球潑出的寒露。

「船來了。」小瀾說。

尾生抬起頭，赫然看到一艘巨輪的船底。浸漚了幾年，船殼已全是鐵鏽，連那緩慢轉動的螺旋槳，都結滿海藻、藤壺和牡蠣。好大的螺旋槳，餘勢壓過來，逼人的陣陣暗湧。

「佛山？露絲打沉的佛山，怎麼會在這裡？」尾生感到迷惘。「來接我的。」小瀾說：「沉的，是我們，是我和你。」

一個草綠救生圈，冉冉柔柔，在眼前浮漾，那是折射放大了的髮圈。

然後，搬行李的來了。怎麼都像空場上拋木瓶的那些小丑？十四個，一色藍白水手服，兩人一組，用擔挑抬過去六塊黑鐵風球，第七組挑的，是一樣黑的船錨。大概水底下，鐵頭輕了，除了十號不馴順，還鐘擺般撞人，臨時水手吐着大串氣泡，一步一趔趄，總算挑得動。

「我『告解室』那些黑修女，一號到十號，都請來了。」她幽幽地說：「都鐵骨錚錚。只是，聽了這麼多私己話，不隨我走，我不安心。」

壓頂的藍，藍得越來越深邃。

水手們挑着七塊大鐵，繞着他倆轉悠，一邊轉，竟一邊搖來晃去跳舞。尾生定睛一看，花臉上顏料化了，大紅嘴褪了色，抬風球的，原來都是他們樂隊成員，是結夥來送行的。舞了一回，連人帶風標一組組向上浮，貼着船身，離水就不見了。

慢半拍的水中世界，回復襯托離愁的清寂。頭上大船，浮浮盪盪，縋下來一條繩梯。

「阿溟要走，我沒道理留下來。到了那邊……」小瀾垂下頭，看泊口前一叢亂生的海草，「我希望，我會是一個好妻子；起碼，比目前好。」

「我不鹵莽，懂得克制，阿溟就不會受傷，不會做這樣的決定。他喜歡當差，也捨不得樂團。」尾生說。「你一直都克制；你的專長，就是克制；不會克制的，是我。」

「小瀾……」尾生握着她的手，無言以對。他辜負了她非份的愛，也辜負了姚溟過份的信任。

水面隱約傳下來汽笛聲，他這才省起問她：「阿溟怎麼還沒來？」他假惺惺，其實，他不想她走，不想他來。「你為我辦的惜別會，他不宜早來。」她明白說了。

驪歌傳下來，鐵風標，大概都安置停當。他可以想像，海水泡霉的鏽褐船身，窗戶，甲板，甚至煙囪上，滿載了水浮蓮。小號周他們，就在黑濕的，垂着貝殼燈的頭等艙，列隊奏樂。

「讓我走得寬心，告訴我，」她望着尾生：「告訴我你不愛我。」「我……」他知道，這一去，再會難期。見他為難，身後一個崗亭似的售票處，小瀾在他家院子裡見過，聽說在裡頭擊鼓，鼓噪不外傳。這會兒，那方窗難得蒙了一重苔綠，就建議：「不敢說，就寫在玻璃上；寫了，青苔再附上去，不留痕跡。」

尾生忽然憬悟：這些年，他其實一直摟着她在漩渦上跳舞，舞步不諧協，深淵裡升起的藍調好哀傷。終於，力弱了，她要浮開去，他要沉下去。沒入千噚黑暗之前，他決定向她表白，或者說，向她懺悔，他要告訴她，他愛她，他一直都愛她。

然而，窗玻璃的潺滑，那傳到食指的綠意，讓他清醒了，他有愛無類，摳了這麼一句：「我愛你和你的丈夫。」「你真周到！」小瀾不怒反笑，她放棄了；他說的，未嘗不是實情。

姚溟到底來了。

輪椅，滑過碼頭檸黃的拱門。他沒行李，一身警察銀樂隊制服。他向尾生招手，人未到泊口，玻璃上那行字，倏忽再填上了青苔；那一窗綠，綠得嚴絲合縫。
「瞧，我多為你設想。」小瀾在尾生耳邊說。緲下的繩梯，在她身邊盪着。她回頭朝尾生一笑，笑得有點挑釁，也有點蒼涼。然後，她攀住梯繩上的橫桁，一步一格子的，在一尾大鯿鱝掩護下，顫巍巍地，攀向黑壓壓的船舷，就那襲石榴紅連衣裙，招搖無定。
流轉的藍調裡，剩下尾生和姚溟仰臉看一尾鯿鱝游弋，如一紙鳶，翩然在長空迴翔。
「欸？你怎麼不上船了？」他問姚溟。
「我也是來送船的。」姚溟平淡地說：「我屬於水底，走不了。」垂手抓起一隻大海螺，敲響一邊輪子，自顧笑着：「挨暴龍一剪刀，還能走路；你那一槍，倒把我釘在輪椅上了。」

26/500
Rua de St. Paulo

「我去送船。」尾生告訴暴龍，姚溟夫妻倆離開了，他從十六埔回家途中，見玉廬二樓窗戶懸着一盞紅燈，那盞燈好暖，好像會招呼人，他就進來叨擾。

「他們走了，你覺得難過？」暴龍問。「我不知道。」尾生答。「他們不回來了？」「我不知道。」「你相信他們會回來；或者，應該說，」暴龍瞧着他：「你相信其中一個，會回來。」「我……我不知道。」「你當然知道。」「我……」尾生不喜歡暴龍的洞察，他覺得，那是一種迫害。他走到窗前，垂頭看着庭院裡那一條讓月色泡得慘白的船，為了解困，他竟用上同一款詰問，抵禦暴龍：「你真的相信她還會回來？」他是負隅頑抗，沒惡意的，不僅沒惡意，說不定，還有點不忍，有點慈悲；看着那艘栓在幻境裡的船，他想暴龍斷了念，死了心。

暴龍沒吭聲，悄悄下了樓，他杵在船頭，背着尾生，就像旱塢裡的一截殘樁。

「你真的相信……」他鍥而不捨。暴龍舉起右手，止住他，滿園的蟲吟挫落，萬籟無聲，「她死了，我在牢裡第三年，就知道她死了。」暴龍仍舊背着他，但語調，出奇地平靜：「我學佛，就是要逼自己相信：那是業，是果報，是命。」「對不起……」尾生由衷地歉疚，暴龍受了傷，傷口遲遲沒結痂，他偏去撒鹽。

「向差人招供，是釋囚的責任。」暴龍小心翼翼爬進船殼，仰天躺着。在框住尾生和一盞紅燈的敞開百葉窗上，繁星滿天。慢慢的，他覺得自己正在大海裡漂流。海，是一座寧靜海，只要不回頭，他就可以繼續相信：他的女人，就躺在他身邊，陪他過渡。

尾生居高臨下，俯瞰他，就像俯瞰自己，他也在那座自欺的幻境裡漂浮，船，沒有槳，舉目也沒有岸。「我相信，我相信你會回來……」他兩眼酸澀，這一刻，才流下送別時，該流的那一滴眼淚。

「我怕無火可撲，我是一隻帶着燈火去流浪的飛蛾。」

在若鰈的日記本裡，尾生讀到這句話，暗喝一聲采：「這個女人，真是一隻會生金句的蛾！」打從小瀾去後，他無事就躲進若鰈住過的藍房子，那是一座倉庫，專門貯藏寂寞的，他在那裡，可以安身立命。一屋雜物，最牽動他的，是兩本寫着「1965」和「1966」的紅皮日記。偷看別人日記，當然不對，但若鰈的離開，屬於「潛逃」，「我要挖掘出她潛逃的原因。」這算是他找到的薄弱理據。

一九六六年。

「十二月三日。陰晴不定。」若鰈寫道：龍華茶樓照常營業。夜班上完了，不敢走遠路回家，上茶樓避亂。茶客多是近鄰，仍舊來吃早茶。玻璃窗關嚴了，提督馬路有好多裝甲車、小坦克和運兵車。要打仗麼？敵人在哪裡？聽說，從殖民地僱來的那些莫三鼻給黑鬼，還有果亞包頭兵，會隨便開槍殺人；這幫東西，在澳門沒親友，沒顧忌，也聽說，已經殺了人。「坐近櫃台，比較安全。」何老闆說：子彈就是飛進來，最多打中籠中鳥。龍華有好多籠相思和畫眉，玩鳥的男人老了，羽毛敗壞，變成老鳥，大概也飛不出這幢茶樓。那個差人，我又看到他了。他怎麼會在這裡？就他敢坐在窗邊卡座，在群鳥之中，特別醒目。他不像來監視人，只是看街景，看得入神，似乎在等死，或者，來找死的。說不定，像我一樣活得不耐煩，也不痛快。泡了壺茉莉香片，想端過去和他同飲，問他得了什麼絕症？但大家不相識，這樣關心一個病人，未免唐突……

那天，尾生的確在茶樓上。

樓上茶客，就只有他開了一線窗。天，一樣藍，從修船廠和魚欄吹過來的冷風，仍舊挾帶着腥鹹的氣味。眾生本來都內斂，都沉穩，篤信百忍成金，誰會想到一座城，忽然脫了序，走了樣？盆中花樹，仍舊向紅街市旁那株鳳凰木投下巨影，都以為小眉小眼和小情小趣，可以永垂不朽，但軍隊，這幫烏合的流寇，在行進。他讓這壯觀而且超現實的場面懾住了，根本沒留意茶樓裡的人。「關前街有個地鋪，店東的小兒子拉開鐵閘一條縫，往外頭一張，額頭就中了彈。」有茶客這麼說。生命輕若鴻毛，就是喝一口普洱茶，也「隨時會有一顆子彈飛過來」的荒謬感，教他恐懼，也教他迷惑。

他坐在窗前，瞇上眼，這樣的畫面就浮起來：

娃兒們在鳳凰木下玩耍，一個紅氣球冉冉悠悠飄到窗前，越近，越大，擋住眼前景物，驀地，紅氣球爆開了，迸濺出來的血水，打濕走馬露台上那些滿天星、山桔、黃楊、相思、山茶、茉莉、酸梅、羅漢松、桂花、榆……每一株，本來具體而微，在屬於自己的地盤裡生根，凋敗之前，早拿定主意在這方寸之地枝繁葉茂；但那天，荒謬大軍，在染血的盆景外行進，「生命，是那樣的無常！」他聽到一把聲音，如雷貫耳；睜開眼，仍舊只有嬝繞的茶煙。

裝甲車開走了，生活回復舊觀；死者，飛快地被遺忘，就像從沒出生過一樣。

尾生讀到「我又看到他了」這一句，心潮湧動，忙翻到前頭，尋找自己存在的線索。

一九六五年。

「十二月十二日。晴。」若鰈寫道：忙壞了，事隔多日，才得空補記這樁妙事。湖基真討厭，花二十塊錢請我去看鬥牛，原來他自己愛看漂亮的鬥牛士。他最關心的，竟然是蠻牛會不會弄破鬥牛士那身好衣服？真是越來越嬌氣了。他到底是我「姐姐」，還是男朋友？算了，好在不想看牛，可以看「基姐」旁邊那好看的男人，這種陸軍頭的男人，我最喜歡了。不過，這陸軍頭，究竟有什麼毛病？該是三個人一塊來觀鬥的，兩男夾一女，「嬲」字陣形，梳花旗裝的男人看鬥牛，當中那妞兒看膝頭，我心愛的陸軍頭，大概中了降頭，竟一直看着看膝頭的妞。

澳門有過幾次鬥牛表演，第一次，早在一九六四年的十二月二十九日，鬥牛場看台是竹搭的，地點靠近今天的葡京酒店。

第一次鬥牛，入場費十塊錢。鬥牛士，有騎在馬上的。馬，一匹黑，一匹白，鬥到尾聲，騎士就用長矛來刺牛。葡萄牙鬥牛，異於西班牙鬥牛的是：不一定當場殺牛，最多把牛刺個重傷，等牛回到「後台」，再流血而死；又或者，送到屠房，割成乾炒牛河的材料；這麼做，看起來仁慈。

翌年重來，表演者有申萬奴、朱加道、龔費度等鬥牛士；若鰈和尾生等人看的，就是這一場鬥牛。

尾生心想：若鰈寫這兩篇日記，都在十二月，擋在他們兩幢房子之間的刺桐開始落葉，如果她在客廳仰頭遠望，說不定，就會在枯黃慘綠裡看見他。他到這會兒才明白，若鰈揭破他偷窺之前，最少見過他兩次：一次在龍華茶樓，一次在鬥牛場上。她後來發現「心愛的陸軍頭」就住在坡上，還熱中觀賞她的裸體，她會有什麼感想？他翻看她的「罪證」，沒想到竟遇上自己的「罪行」；他和她，從來就是對方的積犯，狼狽為奸。

「阿鐮不見了！」德蓮娜告訴尾生：大清早，阿鐮沒上要理課，去找，發現她不見了，修女已分頭去尋覓。「平日閒聊，她就沒透露可能會到什麼地方？」尾生問。「沒有。」「有沒有帶去什麼？」「好像……我再去看看。」德蓮娜到阿鐮房間察看，頃刻出來，「沒錯，她帶去了你送她的望遠鏡。」「她帶走望遠鏡，那是因為……因為……」尾生理不出頭緒。時過正午，他明白尋人宜早，借了學校才添置的一輛鳳凰牌自行車，腳下不停，直衝向門外碎石路。從客商街到上角碼頭，從碼頭到譚公廟到廟後山丘，從老城區寂寥的巷弄直搜到打纜街外一片水田，就是不見阿鐮。

繞了幾個圈，回到恩尼斯總統前地，見一位神父沿斜路走下來，該是在九澳村照顧痲瘋病人的，尾生趨前說了大概，神父告訴他：在竹灣山路上，遠遠看到海灘有一個女孩，女孩穿月白衫裙，他以為有家人帶着，沒在意，方才遇見德蓮娜修女，她同樣問，他同樣答，德蓮娜該到竹灣找人去了。

尾生跨上自行車，疾馳過了母校聖方濟各，路，越發陡斜，他推車急行，走得氣岔汗湧，沒多久，總算趕抵竹灣。

時值初夏，黃昏的沙灘除了一個修女，再沒有旁人。「阿鰜呢？」尾生問。德蓮娜搖搖頭，好沮喪。「找找看。」他到底會查案，很快就發現細沙上有小孩的腳印，有一行，還接連大海。「我……我有不好的預感。」德蓮娜小聲說，急得要哭。「你的『預感』，應驗過了？」尾生擠出笑容，佯作鎮定。「小苦瓜在布娃娃腿上纏石頭，然後……你還記得吧？」她這麼一問，尾生心中發毛，在礁區又找了一會，日已西沉，兩人爬到浪頭前一塊巨岩上四顧，向空闊處呼號。

可惜，就叢叢翠竹，送回一壑風聲。

「你這裡等着，我去求助。」尾生循原路回去，下坡路，車滑行過急，把持不住，幾乎要撞上路邊一座水泥事必利汽水。警察局在客商街頭，他報了案，請求派水警輪支援。「有沒有手足可以幫忙？」尾生問。「有，這會兒，島上警察最多了。」值班治安警說：「本來就我一個，你是第二個；我先去找船，找到了，再去問問街坊，看有沒有見過你說的苦瓜。」

尾生回去和德蓮娜會合，暮色來襲，天和海，海和地，地和人，盡染了刷不掉的灰藍。

「我應該多留意她，想辦法了解她，是我不好……」德蓮娜好內疚。「天黑了，回去吧。」尾生打算送她回宿舍，再到附近搜尋。「我想在這裡等她，為她祈禱，直到她回來。」她整個人空洞洞的，像遺失了瓶塞的藥水瓶，風，也是藍色的，鑽到她胸膛裡呼呼作響。

「餓不？」他問。「不想吃。」她答。他攙她坐到灘頭一條麻石墩上，背後那屏夾竹桃才開了花，風過時，花葉搔抓得夜空遍是淡淡紅痕。「小苦瓜有不測，我不會原諒自己。」德蓮娜自責。「不是你的錯。」尾生說：「人事無常，下一秒的禍福，誰知道？」「不能預知，但天主會有安排。」她嘆了口氣：「我希望……不，我相信會有好的安排。」

尾生不認為阿鰜的出走和失蹤，是她那位天主的安排，因為祂安排了失散，就不會安排團敘；畢竟，這會兒「安排」失散，那會兒又「安排」團敘，那是名副其實，造物弄人；一個弄人的造物，是不值得敬，更不值得愛的。

天黑，星子越發明亮，最亮那一顆，是水警那機動木船的探照燈。

尾生想到自己和德蓮娜坐在夾竹桃的暗影裡，小苦瓜就算在附近，也看不見他們，就掏出黃銅打火機，「鏗」一聲打着了火，擱在身邊，讓那一星弱燄和海上的燈光呼應；如果小苦瓜不回來了，這一點光，就是為她招魂。他討厭這種悲哀的想法，但悲哀，偏偏像潮水一樣湧上灘岸，要打得他渾身濕透。

「你不抽煙，怎麼帶着打火機？」德蓮娜問他。「暴龍送姚溟的，姚溟走了，留給我做紀念。」「這樣的紀念品，徒然讓人想到劫難。」「劫難要來，誰也逃不掉；我不信鬼神，但暴龍說的佛陀，要是真會在劫難裡讓人感到平安，我寧願像他一樣，也有那麼一點信仰。」「有信仰是好的。」德蓮娜看着打火機搖曳的弱火，他也看着，這夜，他們共同的信仰，竟是風裡明滅的這一朵藍燄。

「我好怕他們找到她。」德蓮娜望着一直在夜海游移的那點光。尾生會意：水警輪只要沒找到浮在黑淵上的她，她就有存活的可能。阿鰜和他沒有血緣關係，在這個夜晚，他卻實在地感到她是他的女兒，感到一個父親揪心的期待。是什麼時候開始，德蓮娜、阿鰜和他，就這樣緊密地連在一起的？「好累。」她坐久了，腰瘦，站起來舒展。「你可以靠着我坐。」他抱膝坐在石墩上，她用同樣的姿勢坐了，背對背，但心連心，就等一個喜訊或者噩耗降臨。

燃油耗盡，打火機熄了，夜，比沒生火之前更深了。「『耶穌又對眾人說：我是世界的光，跟從我的，必定不在黑暗裡行，卻要得着生命的光……』」作為修女，她明白，不該跟男人這麼親近；然而，在這一刻，她只是一個女人，一個因為心焦而變得軟弱的女人，繁星滿天，她覺得她的主，也像這個男人一樣的和她親近；而她的心，她總認為，或者該說，總希望是屬於天上的。「別讓人知道修女挨着你過了一個夜晚。」她聲音很小。他沒回應，似乎在打盹兒。海上那一盞燈，越來越遠了。

28/500
Rua dos Mercadores

變奏五

尾生睜開眼，已躺在一條船上。

那是暴龍的小木船，船造好了，鏤刻得好精細，仍舊沒有槳，也沒有舵。海，出奇地平靜，靜得像一座火山湖，熔岩在地殼下激動，但火山和湖，異常沉穩，他掬了一掌黑水淺嘗，水還是涼的，那根本就是苦茶的味道。「我為什麼會在這裡？」他向虛空詰問，過了幾秒鐘，聲音，四面八方盪回來，無垠的黑海，卻有邊陲，只是月色暝昧，總照不見涯岸。

眼前世界，或者，只是一隻擱在暗影裡的茶杯。

某天夜裡，尾生在思考人類存在意義的時候，泡了一杯濃釅的普洱，喝了半口，茶裡掉入一粒芥子。他心血來潮，拿高倍放大鏡細視，才發現這芥子，原來是一條船；而另一個他，竟在船上。

「我在這裡，究竟要尋找什麼？」芥子船上的他，向拿着放大鏡的他，發出第二個問題。

「對，究竟要尋找什麼？」他用同樣的問題，回答他的問題。

這兩個「他」，究意誰是他？或者，能用放大鏡審視世相的，已經成佛；而茶杯裡尋索的他，不能抽身，仍舊是凡人。

是不能抽身，還是不肯抽身？

在苦水裡沉溺，會不會才是他最終的取向？

猛抬頭，眼前景象懾人：一艘大船，緊貼他聳立，像一堵連天高牆，月色蒼涼，照出森然的輪廓。看上去像佛山，卻有點不對頭，比例不對，救生圈，竟比救生筏大，他面朝的左舷貼着五個，每個能套住十幾號人。「是我送小瀾的模型船！」芥子尾生總算想起來。

那年夏天，兩人在荔枝碗初遇，小瀾以為，尾生是回來助她放船的女生，背着他問了一句：「你回來了？」尾生覺得這話甜蜜，無事就喃喃自語，憑空回一句：「我回來了。」回了一星期，人傻了七分，終於熬不住煎灼，躲在一棵緬梔樹下，捧住兩呎長一隻鐵皮佛山號，癡癡呆呆，盯着馬路對面聖羅撒女中的校門。

豔陽天，道旁幾株相思樹，蟬鳴迭起，先炸得他心裡發毛，等到校內鐘聲敲響，他越發虛怯，顫抖着退到樹後，以為避得開蜂擁而出的女生耳目。待要撤腿逃跑，小瀾卻下課出來了。

他走過去擋住去路，把船推到她面前，囁嚅地說：「你那髮圈，我……我找不到。這船，我爸也在裡頭。你……你趕快收了！」

一隻佛山號忽然泊入懷裡，小瀾一臉窘態，強笑着找話問他：「你送我船，要載我去哪兒？」「我……」尾生撓耳搔腮，半天答不出一個去處。

女生魚貫出來，三個愛耍貧嘴的，一眼認出他，嘁嘁喳喳調笑。

「沉船船長？又是你啊！」

「開船接小瀾來了？」

「欸？不會又是一條沉船吧？」

「沉你姨媽！這是沉船戒指座。瞧！船邊鈎着一二三四……十隻戒指呢。」

「仿救生圈紅白雙色戒指，一套十隻。十隻手指，一隻不放過。」

「船長細心，船長大手筆！」

「小瀾，你得嫁他十次，嫁到皺巴巴為止了。」

「欸？戴眼鏡那大副呢？怎不一塊來？要分頭行事，左右夾攻？」

「你哥兒倆這一包抄，咱趙小瀾能生受？」

「咱們仨閒得慌，分擔一下攻勢如何？」

七嘴八舌，越說，越不講究含蓄婉約。小瀾臉紅到耳根，不敢抬眼張望，「你這人真是……」一跺腳，扭頭抱了一隻大船，連十隻「戒指」悻悻去了。

「塑料鐵皮製作，漆焗得白，怪不得不像沉過的殘破。」他沿繩梯上爬，甲板滑溜，迎面一排塑料大窗，裡頭模模糊糊黏着幾十張椅子，沒真實的「大艙」陰翳。再沿船身攀援，上層月色溶溶，煙囪管壁上嵌的幾盞罩燈，燈光像鍋裡溢出來的油，黏膩地，流到「船長室」門邊。

木條撐起的方窗，膠篷一般，裡頭燭影閃爍。「你到底來了。」兩人高的方向盤前，影影綽綽，站着三個女人。「小瀾？你們……怎麼都在這裡？」尾生詫問。

「本來就在這裡。」趙小瀾答話，若鰈和德蓮娜只不住點頭。三個女人，穿一色黑緞睡袍，頭髮蓬亂，似乎剛讓他驚破好夢。「你們睡在這裡？」紙糊的儀表板下，鋪了幾張草蓆。「我們住在這裡。」若鰈說。「我以為你還在坐牢。」他說。「這就是我的牢。」若鰈含笑望着他：「是你把我投進來的。」

「這艘船，到底要開到什麼地方？」他好多疑問。「不到什麼地方，實在一直都在這裡，就傍着你那條船，陪你漂浮。」德蓮娜罩着頭紗，一張臉好曖昧。「總得有個目的地；起碼，有個目的。」他窮根究柢。「漂浮，就是目的。」小瀾怨他：「我的心，總伴隨你漂浮，你是知道的。」「我……我以為你離開了。」他要擁她入懷卻想起還有個好朋友：「神香湨呢？」「在頭等艙。」小瀾垂下頭，喃喃自語：「他替我守住那些風訊標。」

黑海上漂着些浮冰，尾生沒意識到只是幾塊方糖，怕出船難，忙去扳那大方向盤。餘人跕了腳，幫着去搭那把手，人都離了地，就是黏死不動。「沒用，都裝樣子的。」他說，船底是有螺旋槳，但從沒裝上舵。

「你幹嘛這會兒才來？」若鰈吊在方向盤上問他。「我……」尾生想起來意：「我找阿鰜，她不見了。」「我們把女兒交托你，你竟這樣粗心？」女人同聲指責。「是我不好，不過，」尾生急了：「總得先去找她。」女人有事忙，顯得振奮。小瀾提了燈出去，若鰈等銜尾趕到舷旁，就看她憑欄照水。「好黑，一盞燈，管什麼用？」尾生好沮喪。「管用的。」德蓮娜開導他：「有一盞燈，天主有個座標，才有法子把阿鰜送回來。」

「天，什麼時候亮？」他問若鰈。「在船上，我們沒見過天亮。」她說。「那不可能。」他取過小瀾手中罩燈，沿着舷旁欄杆，走好長一段路到了船艄，沒有風，直繃繃的英國旗下，就一個穿月白衣裙的女孩站着，背着他，左手扶欄，右手握着一支單筒望遠鏡。

「小……小苦瓜？」他輕着腳走過去，怕踏碎眼前光景。女孩回過頭，果然是阿鰜。「你怎麼會在這裡？」他喜出望外。「找岸。」阿鰜說：「剛才，好遠的地方，有一點光，藍色的。我用望遠鏡去看，沒見到人。我知道，你在找我。但那點光，忽然熄滅了。我覺得好孤單，好怕……」尾生眼眶一熱，跪下來，緊緊摟住她：「別怕，我們這就找岸去。」他站起來，拉着她手回到船長室。

阿鰜見到德蓮娜等三人很高興，沒想到大夥兒原來早在一條船上。眼前黑海，依舊無邊空闊。「船長，咱們回頭嘍！」小瀾帶頭嚷完，五個人，再一起逆時針攀扯那方向盤。一時忘形，卻把那原本鑲死的，拉下來了。

主調 15

夜，褪了色，水警輪朝海灘開過來，「他們……似乎找到什麼！」德蓮娜推醒尾生，船已靠近岩礁。兩人着實吃了一驚，水警輪在黑海找到的，不可能是活人。德蓮娜心灰了，冷了，淚凝於睫。她一直相信人死了，會回歸主懷，但這一刻，她還是盼小苦瓜留下來，留在離她的主遠一點的地方。「沒事的……」尾生勉強能提步，扶着她走到水邊。

破曉，天色像濕布上化開的藍藥水。浪急，船不好泊過來，水警用擴音器呼喊：「黑沙海灘劏人石，上面躺着個女孩。水淺，船靠不了岸。你們快去看看！」

山巒寂靜，一路上，鶯啼鳥囀，徒教他耳鳴。他和德蓮娜推車上行，推得氣急敗壞；下坡了，她坐在後座，攬得他好緊，兩個人，氣息相連，貼着崖壁迴旋，忽然，急轉直下；她的心，早跟他膠在一起，沉甸甸的，一起墮向地獄。

天邊，紅霞就一捺，撲面都是水汽。

「要下雨了。」尾生輕扣手掣，死命平衡就要失控的自行車。車速越快，路，怎麼就越長？下坡路盡，他煞停了車，挽着德蓮娜直奔黑色沙灘。蒼茫的天，蒼茫的海，蒼茫的黑沙灘上，就一瓣月白，用銅鑄望遠鏡，眺望蒼茫的世界。

女孩以為用一支望遠鏡，就可以看得見彼岸，看得見幸福。

尾生倆人遠遠望見那個背影，就寬了心。「小苦瓜！」德蓮娜朝她跑過去，尾生隨後，他走得好慢，心裡好欣慰，也好難過。那一刻，他的心和阿鰜是那樣的相近，他明白她的需求，她的尋索；他和她，在這個蒼茫人世，是那樣的孤獨。

「你沒事吧？怎麼會在這裡？」德蓮娜欠身捧着她蒼白的臉。「爸說，我媽在海另一邊。可是，我看不見，我……我看了好久，還是看不見。」阿鰜小手軟垂，望遠鏡掉到黑沙上。「昨夜，你就在那塊大石頭上睡覺？」德蓮娜瞥向水邊一塊平頂巨岩。「嗯。」阿鰜點點頭。「爸沒騙你，你長大了，我們再坐船找媽去。」德蓮娜安撫她。

「我做了一個夢，我夢見自己開船。」阿鰜說：在夢裡，她看到遠岸上，有一星藍色的弱火。

「你歇着，我們要回去了。」尾生將阿鐮抱上自行車後座，讓德蓮娜扶持着，慢慢推行。德蓮娜看看阿鐮，看看尾生，那劫後回歸的幸福，忽然變得好大，因為那儹份的綺思和塵想，她悄悄的，在胸前劃了個十字。

回姑娘堂路上，山雨欲來，但山巒寂靜。

半年後，德蓮娜對尾生說：「修院缺人辦事，寒假一過，我打算到里斯本，小苦瓜在那邊上學更好。」「你決定了？」尾生問。「有時候，我覺得自己真的是小苦瓜的母親。」她的答話，離了題。「那沒有不妥，你是這裡所有孩子的母親。」「不妥的是，我覺得，你真是他的父親。」德蓮娜嬌怯地一笑：「修女，不可以『成家』。」他心領神會：自從姚溟夫妻倆離開澳門，這一年，他造訪得太頻，也跟這個決定獻身給一副十字架的女人太親近。

「你不捨得阿鰜，這個寒假，可以帶她回家小住。」德蓮娜說。

尾生讓阿鰜住進若鰈舊居，閒來，就陪她去遊玩。這時候，刺桐的葉子也落盡了，他告訴阿鰜，他睡房的窗戶可以看到她小客廳的木長椅，她晚上怕黑，要見他，可以坐在那裡，拿手電筒照他的玻璃窗，他就會穿了制服來為她站崗，神和鬼，還有逼人捱針的醫生，都不敢靠近。

某天黃昏，刺桐樹後，藍屋裡小客廳的情景教他呆住了：椅子顯得好大，阿鰜的坐姿，竟跟她母親一模一樣，她抱着踏在椅上的左腿，右腿從環抱的臂膀裡穿出來晃悠，她是另一隻折翼的鳥，同樣不自然，但同樣美麗。尾生沒想到阿鎌遺傳了那樣的姿勢，他再一次「偷看」她，透過那一樹嶙峋瘦骨，他看到若鰈的過去，阿鎌的未來。

阿鎌未滿一周歲，就離開生母，她不是在模仿，眼前這一切，只是不斷延續的一個淒涼的姿勢。

寒夜，尾生和阿鎌到六記吃餛飩麵，回家路上，她問：「爸，『老鼠尾生瘡』是什麼意思？」「老鼠很小，老鼠的尾巴更小，這條小尾巴就是生瘡，也生不出什麼氣勢，意思是：大極有限。」「我明白了。」「你明白什麼？」「我告訴小黑明，我爸叫尾生，他說，有學問的人，才會為兒子取這樣的名字，不過……」阿鎌搖搖頭，「沒想到你是『大極有限』。」

尾生氣結，訕訕地問：「小黑明是誰？」「小癟三，我跟你提起過的，他說他好愛我，過幾年，要和我去結婚。」「你怎麼看？」尾生暗笑。「我喜歡像爸爸一樣的男朋友。」「那他再來，我抓了他投到牢裡，省得這癟三長大了，四出逼人做他老婆。」

尾生沒告訴她，他上了中學，才驚聞名字，有深意。《莊子．盜跖》：「尾生與女子期於梁下，女子不來，水至不去，抱梁柱而死。」千百年前，他就跟一個女子有約，他在橋下等她，等得萬念俱灰。

這是誰替他取的名字？要他薪火相傳，接續上游漂下來的癡妄。

回到坡下藍屋，待阿鎌上了床，琢磨她睡了，尾生就躡着腳開門回家。漱洗畢，點了床頭燈，擁被讀《繡榻野史》，正讀得入神，朦朧間，粉牆上巨影撲動，似有黑鳥斂翼破風而入，要伸爪攫人，他一驚回頭，窗外，就一樹枯枝篩着篩不掉的月牙，萬籟無聲。他起來要去關窗，驀地，一個女孩竄起來，「爸，大鳥把我銜過來了。」阿鎌右手做了個鳥頭，左手拿手電筒照着，笑瞇瞇望着他。「幹嘛還不睡？」尾生輕拍胸膛：「讓你嚇一跳。」「我睡不着，你過來陪我睡。」她說。「小苦瓜長大了，跟爸爸睡覺，要讓人笑話的。」尾生跳上窗台，蹲着扮飛禽：「你不走，另一隻大鳥，就要吃掉你了。」他連唬帶哄，護送她回去。

翌日，阿鎌告訴尾生：「我看街，看到一個光頭，光頭見了我，一直盯着我看。

他就站在樹下面，這樣嘀嘀咕咕……」說着，躬身作了個合什的手勢，「他嘀咕完就走，似乎是個傻蛋。」她問尾生：「那光頭傻蛋，你認識不？」「我認識好多傻蛋，但沒光頭的。再見到，你叫我來看。」他說。

過了兩日，他到藍房子陪阿鰜，入黑前，忽然聽到叫喚：「爸，光頭蛋又來了。」她怕開罪人，省掉傻字。尾生走到窗前，發現一個穿褐黃僧袍的和尚站在街對面一盞燈下，約莫三十來歲，眉目森冷，見了尾生，愣了片刻，垂下頭去了。尾生記心好，能認人，覺得和尚面善，可就是想不起什麼時候，在哪兒見過。「鬼鬼祟祟，看來不是好人。」他推想這禿子要尋隙行騙，暗自提防。

寒假過去，和尚沒再合什遙拜那一屋的藍。

「德蓮娜會帶我到葡國去找她。」阿鰜說。「她是誰？」尾生問。「我媽。」「你想見她？」「我不知道。以前，我好想有個媽媽。可這麼多年了，她還是不回來看我們。我總覺得，她是一個沒心肝的人。我就是見了她，也不會高興。」阿鰜反問他：「她丟下我們，爸難道半點不生氣？」「我生氣，她不見得就會回來。」為了說明白，尾生編了個故事：

一百年前，澳門晚上照明，都用煤油街燈；燈火最盛的日子，有兩千多盞；街燈，每天由點燈人去點燃。他告訴阿鎌，有一個點燈人，他每天揹着女兒，兜着一條長梯去點燈，黃昏，他就到海邊去點第一盞，不論晴雨，不管寒暑，就算刮起了大風，他照樣去幹活，待他點亮最後那一盞燈，天也要破曉了。這個男人，他總覺得有一天，女孩的媽媽，會在最後那一盞街燈下等他，到時候，女兒大概長大了，他們一家子，經歷了那麼多風雨，雖然疲累，卻會挽着手，笑盈盈地一起回家……

「你認為，媽媽會在那盞燈下面等我們？」阿鎌問。

「我不『認為』，但我相信，你總得相信一點什麼，才可以繼續往前走，去把一盞盞燈點亮。」話，說得遠了，他不知道阿鎌是否明白他意思；實在，他自己也弄不清楚，他希望在那支「最後街燈」幽熒的光影下等他的，是趙小瀾？還是江若鰈？或者，壓根兒他就是為了要遏制對小瀾的妄念，為了要填補生命和感情的缺口，他才「愛」上這一個更虛無不實的女人；為了對抗錐心的非份之想，他才找到若鰈這一個不必花時間去安撫的幫兇。他隱約意識到一件事：他「愛」她，因為根本不必和她戀愛，就像他愛朋友的妻子一樣，存乎一心；心以外，沒一個能留給鑑證科追尋的現實腳印。

「我媽還有沒有給你寫信？」阿鰜問尾生。「都是我給她寫，她有一年沒回信了。」自從他問起退休治安警江鯤的事，若鰈就沒有回信；這時候，她早該刑滿出獄。

「你是怎麼認識我媽的？」這天，阿鰜興致高，要追本溯源。「我……」尾生語塞：他真的「認識」她麼？他照顧她女兒，進佔她房子，窺探她心事，然而，直到這一刻，他們從沒交談，從沒對視；他們總在相同的時間，但不同的空間，朝對方伸出手，那軟弱的一雙手，彷彿水邊兩根蘆葦，隔着三兩寸，搔得月亮發毛，可彼此，就是搆不上關係。

「那年，聖像出遊，遇上大雨。我頂着個大鼓，走得慢，趕不上大隊。你媽在雨裡看着我，她說：『你落單了，這些年，你都落單了。』那一刻，我覺得好寂寞，於是……我們兩個人，就走在一起。」他說的，是夢中情節，而且，偷換了夢中人。

「男孩子，女孩子，就這麼容易『走在一起』？」阿鎌瞪着他。「這……這只是一個譬喻，譬如……」名不正，他終於察覺，言也不順。

5/500
Ameida Ribeiro St.

日影橫斜，暴龍在院子裡犁地。

「秦玉喜歡夜香蘭。」暴龍說：秦玉，是他前妻的名字。「事情，過去了，就是過去了。」尾生總想勸服他，以為勸服他，就等於勸服自己：「她永遠不會知道，你仍然為她盡心。」「知道的。」暴龍望着腳邊那坯黃土，「為了一撮骨灰，我耗上大半家財，姓秦這一家，夠貪的。」暴龍告訴尾生：這些年，他一直跟前妻的家人周旋，月前，才終於得到她的骨灰，撒在自家院子裡。他打算種上秦玉心愛的，也叫風信子的夜香蘭，花，在骨灰上萌芽，他以為，就可以聽到泥土下傳來的心事。

「船做好了？」尾生問。「還在做。」他說：「我提過有一種叫『Korlae』的船，我打算花兩年工夫畫好它，畫我跟秦玉一起的情節。」「學佛，要去『我執』，這是你說的。」尾生看着他，心生憐惜，「然而，我認識的人當中，你偏偏最固執，也最荒唐。」「我學得不到家，所以，一直在學。」暴龍苦笑：「你別五十步，笑五十一步。」「我到底活在人間，但這幢大屋，是你的太虛幻境。」尾生有點羨慕他：他富有，富有得可以躲進自築的浮城。

「有這麼一個故事，」暴龍說：某年中秋，有個老和尚在一株玉蘭樹上掛了個紙糊的紅燈籠，就退入禪房，隔窗看燭燄明滅。

「師父，你知不知道人世間，什麼是最恐怖的？」小沙彌傍着他坐定，就問問題。「最恐怖的，是窗外一隻青面鬼忽然爬進來，二話不說，就咬掉你的頭。」老和尚答。「不，我覺得最恐怖的，是蠟燭燒盡了，燈籠熄滅了，周圍一片黑暗；驀地裡，這個燈籠，竟又亮起來！這座空山，就只有咱師徒倆，這燈籠，是誰去點亮的？」小沙彌說完，抱着手，但覺一室是鬼氣。

老和尚瞪着跳閃的燈火出神，半晌，燭滅了，大小和尚同吃一驚，連聲怪叫。

「三更了，睡吧，夜生活太多，到底不好。」老和尚從蒲團上站起。「燈籠，我總覺得，會再亮起來。這麼想着，不會睡得穩。」小沙彌說。「把窗戶關上，看不見燈籠，就沒事了。」老和尚着他去關窗。「你以為關了窗，燈籠，就不會亮起來？」小沙彌認為：眼不見，不等於就乾淨。「你到院子裡去把燈籠摘下來，一把火燒了，不就什麼都解決了！」老和尚不耐煩。「萬萬不可！」小沙彌解釋：「我燒了燈籠，你半夜裡起來尿尿，發現燈籠還在，亮堂堂的照得滿院子一片紅，還尿得出來？」老和尚聽得毛骨悚然，夜尿多，夠可怕了，再遇上死而復生的紅燈籠，能不膽喪？他六神無主，反問徒兒：「你……你說該怎麼辦？」「你是師父，該我問你；如果你問我，那我就是師父了；我再笨，也不會笨到去當師父。」小沙彌答得直率。

「這夜，師徒倆沒有入睡；第二日，第三日……老和尚仍在苦思這個『燈籠問題』；一年過去，老和尚圓寂了。不過，臨終那一天，他心境非常清淨。」暴龍說到這裡，問尾生：「你知道那是什麼原因？」尾生搖頭。「他開悟了。」暴龍說：「他終於明白『最恐怖』的，是妄念；院子裡，那盞紅亮的燈籠，也只是他管束不住的一個妄念而已。」

恐懼，是妄念；癡頑，何嘗不是妄念？尾生心弦一動，響起共鳴：「明知道是妄念，怎麼仍舊冥頑？」「知道，不等於就能做到。」暴龍盯着他：「不好，也不對的事，你從來不做？」「做，做了就覺得自己不對，也不好。」他拍拍暴龍肩膊，兩人會心莞爾；轉念間，都覺「莞爾」太含蓄，乾脆對着眼前圍牆，縱聲大笑。

「喝酒去？」暴龍問。「喝茶吧。」他說。「也好，今年的龍井還可以，就是有點澀，搔人喉嚨。」暴龍把鋤頭靠牆泊了，招呼他走到偏廳，兩人在榻榻米上坐定，老僕就去沏茶；暴龍只留下一個傭人燒飯打掃，活得日漸省儉。

「最近有沒有去打鼓？」暴龍問他。「除了聖像出巡，樂隊很少表演。」尾生答。「有時候，我會想起你那個吹喇叭的朋友。」暴龍忽然提起姚溟。「他吹雙簧管。」尾生糾正他。「還不都是吹？反正他老婆愛的，是一張悶聲不響的大鼓。」暴龍瞟他一眼，搖搖頭，長吁了一聲：「男人，有男人的苦哇。」尾生佯裝沒聽見，看着杯裡浮沉的綠芽，閉目呷了口，張開眼，落地窗外翻犁過的那一堆堆濕土，迎着斜照，忽然分了陰陽，滿眼的起伏，都是膠着了的；暴龍的船，就嵌在那幾畝泥塑的波瀾上，船頭那海蛇紋飾的暗影，直伸向右邊那堵粉牆的牆根，連黑帶白，焊死在那裡。

「今天，我去送船。」尾生告訴他：德蓮娜和阿鰜要到葡國，送完船，他就信步走到玉廬。他總是等到船影淡了，水紋散了，無所適從，才想起這位「同癡」。「這條船，你看來也用得着。」暴龍向庭院望了一眼，笑問：「要不要借給你，好把人追回來？」「心領了。」他早就不問自取，隨緣漂向一座同樣無舵的佛山，在苦海逐流。

「你調查江鯤，你知道他會犯事？」陳區長問尾生。「我沒調查他，我找他。」尾生說。「幹嘛要找他？」「興趣。」「最近那樁械劫案，你怎麼看？」陳區長白他一眼，盤問的語氣。惡賊打劫金鋪，一粒子彈轟掉門衛的鳥槍，巡警趕到，喝令投降，他揹着那袋金飾，回身又是一槍，差人見頭頂一盞街燈粉碎，嚇得抱頭竄避。「子彈，是江鯤那枝失槍射出來的子彈；但開槍的，未確定是不是江鯤本人。」陳區長說。「戴了手套，沒留下指紋，難道樣子也沒人看見？」尾生反問他。「看見一個牛皮紙袋，最香餅家，包杏仁餅的。那廝用紙袋罩着頭，只挖兩個洞露出眼睛。」陳區長當他是幫兇，要問出線索：「你認為，他是一個怎麼樣的人？」

「一個家庭觀念薄弱，不顧後果，沒有責任心，始亂終棄，但知道買出爐好餅的人。」尾生答得中肯。不管怎樣，他不希望槍匪真是江鯤，江鯤可能是阿鰜生父，阿鰜不應該有一個冷血的賊頭父親。「司警那邊，接手發通緝令了，做賊的，不可能自動回來投案。你多留神着，這人非常危險，是澳門街百年不遇的厲害角色，有消息，馬上報告。」區長心眼多，不想他打草驚蛇，更不想他私下去逮人，獨建奇功。

這位陳姓區長，像鹹淡水交界生長的烏魚，算是澳門土特產。

他愛喝茶，日長無事，本來和幾個『頭等』和『散仔』窩在偵訊室喝，茶，越喝越好，茶具和泡茶的花樣，也越來越多。「喝茶，是一門藝術。」陳區長說。但「藝術」是什麼？他卻支吾亂應。大概覺得在差館喝茶，頗欠風雅，就請人回家喝，還找書法家寫了條「無欲則剛」橫披，高懸自家小客廳樑上；小客廳，就叫「無欲齋」。無欲齋的茶敘，由偶然，變成每周一次的必然，他認為，該順天應人，向政府註冊，成立一個「無欲茶藝會」，自膺會長，再委任幾位茶友做副會長和理事。「喝茶就喝茶，幹嘛要成為註冊社團？」有人問。「不成為社團，怎麼有名目向政府要錢？」他回答。「我們要錢幹嘛？」「出外交流，考察，宣揚茶文化。」陳區長，以陳會長身份，開導不知不覺間，已經由「茶友」淪為「茶員」的同事。

好景不常，讓人尊為「陳無欲」的茶藝會會長，某天，在報上讀到一篇文章，作者李有容自稱創立了一個「有容茶道會」，宣揚比「茶藝」更高層次的「茶道」，是澳門第一個法定的茶道會云云。陳無欲心中有火，強抑怒氣，查出自己無欲會的註冊日，不多不少，就是比有容會早了一天。他給報紙編輯寫了一封信，可惜，文墨只算粗通，下筆難免鄙惡，編輯見是警察局的信箋，原文照錄。「讀者來函」見了報，茶道會的李有容，馬上回敬一篇鴻文，把陳無欲嘲謔了一番：「真正的茶人，那會像這位差人一樣偏狹，好爭一日短長。」無欲受辱，更火了：「明知道我當差，還這麼放肆，那是挑戰警權了！」他要編輯供出李有容地址，就領了幾個手下，要去拉人。

「總得有個罪名，有些證據。」尾生提醒他。無欲的怒火，暫且遏住。因為那椿械劫案，兩人碰面多了，尾生接受「盤問」的地點，漸漸由警察局移至無欲齋，為了湊數，還受邀成了茶藝會會員。

小地方，恩和怨，要避，也是避不開的。

某日，陳無欲上館子，背後竟有一桌人在講茶，一開講，就講到誰是澳門街的茶道正宗，還譏誚他不配喝茶，原來正是李有容跟茶員們在吹擂。陳無欲無欲是假，有火是真，越聽越惱怒，回頭硬生生扔去一句：「你們這夥人，是喝茶喝着尿了！」李有容見是「茶敵」來了，不慌不忙，揩掉山羊鬚上的醬汁，改了幾個字奉還：「我們喝茶喝着尿，那閣下是——吃飯吃着屎了。」陳無欲讓他一句話噎死，連嘴皮也輸掉，無地自容，唯有抓起仿乾隆年製一個青花大茶壺，對準他額頭砸去。有容一頭是血，滿臉是茶，沒料到遭遇這番突襲，呆住了，茶會理事跑進毛廁，拿來一疊草紙為他壓住傷口，血，還是白流。飯館老闆見識廣，心眼玲瓏，仰慕這幫人身份，提議：「聽說茶葉敷傷口，可以止血。我藏了一餅六十年的易武春蕊，算普洱茶極品，一直不捨得喝，李會長要是不嫌棄……」話沒說完，李有容憋不住了，血淋淋站起來，失聲厲叫：「酒！」

「酒」與「走」，粵音相同，無欲以為：李有容臨危追慕劉伶，換茶為酒，從此，就要跟陸羽斷絕關係，沒想到鳥事，還在後頭。

過了兩日，陳無欲到槍房繳了械，大搖大擺走到關閘附近，昏燈下，忽然閃出一人，二話不說，就朝他腹部捅了一刀。無欲按着肚皮跪倒，馬上有七八條黑影圍過來，條條揮舞着明晃晃的削肉刀。無欲全身亂抖，囁嚅說：「我是差……差人。」「我知道，還是個茶人呢。』大黑影說着，打個手勢，四個人趨前按倒無欲，另外四人就往他手肘和腿彎的筋腱快刀深割，刃行無礙，法乎自然，暗合庖丁解牛不強攻，不對抗的至理，這夥人，毫無疑問，正業都是在屠房宰豬的；無欲，也果然像殺豬般慘叫。「你放心，十字車很快就到。」大黑影着餘人散去，施施然找電話替他報警。

無欲讓自己的血粘在地上，背脊朝天，像一個「大」字；這個「大」字，那天夜裡，澳門街好多失眠的會長、理事長、監理事長、常務秘書長……在自家窗前，個個看得分明。襯着疏燈，淡月，人人悚然而驚，憬然而悟；有在文學界執牛耳，年輕時在南洋賣牛肉的理事目睹凶案，感慨繫之，「墨池揚惡浪，蝸角逐浮名；我自乘風去，投靠大麻鷹。」他奮筆寫了闋鏗鏘的五絕，讓編輯配一朵朱紅篆印，赫然見於報端。

無欲不能稍動，救護員撿了他上車呼嘯而去，經過搶救，終於脫險，留醫一個多月，出院了，就躺在床上吃長糧。有一刀傷及胃腸，老婆每天餵以三頓稀飯，茶，是不能喝了；不過，值得慶幸的是：茶藝會，沒因為他吃粥而解散，會長換了人，大家讓他更上層樓，當榮譽會長；他要是沒從鬼門關回來，錦上還會添花，幻化為永遠榮譽會長。

陳無欲除了是會長，還是區長，讓人欺負，同僚當然氣憤，決定徹查，一徹查，發現李有容的岳長，是個開賭的江湖人；不過，事關重大，總得嚴辦，一嚴辦，再發現這江湖人，跟局裡的頭兒是小學同窗，月前，他們小學班主任八十大壽，兩人才在飯局上聚頭。班主任還訓誨眼中永遠沒長大的小同學：「做人，處事，以和為貴。」和為貴，大家自然不便，也不敢再探究是非黑白，破壞社會的和諧。

無欲，是受害者，當然有不同心思。他胃腸受創，心，可沒有碎，他在伺機復仇。賸餘的歲月，他有了明確目標，那就是：討回公道；為公道，他不惜進行詭譎多變的鬥爭。尾生去探視他，聽了好幾個周詳的復仇計劃；有些，規模太大，佈局太奇，就是十年八載，人傑配上地靈，也難見成效。他想勸無欲不要枉費心機，話到嘴邊，卻吞回去；心機，不耗費在這等可笑而且可悲的情節，他還可以做些什麼？

無欲告訴尾生，他做了一個夢，夢中，李有容渾身長滿綠葉，變成一株茶樹，他一片片撕下他，把他凌遲，再塞進一個大茶壺裡。他知道沖泡龍井，水不宜煮沸，要用蝦眼水，但他太恨這株惡茶了，他要煮得他皮開肉綻，煮得他教人掩鼻。他那雙泡茶的手，在夢裡好靈活，好熟練，他開懷大笑，笑醒了，要捻亮床頭燈，才發覺手不能動，他忽然痛哭失聲。「為了維護『茶人』這個身份，我作了太大的犧牲。」無欲目眥欲裂，吐出來的每一個字，都着了火：「我不能讓自己平白犧牲！」

或者，尾生暗想：每一個人，都要為捍衛自己的「身份」邁向前線，必要時，支離破碎，葬身於佈滿榮譽和腐蛆的壕溝。

「你是澳門街最好的鼓手，你有你的位置；你運氣好，沒人會挑戰你的成就。」無欲說。然而，什麼是他的「成就」？尾生認真思索，總算歸納出兩項犖犖大者，那就是：單響的「篷！」和連發的「篷篷……」他成就的大小，取決於「篷」這個單音，能遍及的範圍。

他離不開這片濁海，離不開這幾十萬人和十幾平方公里土地；他是這幾十萬人之中的一個人，這單響和連發的「篷」帶來的感覺再良好，或者再難受，離開了這裡，就變得再沒有意義。

他應團體的邀請去擂鼓，有時候，出勤一整日，就擂那兩三下，響那四五聲。葡國來了大官，他們去當儀仗，虛張聲勢，彰顯虎威；說到底，首要任務，不過是一年幾次的聖像出遊。

一九一九年五月，花地瑪聖母，第一次讓信眾從玫瑰聖母堂的祭壇抬到街上；然後，是大耶穌；然後，是聖母……周而復始，循環不息。如果沒有這兩尊聖像，如果聖像不出遊，他這支後來插隊吹擂的樂隊，還有什麼存在的價值？

當然，「篷」在樂譜上，有嚴格的標識和要求，譬如：「pp（甚弱）」「p（弱）」「mp（次弱）」「mf（次強）」「f（強）」「ff（最強）」……輕重疾徐，拿捏得精確，感情注入得恰當，就是藝術；藝術，不講血緣，不論國籍，不黏附一時一地，廣袤，而且深邃；他這一聲「篷」，倘若能跟五代，或者十國的戰鼓相呼應，起共鳴，那更屬於永恆的範疇；可惜，在出遊的喧囂裡，昏聵的眾生絡繹於途，他再恰當，再精確，他用一根鼓槌去臨摹的不朽，又有誰可以領會？

他是一個領取警察薪酬的樂手，一個擅長擂鼓的警察；鼓聲和槍聲，對於他，沒有明確的分野；「篷」與「砰」，就像愛和恨一樣，是一組和弦。「幽蘭，可以生於空谷；天籟，幹嘛不能在聾瞽的人間演奏？」他是一個鼓手，在這裡，他是唯一的，所以是最好的；別的地方，不會為他保留這種依靠一尊偶像而存在的崗位。他最好接受現實：安定，讓他喪失了在外頭競爭的能力和勇氣。他應該志得意滿，起碼，坦然地，像其他人一樣接受豢養，並且，幸福地活着；然後，退休，享受長俸，直到離開人世；而人世，就是「澳門街」；這條街有多大，人世就有多廣。

姚溟出去了，有時候，他還真羨慕他，不僅因為他帶走了趙小瀾，還因為：他不必再為一塊永遠沒有案底的神聖石頭服務。

如果他能活到公元二千年，到時候，他五十九歲，澳門，會是怎麼樣的澳門？聖像還是照舊出遊？樂隊還是走一樣的老路？沒有人能夠預見未來，但澳門人可以；相比世上好多地方，澳門人更容易掌握變化之道，那就是：變化，等於衰亡，等於生活的消逝。

大家仍舊在沒完沒了的是非和愛恨之間糾纏，茶人仍舊互然鬥爭，詩人仍舊彼此陷害；然而，見了面，卻像沒事人一樣，大家還得微笑，還得保持一輩子的相見歡。他有點懊喪，他不知道是不是這樣的氣局，規限了他的視野，困囿住他的愛情？他在城市和思想的橫街窄巷走來走去，始終走不出分割得具體而微的社區。

「終有一天，我會找人一把火燒掉那天殺的有容茶道會！」無欲說。冤冤相報，也是一種寄托，一份消磨；他尾生，他這一聲獨一無二的「篷」，要跟誰去較量？他不是茶人，不是詩人；甚至，不怎麼算是差人。他笑自己，他只是個癡人；沒有了這份癡，他還有什麼？他還算什麼？他離開了對趙小瀾，或者說，對那種氣質的牽念，他將會失去重量，在黑暗的虛空裡浮游。

「有當鋪接了一批金飾，懷疑是賊贓來報案。證實了，是那樁械劫案一部份失物。」尾生告訴陳無欲。他癱臥在床，仍舊關心天下。「當東西的，肯定就是疑犯。」無欲說。「是個女人，聽說，樣子很美，就扮相風塵。」尾生推測：女人多半是劫匪情婦，奉命替他銷贓。「有第一次，就有第二次。派人守在當鋪，她再來，抓了投進拘留室，扒光衣服，請她用鼻子喝幾瓶醋，就什麼都招了。」無欲受襲以後，性情越發殘忍乖謬。「這臭賊，夠討厭的。」如果臭賊真是江鯤，他最大的罪惡，尾生認為，不是打劫，是不斷哄騙女人；而且，是漂亮的女人。

賊蹤未現，彈指間，又過了一年。

暮春三月，某天，尾生從治安警察局出來，一個女人正站在門廊下。雨，下得好大。她打開鮮紅雨傘，慢悠悠走下台階，走了兩步，回過頭對尾生說：「一起走吧。」他躲到傘下，一陣風信子的香氣撲鼻而來，因為玉廬庭院裡花放的盛景，他總記住那錐心的氣味。「我來打傘。」他握着傘柄，她放開手，卻覺得那隻手虛晃着，了無憑藉，只好用指尖扣着月牙般的傘柄，由他牽掛着，走過疏植了槐樹的長街。

「到差館報案？」他問，目光仍舊停在她戴了指環的無名指上。「嗯。」她點點頭，沒看他，雨中的塔石球場，草，綠得像死水上的浮藻。「要報的，是什麼事？」他再問。「小事。」她回答；答案太簡省，他曉得，是要他噤聲。站在斑馬線前，她瞟一眼西洋墳那邊，平板地說：「順路，就一起走。」「順路。」他說。雨，沒停下來的意思，腳底的黑和白，那樣含糊。他家不在那個方向，或者，因為這場雨，因為她身上幽淡的花香，他撒了謊，他好想傍着她再走一程。突然，她在一幢老樓前停下來。他不解地望着她。她說：「到了，我住在這裡。」他這才恍然：天下，無不散的筵席。

「我再用不着了。」她把傘遞給尾生，輕淺地一笑，轉身開門進屋。他來不及推拒，已經撐着紅傘，走在灰濛濛雨幕下。法例沒明文禁止男人打紅傘，但紅傘配上他，到底有點詭異，有點悖常。他可以斂了傘，頂着這片滂沱回家，反正半邊身子，早已濕透；可拿着傘，一路淋雨，豈不是更荒唐可笑？何況，這張傘，還罩着一季的芳菲。雨，沿斜路沖下，他是魚，負着一朵逆流的玫瑰。

推開寓所前鐵欄柵，尾生在廊簷下擱了紅傘，仍舊讓它水溶溶地開着，等雨過天青，晾乾了再收起來。他換了衣服，沏了茶，歪在藤椅上看書。雨聲淅瀝，這天，他總是神馳物外，難以專注，抬頭隔窗往外一看，簷下那點紅，竟像替這幢陰沉的老屋點睛。

翌日，他回警察局，問起那個來報案的女人。

女人姓葉，名薔，是一年前那宗械劫案疑匪的女人。疑匪在大陸有了另一個女人，她和他大鬧了一場，很氣憤，於是來報案。她手上白金戒子，證實了是贓物，除了這件「訂情信物」，賊贓，全部脫手，這是唯一能指證疑匪的東西。「我們要她把證物留下來，她不肯，說沒有了這隻戒指，男人會起疑心。我們想逮到他，就得讓她回去。她說，她男人今天傍晚才會從大陸回來，我們要去捉他，最好在入黑之後。」警員說。「她為什麼要幫我們？」尾生問。「將功贖罪。」「她有什麼罪？」「愛上賊頭，就是罪。賊頭不偷吃，這葉薔也不會舉報他，會繼續包庇他。」尾生不以為然：「大家打算怎麼做？」「她說了地址。追蹤部署，本來是司警的事，但我們見過證人，這邊幾個治安警，會配合行動。總之，見到男人，就抓起來；不過，賊頭有槍，可能還有四發子彈，遇到反抗，格殺勿論。」

「賊頭，是不是江鯤？」這是尾生最關心的。「不知道，她不肯說。」「我想去幫忙。」「你不必去，傷了，無人打鼓。」「我想去！」言者無心，尾生總覺得同袍小看他，認為打鼓的警察，不是真正的警察。

「我要請示頭兒，你先到槍房領槍，今晚沙展請吃葡國九大簋，吃飽回來，再集合出發。」報案室同事說完，繼續打字。

敲鍵聲，在空落落的大廳迴響，頻密有如槍鳴。

行動失敗。

劫匪，沒有露面。

事後，尾生請假十日，一連七天，他不出門，吃咖啡室送來的便當。

那夜，圍捕過後，他回到家裡，那把紅傘，仍舊綻開在廊簷下，看起來，還是濕涙涙的，像一個不肯結痂的傷口。他每天坐在窗前，呆看着這張傘，心裡有無窮盡的愧疚。他不應該參與這趟任務，他的戰場，在無血無肉的排練室，槍聲不適合他，在「砰」和「篷」之間，他只屬於鼓槌擂出來的單純的悶響。

第八日，暮色來時，他走進若蝶的藍房子，拉開睡房榆木櫃的抽屜，翻出她和江鯤的合照，凝神看了半天。

他不認識相中的男人，精確點說，他也不認識相中的女人；然而，他卻因為這個女人而妒恨這個男人，因為妒恨這個男人而付出了代價。他覺得很荒謬，很荒唐。燈光昏暗，看久了，眸子酸澀迷糊。過去七天，他沒一天能睡好，這時候，靠在若蝶的床上，竟像脫了力，虛弱得不能坐起來。他瞇上眼，任那框黑白照壓在胸前，「怎麼這樣的沉重？」彷彿那是一塊碑石，要把他鎮在浮泥之下。他勉力往窗外望去，刺桐那千掌葉，慢慢的，都瘦了枯了。

「這是什麼地方？我怎麼會走進這樣一座花園？」一場濛濛雨，腳邊那千朵萬朵碗口大的紅花，忽然間，一同開起來。尾生欠身細看，那根本不是花，是一張張細小的紅傘！「傘下，會不會有人？」他掐起一把小傘，傘柄種在濕土上，但沒有根柢，一連掀了十幾把，隱約有女人聲音說：「我在這裡，我等你好久了。」可是，她，究竟在哪裡？

放眼看去，紅傘，千點萬點，密密麻麻，無有窮盡，不一朵朵拔起，根本寸步難行。「你究竟在哪裡？」他大聲問。「這裡，就在你腳邊。」她回答；那是一把熟悉的聲音。

「你是誰？」他問。「是我，你要找的人。」她答。他感到焦躁，蹲下來，掀翻了雨傘，就隨手扔開去，腳旁騰出了桌子大小一塊圓形地。「不遠了，我就在你眼前。」那把女聲說。他向前邁出一步，腳尖點地，彎身掐起鞋邊幾把傘，站穩了，再問：「你在哪裡？」「這裡。」她說。「這裡，究竟是哪裡？」他不耐煩。「就是這裡，一圈圈紅傘中間。」她給了提示；但所有紅傘，都在一圈圈紅傘中間。

他放開腳步，再不管是不是踏在傘上，一步踏穩了，就問一句：「你在哪裡？」回答越清晰，他步子邁得越快，驀地，「咕吱」一聲，腳下有異，竟似踩到雨傘蔭庇着的一團軟肉，滑潺潺的，漿血，從鞋底汩汩滲出來！

「不會的，不會的……不可能一錯再錯！」他暗叫不好，還是嘶啞地發出問話，妄想得到回應。

雨，早就止歇，天好藍，無邊的寂靜，教人窒息。

他抬起頭，那片殷紅傘海上，數十步外，不知道什麼時候，竟站了個黃袍僧人。

「阿彌佗佛！」那僧人朝他躬身合什，陰惻惻地一笑：「你這個癡人，又闖禍了？」「我……我不是故意的，害死她，並非出於本心。」「什麼才是你的『本心』？」

「我……」他六神無主，再打量這個和尚，但覺十分眼熟，肯定是會過的：「你……你是誰？」「你早該知道我是誰。」和尚說：「你佔了那幢房子，守着那個女孩，你沒理由不知道我是誰。」

「你……你就是那個……那個來偷看我們的光頭……」他猛省起兩年前，他和阿鰜在藍房子外望，街燈下窺伺的，正是此人！當時，只以為是個四出蒙混的禿子。「想起來了？」「可是……」尾生但覺案中有案，那天，他就覺得和尚面善，算不上初見。「我給你一點提示。」和尚從僧袍下拔出一柄左輪手槍，砰！砰！砰！向周圍的小紅傘開了三槍，然後，槍嘴直指尾生胸膛。

他萬沒料到和尚竟然藏械，走避已然不及，慌忙中，兩手端起一物擋在身前，「砰」的一響，玻璃粉碎，他這才發現手中抓住的，原來是若鰈和江鯤的那幀合照。他將照片舉到面前，透過若鰈身上的洞眼管窺，剎那間，什麼都明白了：傘海上的這個和尚，臉容，竟跟相中的江鯤重疊！

「我以為你早就知道。」和尚冷冷地說。尾生一摸心口，鮮血涔涔而下，他慘然問：「江鯤，你……你幹嘛要殺我？」「因為你該殺！你是澳門街的公害。你一開槍，就射癱自己好朋友；再開，又射死了我最愛的人。」這回，和尚舉槍指着他的頭。「咔嚓」一聲，子彈射完，沒迸出煙火。尾生卻驚叫着，醒過來了。

和尚能掛單的廟宇，本就不多。尾生既想到江鯤就是竄的黃袍僧，要找出他藏身之所，就容易了。不過，江鯤就算真的出了家，他還是不敢輕率，執勤時槍不離身，步步為營。明查觀音堂沒發現，他暗訪紫竹林和石獅子，後來，聽說江鯤早化名若水，在菩提園修行，尾生更不敢懈怠，報請上頭增援。司警或在園外埋伏佈防，或喬裝善信，據桌大嚼，一待牛副區長下令，就來個裡應外合，群起而攻，不容這悍匪有機會負隅頑抗。

然而，破壞佛門清靜，到底不好，副區長踟躕不前，問尾生：「人是你找到的，你有什麼好提議？」「我認得他，不如我進去要碗白粥，點些假魚假肉，再請這個若水法師出來見面。大家先按兵不動，見機行事。」「你小心點，他有槍，可能還有子彈。」副區長不想血洗廟堂，惹人詬病，間接影響升遷。

「你要找若水，可得等一會，今天食客多，他在廚房煮齋菜。」知客僧說。「他要下廚？」尾生詫問。「幹活，也是修行。」知客僧告訴他：過去八年，若水在禪院持戒，絕少外出。尾生吃過稀飯和油炸三寶，打完飽嗝，一個穿褐黃僧袍，束了衣袖的和尚就從廚房出來，朝他這邊張望。尾生認出嫌犯，一邊招手，一邊不自覺地摸着外衣覆蓋的佩槍。若水邁步走到桌前，瞜一眼賸下大半的糖醋魚，問：「不對口胃？」以為來了挑剔的食客。

「做得很好，就是太酸。」尾生請他坐下說話。若水正眼看他，想起是見過的，淡然問：「不光是來吃素的吧？」「想問你一件事。」尾生直視他：「你是不是江鯤？」「以前是。」「江若鰈是你什麼人？」「是我胞妹。出家人，從前的牽絆，早拋開了。」「哎呀！」尾生一拍額頭，長吁一聲，江鯤，江若鰈，兩人都姓江，兄妹合照，實在尋常不過，「我真糊塗！這麼簡單的事，幹嘛就沒想到？」他動作大，相鄰兩桌人按着槍柄，幾乎都要起身撲過來。

「一年前，我在若鰈家的窗口看見你。」尾生問他：「你不知道她到葡國去了？」「偶然路過，看看以前住過的地方。」他沒正面回答，反問尾生：「你怎麼會在屋裡？」「說來話長。」不僅話長，而且不好說，他尷尬地一笑：「實在不好意思，我還以為阿鰜，也就是那天你看到的女孩，是你和若鰈的女兒。」若水本來神情冷漠，聽他這麼一說，雙眉緊蹙，臉色微變，轉過頭，似乎望着窗外松枝上懸掛的一座鸚鵡架，架上卻蹲着一隻紅嘴黑羽的八哥兒，也瞪着眼看飯堂裡的人。

良久，若水說：「以前，坐在這裡，聽不到這鳥開罵；今天客人多，鳥罵竟然句句可聞。」尾生覺得這八哥兒用一副破鑼嗓門，幹娘親，操妹子，不停喙地瞎嚷，實在污人清聽，笑問：「這鳥怎麼老說髒話？」「還不是你們這些善信教的。」「就不能叫牠住口？」「鳥不是人，只能教牠說，不能教牠不說。」「但這樣操妹子……」「別說了！」他面露不悅，問尾生：「這幾桌無聲之人，是你帶來的吧？」「當中是有些誤會。」尾生表明身份來意：「不過，懸案未了，還是得請你到警察局去一趟。」「我隨你回去就是，不必驚動旁人。」尾生認定他是阿鰜的舅舅，戒慎漸去，笑說：「你住在這裡，心境平安，我們可大為恐懼。」「恐懼，源自無明；是你的無明讓你恐懼，不是我。」若水說。尾生心中頗受觸動，微一沉吟，走過去跟同夥稍事說明，傍着若水慢慢走出飯堂門外。

階下，滿園的玉簪，無色，但奇香奪魄。

經過調查，盤問，沒證據顯示江鯤或者若水法師，跟金鋪刼案有任何關連。當年，他的確失去佩槍，但槍械落入匪手，不見得是他束意所為。尾生本想多打聽他和若鰈的事，但若水絕口不說，也不能相強，拘留了兩日，仍舊讓他回到菩提園去。「禪院裡功課多，如非必要，今後，請你讓若水專心禮佛，從前種種，別再來提起了。」他這麼說，尾生更不好再去滋擾。

主調 21

時間：若水法師獲釋之後三天。

地點：銅馬像前。

人物：五個犯錯的警察。

欺善雄：「這禿驢，城府好深。我敢打賭，他肯定藏了什麼不可告人的秘密，就可惜沒人證物證，不能釘死他。這樣放他走，我實在不放心，萬一那葉薔真是他女人，他懷了恨，要來報復，那真是……」

裙腳全：「早知道那天我請病假，都是你們不好，我沒開槍射過人，我根本不想射人，哪想到那天晚上，一開槍就……這什麼若水法師，就算是無辜的，最好視為疑犯，派人盯緊他，大家再盡快把那個打劫金鋪的找出來。我們在明，真兇在暗，他一天不落網，大家分分秒秒有危險，老實說，我怕得就要偷渡到香港去躲起來。」

狗安：「怕，有什麼用？真兇，可能就在身邊，早就認識大家，或者是大家的親戚朋友。澳門街，最好不要開罪人，開罪了人，算你從關閘逃到路環九澳痲瘋院，兩個鐘頭之內，還不是要讓仇家逮住剝皮？我看最好像我狗安，苟且偷安，能偷多少，算多少。」

小號周：「這件事，不做也做了，多說無益。我們到底是讓這葉薔擺佈的，她是求仁得仁，假我們之手，替她辦事。劫匪的身份，相貌，一天不曝光，我們出入都要加倍提防。那天夜裡，去圍捕的，有十幾個散仔，他未必知道就這裡五個人開了槍，膽子再大，諒他不敢跟我們十幾個夥計作對。」

池尾生：「沒開槍的人，會宣揚誰開了槍。這惡賊要知道，要來索命，還不容易？事情躲不開，就不必去躲。我會好好的等着，劫數要來，我就上滿子彈，等它來。」

17/500
The Bishop's Palace, Macau

主調 22

白駒過隙，黑駒也過隙，倏忽又過了一年。

某夜，天，彷彿用明礬漂洗過，藍得好純淨，月就半邊，掛在松山那一片蒼綠松林上，亮得才磨過似的。尾生枕着手，在屋前廊簷下一張竹靠椅上躺着，他從沒見過夜空裡有那麼多的星子，多得真可以喚作星塵；星宿像塵，人，還算什麼？他忽然好希望門前就有一家郵政局，通宵開的，他穿戴好，就認真地進去給趙小瀾發一通電報，電報就一句話：「今夜，繁星滿天。」

他為什麼要告訴她這件事？這件事，跟誰都扯不上關係；但這一個夜晚，星光，讓他覺得一個人仰望，是那樣的遺憾，他將會帶着這個遺憾，走到世界盡頭。

破曉，上床要睡，才合眼，卻有同袍來報信。「我知道你有個叫暴龍的朋友，他昨夜出事了。」警員說。

尾生趕到玉瀘，天已大亮，暴龍的遺體還沒讓人舁走。

「我早上起來，要替先生做早飯，就發現他躺在那裡，我還以為他只是喝醉了……」老僕對尾生說。

暴龍身邊擱着一個盛安眠藥的空瓶子，清酒喝了大半，晨光透進去，泛着琥珀的顏色。他就這樣躺在船腹裡，眼睛瞇着，臉上笑容未褪，尾生知道，他一定是看着昨宵那漫天星塵沉睡過去的。搜證人員在院子裡拍照，他借來攝影機，也拍了一幀照片。這大概是他這輩子見過的，最難忘的畫面：夜香蘭開了，那滿園的藍，湧着幽香，霞光和雲影爬進牆來，他的這個朋友，就安祥地，躺在自己的心血上，風過的時候，花葉像海潮一樣晃動，那畫着他夫妻倆幸福歲月的船，竟真的像在花海裡漂浮。

朋友猝逝，他失落，但不哀慟，出奇地，反而感到一點點的安慰。暴龍一直自困在這座宅院裡，讓四堵高大的白牆包圍，他以為，他再無出路，如今，暴龍卻駕着自己的船，離開了玉廬，就像他自己說的，他終於「出去了」；在骨灰滋養的花浪簇擁下，出去了。

暴龍，一直在等這樣的一天，這樣的一個夜晚。他和他一樣，渴望有一個繁星滿天的夜晚，可以跟結籬在心中暗角的哀傷重逢。

尾生把照片洗出來，放大了，掛在自家小書房，因為角度偏低，沒拍到陷在船腹裡的暴龍，乍看，就像一幀大量複製的尋常風景畫。「真正的傷痛，總是藏在看不到的地方。」他心中嘀咕，回頭，看到窗下站着一個郵差。

「葡萄牙來的信！」郵差大聲說。

「三個月前，阿溟嚴重了。癱了下半身，以為休養好，做些恢復訓練，早晚能拄杖走路。然而，恐怕是輪椅坐久了，壞了神經，傷了血氣，連說話，都有點含糊。醫生推斷，是輕微中風了。他在這邊沒什麼朋友，躺在床上悶得慌。最近，他總提起你，說你不夠朋友，四年了，你還沒到過我們家。有空就來看看他，陪他坐坐吧。我在這裡還好，有傭人幫着照顧阿溟，也不累，天氣好的話，我會推他到屋前面小沙灘去曬太陽。無事，我常看書，看到有意思的，就唸給他聽。前陣子，翻到宋朝向豐之一闋《如夢令》，『燈盡欲眠時，影也把人拋躲』，說一個人，連影子也留不住，也夠孤苦的。阿溟聽了，好感動，老說：『秏秏！』秏秏，就是好好。自從得了病，他說話就像個傳教士，大家聽了都笑。有時候，還陪着秏秏、秏秏的瞎鬧……」

怎麼可能「聽了都笑」？小瀾的輕描淡寫，反而讓他感受到當中的困厄。下午，他真的到郵政局去發了一通電報，當然，他沒告訴她，那個繁星滿天的夜晚，是怎麼樣的一番景致；他簡單地寫了一行字：「請了假就來，保重。」

公車，好像開向老撾，也好像是越南。「究竟什麼時候曾經和他在這種熱帶地區旅行？」小瀾實在想不起來了。售票員，像個牧師，總是說：「只要你願意，神自有安排。」她不是說過「願意」了嗎？怎麼行程表就是欠奉？殘舊的公車，一路晃盪着。皓月，從樹後竄起來，撲到東窗上，撞出一團滑膩的黃光。

「還要在車上再呆多久？」她問姚溟。「忍耐一下，你瞧，搭客不止我們一對，大家都在忍耐。」他說。「究竟要到什麼地方？」她心裡有氣，大聲問。「噓……」售票員中指點唇，要她閉嘴，那曖昧的笑容和手勢，越發教她懊惱。叢林，向兩旁流逝。高齡的夫婦忌憚風寒，把車窗全拉上了。小瀾氣悶，冒汗，白襯衣黏着背項。日子，真要這樣過下去？她感到不耐煩，她不討厭姚溟這個旅伴，作為一個伴，他是稱職的；可她就是對這一切不耐煩，覺得自己正在這撲鼻是柴油味的車廂裡萎爛。

高中畢業，她想過要去當護士，想過要到歐洲去遊歷，想過成為一個胸懷天下的人，最後，在一處貧窮但寧靜的山區落戶，餘生，就用來照顧失學的兒童……神推鬼擁，她怎麼會忽然上了這輛車？隨大隊開上這條沒完沒了的長路？

她不想遷怒於他，她知道他需要她，重視她；讓人「需要」和「重視」，是一個女人的成就；接受這項成就，她是自願的。「你歇歇，我到上面去透透氣。」她離開靠窗的位子，扶着椅背走向後座，沿小鐵梯爬向篷頂。篷頂圍了矮欄，左右橫着食指粗的麻繩，用來緊勒行李和貨物。一個男人，體形像尾生，背着她，坐近車頭。她弓着腰，跨過繩子，一不留神，大腿陷在綳緊的繩子中間，夾住了，白肉上刮出兩抹紅痕，腿溝，火燒火燎，竟彷彿讓一根熱炭烤炙。

這兩根繩子，怎麼好像結了盟，一同去狎辱她？

「你哥兒倆行行好，放過我吧。」她忍着灼痛，使勁分開繩子。她怪男人麻木，怪他對身後事，不聞不問，卻也不想他聞問；在這油黃的月色下，她不要他看到自己的窘態。她抽了身，走近車頭，挨着他坐。男人半張臉讓圍巾擋着，她看不見他的嘴唇，但認得圍巾是二十年前的聖誕舞會，作為交換禮物送出去的，沒想到一直在他脖子上糾纏。

「你……待久了？」她問。他沒吭聲，一隻手勾着她肩膀。星子垂得好低，古樹鬱鬱蒼蒼，蹲在兩旁，像野合的史前巨獸。風大，樹葉偶然在頭頂掠過，又或者，那根本不是落葉，是急於回巢的蝙蝠。她拉起蓋貨物的帆布遮腿，偎着他，他的手悄悄從她裙子裡探進去，探得好深，彷彿那不是一隻手，是黑土裡竄出來的幾根白筍，冉冉上揚，無孔不入。指頭，怎可以那樣迂迴？那樣曲折？他摳她，撩弄她，不留餘地，她虛掩的門戶，半點經不起推敲。她怪他漠視她的羞赧，可她的濡濕，她的潮熱，她的抽搐都在出賣她。「不要……那地方……」她倒在他懷裡，夾着腿，筋肉繃得緊湊。他不妄動，她鬆懈了，喘氣，他再深入。他的擠壓和撕扯教她痛楚，但感覺飽滿而實在，為了這種感覺，她願意分崩離析，成為碎片，從此，連皮帶肉，黏附他的未來，他的人生。

「你就會折磨人……」她咬着他肩膊，閉了眼，由他肆虐。

路平了，筆直地戳向冥漠。空氣沁涼，但她埋怨他：「你好壞，在我身體裡點火。」那火，燒得好旺，燒得她狂亂。她伸手探他褲襠，他的陽物，沒讓她感到陌生，「它真的長大了。」她含糊地耳語。十八年前，她就會過它，那時候，它還藏頭露尾，帶點羞怯，不像今天筋肉虬結，壯碩而坦然。這輩子，她最先遇見的陽具，不是她丈夫姚溟的陽具，而是它；這一個它，形同私生，她打從心坎裡疼愛它，卻從沒形諸於色，宣諸於口；這夜，月色灼人，她覺得有權去放浪，有權恣意去宣示她的私情和懊悔。

她俯下身去，銜住這塊久違的骨肉，吸吮它，吞噬它，然後，仔細品嘗它。她在回味，回味那些錯失了的機遇，那些流逝了的韶光。

十八年前，初夏，那個消毒水攙了槐花香的清晨，她就該拉開那張薄簾，含笑看他，讓他明白，命中註定，他的命根子要握在她手上，由她擺佈；然而，她會讓他寬心，會承諾一輩子溫柔地愛他……可恨的是，她選擇了迴避，選擇了「沒有發生」，選擇了懊悔；她和他一樣，選擇了懊悔；而且，囚禁和桎梏自己的懊悔。她哭了，整個人在流淚，眼淚流到嘴裡，摻和了苦澀的回憶，浸漬他火燙的器官。他憋不住了，想推開她，她卻要他傾注在她喉嚨裡……黑樹，向兩旁傾倒，森林不斷退卻，長途公車，這會兒，恍如在月面滑行，驀地，背後傳來一聲嘆息，她在這片寧靜海回過頭來，行李箱上，就一隻白毛藍眼的野貓蹲着看她。

貓，究竟看了多久？藍瞳記錄了多少荒唐？她讓貓看得不自在，人清醒了些，背着他說：「我走了，你喜歡，可以繼續坐在這裡懷念我。」說完，顫巍巍站起來，踉蹌走向車尾。

她爬下鐵梯，回到丈夫身邊。姚溟瞌睡着了，車廂仍舊燠熱，她坐定了，仰臉看着車頂那一層薄薄的鐵皮，方才，她拳曲的腳掌敲出來的聲音，一定全擂進他耳窩；她的哀怨，她的激情，在這個車廂裡悉數化為沉濁的悶響，卻沒得到半分應有的重視和關注。然後，姚溟轉過頭來看着她。「醒了？」她問。「我做了一個夢，夢見自己黏在這張椅子上，不管怎樣掙扎，就是沒法子再站起來。」他說。「做夢而已，別當真。」她合上眼，夢，好壞都教人累。

6/500 Pedicabs

主調 23

從葡國里斯本南下，開車一小時，就到塞圖巴（Setubal），小漁港過去靠賣鹹魚揚名，海濱盡是露天茶座和海鮮餐廳，像澳門的路環島一樣，撲面是腥風，是海的氣味。

尾生在海灘附近，找到姚家大宅。

「我這一輩子，算是完了。」姚溟坐在涼亭階上。「別太悲觀，小瀾說，你本來連說話都不行，如今不是好多了？你那下半身，可能只是睡着了，隨時會醒過來。」尾生安慰他。「肚臍下面做夢，這上半截，就格外清醒。我的老同學，」他望着尾生，「以前，我想不通的，慢慢想通了。我說『這一輩子』完了，是因為，我覺得自己是一個新人，一個沒有腳，又或者，一個永遠拖着一雙『睡腳』過另一輩子的新人。」

「就算想不通，能想開一點就好。」尾生總認為他在說晦氣話。

一隻紅眼蜻蜓停在階上，尾生要驅趕，姚溟慢慢抬起手，擋住他：「我喜歡蜻蜓，我們都喜歡蜻蜓，不是嗎？」沙灘上，蜻蜓好多，成千上萬，一蓬蓬，忽然在左，忽然在右，像亂竄的雲。「就是不一樣。」尾生說。「對，路環那些，好像都長了藍眼睛。」姚溟搖搖頭：「一晃眼，二十多年了，那天，我實在不該替小瀾去調那三桅船的帆。我習慣不讓她操心，習慣替她辦事；我打點她的未來，安排她的人生，我……我忽略了她，她需要的，不過是那一點點的成就感；我從一開始，就剝奪了她的快樂。」

「你一直設法讓她快樂。」尾生說：「我只會瞎等，跟她一起，等那一陣可能永遠不會刮起來的風。」「或者，她愛跟你一起等。」姚溟抬起頭，頭上蜻蜓凝聚，「我不想再擺佈她，不想再拖累她了；明天……又或者，明年，你要來，可以直接去找她。」姚溟擺擺手，蜻蜓竄向灘後相思樹林，散開了。

「你不要過早投降，別忘了，我們是警察。」尾生借他的口頭禪相勉。姚溟聽着，一顆心，反而直往下沉。「這幾個月，你知道我最想再發生的，是什麼事情？」他問尾生。「不知道，壞點子，我不想知道。」「我想暴龍再拿剪刀戳我，那種痛，遠勝無休止的麻木。」姚溟頓了頓，堆笑問：「暴龍怎樣了？有沒有手刃當年情敵？」

「情敵，一直在他睡房裡。」尾生答，他沒透露暴龍搭上自己製造的船走了，他不想他連這一點「希望」都破滅掉。

「這話怎麼說？」姚溟問。「我問他知不知道勾引他老婆的男人是誰？他帶我到他睡房，讓我看他和秦玉的結婚照，那幀照片好大，就掛在床前白壁上。」「他『禪』得認為情敵，就是他自己？」「不，照片戶外拍的，好像是二龍喉公園，快門打開，一大叢夜香蘭後面，站了五六個男女，大概在賞花，無意中，讓鏡頭捕捉了。背景人物，放大了，還是看得見容貌，其中一個男的，三年後，認識了暴龍的老婆。」

「男人去勾她，早有預謀？」姚溟問尾生。「不見得。暴龍說，他老婆愛上那個男人，是因為『一見如故』，彷彿前生就認識了的，她不能抗拒緣份的編派，希望暴龍也不要阻礙命運的安排。後來，暴龍托人查出情敵是誰，還點了相，準備痛下毒手，但他瞪着那幀照片看，總覺得相中人一張鞋楦臉，十分眼熟，驀地，晴天裡一個大霹靂，他慘然大呼：『原來在這裡，一直都在這裡！』」

禍根，原來就埋在那叢夜香蘭之下，在他們結婚那天，就開始發芽。

「照片看久了，潛移默化，今世相逢，卻以為是前生註定。」姚溟說。「世上，有好多偶然；但所謂的偶然，可能都只是隱藏了原因的必然。」「事情，怎麼了斷？」「暴龍覺得就是殺了他，他仍舊會『住』在那裡，就像他的秦玉下世了，仍舊『住』在那裡一樣；於是，他每天看着她，也看着那個情敵，他希望終有一天，能夠面對事實，面對愛和恨，是同一樣東西的事實。」

「我不明白。」他望着尾生。「暴龍解釋過，他說，世上沒有一塊只有面，沒有底的杯墊；沒有一隻只有裡，沒有外的茶杯。」尾生伸出手：「你看，只要有手掌，就會有手背。佛說，空有不二。暴龍認為，愛恨，也不二。他讓愛和恨，陪他長住在那裡。」

姚溟越聽越難過，他像暴龍一樣，也讓愛和恨「住在那裡」；不過，暴龍到底比他幸福，起碼他的情敵，不是他的朋友。

他跟這位同齡的朋友相識了三十年，尾生是路環人，姚溟八歲，到島上聖方濟各小學當寄宿生，兩人就是同班同學。他望着岩礁上怒綻的浪花，問尾生：「那年，我們全校師生去遊澳門，還記得麼？」

「當然記得。」尾生溫煦地一笑：「簡直像去打仗。」旅行，是大事，睡前他用白鞋水髹得一雙帆布鞋雪亮，翌晨，浩浩蕩蕩幾百人，整裝待發，「搭廣利號，費用不菲，好在校長神父人脈廣，借來了一艘葡國海軍的登陸艇。」那天，海面不巧刮大風，這條搶攤用的平底船，顛簸跳盪，航程才一小時，但陣風，挾着海水從天而降，同學受不了，呼天搶地，嘔吐大作。

同班有諢名大西洋的小個子，還吐在尾生鞋上。

「你好生氣，要人賠你一雙『白飯魚』。」姚溟輕淡地一笑。「他說會賠，但只會賠一隻，因為他只弄髒了一隻。這小子，一報還一報，還真不肯吃虧的。」「後來賠了？」「沒有，學期完了，就退學了，以後一直沒見過。」船，泊在媽閣廟前，租來的十多輛泥頭車，早列陣候在碼頭，尾生趿着那隻餿臭的白鞋，蹲在車斗，隨大隊遍遊修道院、大炮台、主教山……這是他對澳門半島最早的印象。

「登陸艇在路環搶灘，我記得，船就像一隻大杓子，上面蓋着那層灰霧，原來是一群蜻蜓。蜻蜓實在太多了，那天，我竟然膽怯，不敢上船，是你硬把我推上去的。」姚溟似乎在埋怨他。「蜻蜓，最怕人兩眼翻白；你吐得兩眼翻白，蜻蜓一見，全飛走了。」「我也是看到大西洋吐了，才忍不住陪嘔的，可不像你，連一口黃膽水都吝惜。」「對，不是十字門浪大，是大西洋不好。」尾生這麼一說，那回流的韶光，照得兩人笑顏如醉。

「有一件事，這些年，我一直想向你討個明白。」姚溟語氣變得鄭重。「你說好了，總之，我盡量……盡量不瞞你就是。」尾生如臨深淵。「你老實告訴我，那天，我們在上角碼頭等船，你說的那個『蜻蜓降』，是不是真的？」「什麼蜻蜓降？」「你說，泰國舊時有一種降頭，非常靈驗，只要想着喜歡的人，依法施術，就可以……」「就可以怎樣？」尾生信口瞎編，早忘掉情節。

「你當年詞彙貧乏，說的，該是『可以和她睡覺』。」姚溟提醒他。「對，是『可以和她睡覺』；不過，這降頭怎麼個使法，我竟然……記不起來了。」「方法也簡單，你說，兩眼死盯着群飛的蜻蜓，把舌頭伸出來，伸得越長越好，五分鐘之內，天塌地陷，雷劈都不縮回去，女孩子就……就會撩起裙子，屁顛屁顛投過來。」「你真去下降頭了？」「下過一次。」姚溟招認。「靈驗不？」尾生壓住要爆發的笑。「靈。」「那你跟誰睡覺了？」「就是小瀾啊。」「那你……你真要謝謝我了。」他的笑，在胸腔裡炸開，外頭沒一點聲息。他痛恨自己，這樣的神術，竟忘了施諸己身。

原來那年畢業舞會，他姚家大宅窗戶糊了黑紙，昏昧裡，他兜攬着小瀾跳了一支慢舞，竟已心如鹿撞，撞得呼吸不暢，就溜到院子裡去定定神。忽見一蓬蓬蜻蜓在雞蛋花樹之間旋飛，一時性急，寧可信其有，竟按尾生說的施為。

他嘴巴呆張，仰着臉，舌頭能伸多長就多長，身軀隨舌尖追着一蓬蜻蜓亂轉。「我要和趙小瀾睡覺！天靈靈，地靈靈，心想就事成……」他心中默唸，顧不得嘴角掛了涎沫，只求熬過五分鐘，就功成舌退。

哪想到音樂再起，小瀾撂下那一棒星光，也出了大廳，從一叢七里香後面鑽出來。見了姚溟這怪相，憑課堂所學，已推斷出七八：「發羊吊！」她心裡呼喊，知道人一痙攣，會咬舌，得找東西堵他嘴巴，但石頭沒小的，枝椏沒幼的，情急不及細想，衝過去，拇指食指岔開，就餵向他大嘴，指尖掐住兩腮，防他兩顎合攏。

姚溟嚇得真凸了眼，但越掙扎，她箍得越緊。「沒事，就發發羊吊。輕一點，輕……哎唷！」小瀾一隻手兜住他後腦勺，忍着痛，顫聲安撫他。他緩過神，明白了大概，發覺自己正咬住她虎口，皮肉溫柔潤膩。當下有口難言，也難以言傳，只得佯裝抽搐緩和了，放軟身子，由她一手攬着慢慢坐倒地上。

「小瀾就是要做護士的。」尾生說。

姚溟默然半晌，咕噥道：「舞會過後，她和我走得近，說不定……是以為我有病。」「我還以為，她以為你有錢。」「你別挖苦我了。」姚溟苦笑：「我一直對她說，哪天我死了，可以葬在『第一次病發』的地方，是最幸福的。」說着，見小瀾在草坪另一邊，正推着一張輪椅過來，嘬唇噓了一聲，食指捺在嘴上，示意要尾生把他發羊吊的秘密吞了。

主調 24

「記得吧？《Que Deus Me Perdoe》，你說過，最喜歡這曲子。」他提醒她。「我裙子濕了。」小瀾也提醒他：星星之火，可以讓她焚身。

這樣的夢，究竟做了多少回？

他總覺得一直和她坐在屋前長石墩上，隔開他倆的陶盆裡，花瓣流走了，雨水還是不住溢出來。她垂下頭，花布裙露出膝頭，水珠流轉。她總說着同一句話：「沒有神香溟，你不自在？」「我……我這是怎麼了？」他發現瀉下來的水，早把家門前一切淹沒，四顧一片淼茫。

「本來有個救生圈的，怎麼也漂走了？」他有點忐忑。「那是我掉到水裡的髮圈，你知道的。」她說。抬頭，一個苔綠圈兒，果真越漂越遠。他知道，這輩子要抓不住它，難過得瞿然醒了。

醒了，仍舊迷迷糊糊，坐在旅館窗前，覷着眼看雨後澄空，不由自主地，又想起那年中學的夏季旅行，倒過來隨大隊回路環島尋幽的光景。

天氣大概要變壞，荔枝碗一帶，再一次，群集了好多藍眼蜻蜓。熱風，從上角碼頭灌進來，夾雜着海濱商鋪鹹魚蝦醬的氣味，一坡鳳凰木和相思，枝節勾連，忽然急轉直下，一徑綠到碗口。

四點鐘，慈幼大半學生，早搭上回澳門半島渡輪，賸下幾十個讀初中的男生，在荔枝碗盤桓，等五點鐘那一班船。

靠近船廠旱塢的水邊，男生少了，樹影，仍舊白剌剌的絆人腳。這天，碰巧另有女中師生來郊遊，還分了組，各據一隅在放船。穿白裙的女生，野茉莉一樣，三五成群，散開在黃花綠葉裡。

「那邊有個羅撒妹，看到了？」姚溟問尾生。前景，讓一框蔥綠概括了。那羅撒妹身邊，船排鋪向淺海，木琴般敲得水波激動。

「看見又怎樣？」尾生問。兩人從廢置的機器廠拖出一隻破風箱，當大鼓搥打了半日，也覺無聊透頂。

「不如，捉蜻蜓去！」姚溟使個眼色，推開破風箱，躡手躡腳往下走，距那女生幾十步，仍想不出該怎麼打開話匣子，越走越困窘，「我……我綁鞋帶！」說着，竟蹲了下來，臏下尾生一發難收，兩眼直愣愣，衝近水邊才放慢了腳步。

羅撒女生分了五組，用木片竹篾和布帛，設計了五隻小帆船。桅帆和船身，髹上代表自己那一組的顏色，紅、藍、黃、綠、紫。要比的，是哪一隻最能吃風漂遠。

趙小瀾要放的三桅帆船，挨她細白的足踝盪着，連船殼都一色靛藍，影子漾開了，像一隻溺水的孔雀。聽到腳步聲，她沒抬頭，小聲問：「你回來了？」

尾生原地杵着，只是喘氣。

不聞答應，她扭頭仰臉見了他，訕訕地一笑：「還以為你是我同學。」站直了左右看了看，嘀咕着：「那幾隻毒舌鬼，不知跑哪兒去了？」忽然問尾生：「你怎麼有女孩子的腳步聲？」見他楞着眼看自己，仍舊答不上話，就欠身半蹲着，繼續撥弄那三片藍帆。

尾生兩腿發軟，移前一步，傍着她蹲下，想不出有什麼可為，竟伸手去撥水，興波作浪要幫着把船送出去。

「我裙子濕了。」小瀾擰着眉說：「你消停一下成不？」

尾生轉過臉，果見她裙襬讓自己潑濕了，薄紗似的敷在大腿上。「不好意思，我幫你……」要掏手帕去抹，覺得不妥，隨即縮了手。

「你一到，不來風，來海嘯了。」小瀾嗔着他笑。「那……我走就是。」他遲滯地站起來。「你走，風就會來？」她怏怏地問。「那你……」他進退失據，就要仆倒。「你這人，怎麼一點不通情……不通情達理？」小瀾白她一眼，蹲身把船扶正了，一手支頤，就等風吹帆動。

「你……要我陪你等麼？」他大着膽子問。「你自己不會拿捏……」小瀾話沒說完，本來躲在蔭下靜觀其變的姚溟，讓一樹甜香薰得憋不住了，跳出來，湊到兩人之間就去搭手。

「帆沒調好，抵消了風力。我來弄一下。」姚溟見兩張藍帆搭在一起，他撥開了，理順小桅杆，一陣風來，三桅船果真漂出幾呎，卻走偏了。瞥眼間，左側幾十步外，花叢掩映，雖不見人，但紅船、黃船、綠船、紫船，浮浮盪盪早出了淺水，四色桅帆不遠不近，並排而前，正乘風趨附船排對出數丈外一個橘色浮泡。

小瀾見其他組別佔了先機，在浮光上添色，有點躁亂。尾生撿來一根舊魚竿去捅，算把船捅出了些兒。

「犯規了。」小瀾小聲提點他。

「沒人看見，捅出去再說。」捅來捅去，捅急了，那船一個顛簸進了水，竟傾向一側，搖搖欲倒。

「歪下去，就得沉了。」小瀾跌足道：「花好多天造的船，這就……」

尾生用竹竿撩，不能把船扶正，想到該先把船鈎住了拉回來，就折了根一拃長小枝椏，要縛在竿梢，權作勾搭之物。「鞋帶拿來。」他一手後伸，要姚溟遞上鞋帶。

「新款白飯魚，沒鞋帶的。」姚溟說。

「死鬼！那你……你方才綁什麼了？」他鼻孔噴着氣，再問：「橡皮筋，橡皮筋總有吧？」

姚溟尷尬地搔着頭說：「他們有橡皮筏，早準備好把船收回。」

「等不及了。」瞥見小瀾束髮的一個草青色呢絨髮圈，尾生變通着問她：「能不能借我用用？」

「這可是……」她想說那是母親的遺物，到底住了口，不情不願褪下來交給他。脫了羈勒，她那一束馬尾辮迎風散放，斜暉下，千萬縷金絲線，一絲一縷都撩人。尾生兩眼發直，看得癡醉，勉強收懾心神，拿髮圈把樹枝套牢束緊了，就伸出竹竿去勾扒。不想才搭住船艄，一拉扯，那小枝椏啪一聲響，竟斷成兩截。一環草青彈飛開去，救生圈似地漂着，當一船靛藍傾覆，無聲沒入波瀾，也伴隨着沉下去了。

開溜了的同組三個女生，這會兒，一個打着深藍遮陽傘，一個捎帶了餅食，一個提着果汁汽水，嬉笑着回來了。

「大家吃着等贏……欸？船呢？」拿了飲料，走在前頭的詫問。小瀾瞄一眼水面，沒說什麼。尾隨二人趨近，見她長髮披散，裙襬濕透，兩頰緋紅竟盡是慚色，打傘的一瞪眼，急問：「我們走開一會，你就……給糟蹋了？」

小瀾滿臉委屈，向道旁一努嘴。三人同時扭頭，見一樹紅影下兩個男生，一個持竿呆立，一個歉然傻笑，不免納罕。

「就是你兩隻色鬼，把我們趙小瀾給捅翻了？」管吃的問完，抓起一塊三文治，就要擯過去。

「是我們不好，幫倒忙，把船弄沒了。」姚溟不退縮，要和尾生共患難。好在兩人樣子討喜，女生們也不好發作，只鼓動三條毒舌取笑：「原來是沉船船長，沉船大副。幸會了。」

「都是乘虛而入，來澆咱們這一朵校花。」

「澆校花來着，怪不得一裙子是水。」

「臭蹄子！就知道嚼蛆，拿話損人。」小瀾悻悻地搖頭，喃喃自語：「我媽走了，留我那髮圈，都讓他搞丟了。」瞟一眼尾生，眼裡竟汪了淚。

紅日，快磕上對面矮山。哨子傳來，慈幼男生們興盡歸了隊。當廣利號開行，尾生卻越發空虛，只憑着船欄，看一塢蜻蜓亂舞。「我去說說，看能不能把船開回荔枝碗去？」姚溟看透他。「你去說呀。」尾生瞪着他：「你，就知道綁鞋帶！」

岸邊，船賽也有了結果。四色帆船，陸續讓女校的師生回收。小瀾打點着，準備回程。這時，夕照裡，海面像鍍了一層膜，水膜之下，分了五色的五隻帆船，仍然在競逐，只是顛倒了，船底朝上，像紅黃藍綠紫五條魚，平行而進。

那是一九五七年夏天，十五歲的趙小瀾，第一次，跟池尾生和姚溟生命的軌迹相連。入黑前，花葉落到水面，都成了譜入那五色線的音符。

15/500
Rua de Amparo

主調 25

姚家在塞圖巴的宅院，有點像澳門文第士街那幢紀念館，綠柱灰牆，一地青磚，鋪到門楹前兩隻漢白玉狻猊爪下。式樣半華半洋，算脫了些土氣，可就是豔陽天，老宅院仍舊沉濁，返照不出幾分炫人眼的迴光。

尾生按時來，趙小瀾和傭人早備好晚飯，在二樓陽台設了席。「我竟忘了今兒是中秋節。」尾生在葡國，沒一盞紙糊的楊桃燈提醒他今夜月圓。「好多年了，我們就沒一起吃過一頓飯。」姚溟說，的確，自從他和小瀾成了婚姻的祭品，尾生就從沒走近這祭壇。

這夜，小瀾穿了湖綠緞子旗袍，下襬繡了團幽藍大牡丹，淡妝淺笑，分明要營造那麼一點點喜氣，偏生圍牆外那一柱柱白樺，讓滿月漂得鐵青，尾生看在眼裡，總覺得情和景，都有點寒磣。

「菜做得怎樣？」小瀾問尾生。「我本來不茹素，但這素，素得有味道。」尾生含笑看她：「沒想到你還變了個好廚娘。」「什麼廚娘？」小瀾啐了聲，笑說：「以前在我們澳門家，你見過豫嫂的，『一二．三』那年，她丈夫沒頭沒腦的，吃了一顆子彈，她沒了依托，就隨我們來。這菜，是她教的，西紅柿蛋花湯，看來簡單，要做好，也不容易。你來，大家慎重行事，這鍋熱湯，還得讓豫嫂親自掌杓。」尾生聽了典故，「啊」了聲，作恍然貌，到底覺得這湯入口似酸非酸，似甜非甜，擱在桌心總嫌搶眼，人情物事，讓這紅和白全奪了顏色。

「阿溟不能吃蛋黃，」小瀾說，眼角朝尾生飄過去一絲歉意：「蛋花湯，在我們這一家，只好變了蛋白湯。」「就是不知道先照顧客人口味。」姚溟嘀咕。「你當我客人了？」尾生用食指彈他輪椅靠背，那叮的一響，靜夜裡放大了，像鐵鎚敲在釘子上。「你當然不僅是客人。」姚溟朝他舉舉杯：「瞧，都說一輪明月，我輪椅上坐着看，是三輪。」「舉杯邀明月，對影成『三輪』。」尾生避重就輕，竄改了李白的《月下獨酌》，陪着笑說：「李太白要是像你這樣，這首詩，可能寫得更有境界。」

「對！他就是缺了我的『境界』。」姚溟苦笑，問他：「記不記得有一年，中秋節前後，我們幾個同學到峰景酒店去喝茶，那天好像……好像是肥鱷訂婚了，借題請客，要向我們……或者該說，向小瀾示威吧。你知道小瀾送了他什麼賀禮？」尾生搖搖頭，笑望着小瀾，等她說。「應景的豬籠餅。」小瀾目光放得好遠：「他認為我笑他是豬，好生氣。」

「你的確笑他是豬。」姚溟說完，問尾生：「那天，肥鱷拉你一旁說話，他施什麼咒了？你後來神不守舍，似乎很不快活。」「沒什麼。」尾生一直沒告訴姚溟，肥鱷那夜刻意再報一喜，透露了小瀾的婚期：「姚家講體面，聽說，也要在這裡擺喜酒。」因為知道得早了幾日，尾生接到喜帖，顯得若無其事，他覺得自己應該若無其事；過了七日，他仍舊盡其所能，若無其事地，出席那一場體面的婚宴。

「這些年，肥鱷怎樣了？」姚溟問。「讓學校開除了，他脾氣越來越壞，老是體罰學生，家長投訴多了，校長保他不住。去年，他老婆鼻青目腫來報案，說肥鱷打她，還帶來一枝破羽毛球拍當證物。」尾生說：「案子沒派下來，我也沒去打聽；不過，去年有同學在香港碰到肥鱷，說他骨瘦如柴，形容大變，在一家報紙編兒童版。」「肥鱷最討厭兒童，好像……也不愛打羽毛球。」姚溟歎了口氣。「這種苦，有個名稱。」

尾生想起暴龍提到過的：「好像叫『怨憎會苦』，就是不想見的人，無奈偏要去見，偏要去相會。」

「豫嫂糊了個紅燈籠，我竟然忘了掛起來。」飯後，小瀾去取燈籠，尾生把姚溟推近陽台石欄。

樓下一座池塘，像半陷沙土裡一隻大碗，碗中浮的那團黃月，聚聚散散，同樣惑人心目，魚群圍過去，黑水裡像開了朵大菊花，轉眼卻把花心嚼碎。尾生暗想：真是一群餓魚，活得比人長，也活得比人浮躁。一重綠藻圍過去，無聲無息，就不怕圬心這鏡黑水，早晚淪陷？

「看魚？」姚溟問。「看月。」他答。姚溟讓石欄擋住，只能仰望頭上清清白白的月輪，真是既清且白，潔無纖塵；尾生可不同，他一直看着水中這一輪，他愛的是浮光，是倒影。

「家父遷出之前，池塘養鯉魚，數目，數不清。死一條，撈一條，大概還有一兩白條在熬日子。」姚溟問尾生：「你知不知道，鯉魚可以活一百年？一百年，漚在這潭渾水，是怎麼樣的心情？」「魚，一定也有不想見的魚；不想相見，但朝夕相見，真是一池的怨憎會苦！」尾生無意中為池塘點了題。小瀾提了個紅燈籠過來，要懸在左首綠柱浮飾上。姚溟忽然放聲大笑，告訴他妻子：「魚池，一直欠了個好名字，老爸沒想到，我們老同學竟然想到了！」

「什麼好名字？」小瀾問。「『會苦池』！」姚溟笑得失聲。

尾生瞜一眼趙小瀾，燈籠映得她那張臉紅潤欲滴。她朝他一笑，牽強，但美得錐心。尾生失神退了一步，這才看見欄面鋪的那黑雲石，竟也烙着一盞月，跟那紅燈籠膠在一起，紅得懾人，白得悚人。「永結無情遊，相期邈雲漢。」尾生心裡冒出這兩句。他滿口怨憎會苦，但他不敢說，也不能說，他想跟眼前人朝夕相見，卻不能朝夕相見，是千百倍的苦。

三個人，謹小慎微地敘過舊，夜就深了。

小瀾起身去喚傭人上茶，客廳傳出來噹噹噹九響鐘聲，那牆壓在兩個男人胸前的鬱悶，驀地，給撞開了一個缺口。「快九點半了，再晚不好找車，」姚溟轉臉瞧着他，

「你先回吧，明天，小瀾或者可以陪你去遊城。」「我還得去找個朋友。」尾生編個理由婉辭。「找德蓮娜？」「欸……是的。」「修道院離這兒不遠，小瀾載你去，開車兩三個鐘頭就到。」「不用了，我不想她一個人回來。」他是言者無心，姚溟聽在耳裡，心中不免酸澀，「每個人都有自己的路，小瀾……也該有自己的路。」他垂下頭，扳動吱吱響的輪子，「我這輛『車』，不宜再開到別人路上了。」「別老是這麼說，明兒我隨便在鎮上走走；後天，再決定去留。」尾生告辭下樓；他不想住在姚家，小瀾早替他訂了旅館，就在白樺林外，候鳥集結的海濱。

變奏八

尾生不是稱職的遊客，他上午到教堂，聽着風琴打瞌睡，午後，租了遮陽傘和帆布椅在海邊呆坐。坐了半日，眼皮變重，迷糊中，發覺自己竟歪在碗口上，一隻闊邊的紫砂大碗，漲起來的藥湯黑油油，幾朵雲早泊近鞋頭。「好端端的，怎會落在自己命名的會苦池上？」他困惑不解。

驀地，一隻紅嘴大黑鳥撲下來，湯裡該有魚，鳥卻啄不破那一重水膜。他想遞給牠一點吃的，伸手，才看到握了一竿竹子，竹梢還綰着一個草綠髮圈。「你這人夠壞，也夠蠢。到這分上了，還向我下套？」湯面滑溜，黑鳥小步走過來。人一樣高的鳥，上下各一隻，虛實相連。「恐怕睡不好，眼花了……」低頭，見氣泡冒起，竟還有一條鯉魚問他：「你怎麼會在這裡逗鳥？」「不在這裡，可以在哪裡？」他反問。「你可以離開，這水太苦。」魚勸他。

「還說離開？來！別磨蹭了。」黑鳥搖着一邊翅膀催促他。他大着膽子踏上水面，幾十步外，影影綽綽聚了上百人，男着黑西服，女穿白紗裙，一叢叢，一簇簇，圍在一座白色涼亭下。涼亭，五層台階墊起，圓穹下吊一架銅鐘，反光刺眼。「誰的婚禮？」他問。「還用說？」黑鳥似邀他共舞，他勉強和牠在黑膜上轉悠。他眼力好，突然，看到自己，黑禮服上襟花鮮黃，正從那銅鐘下望過來。

「跳完這支舞，你就洞房去吧。」鳥說。「洞房？」他最期待這樣的活動了，但新郎，怎麼換了他？不是姚溟？「新娘子呢？」他撂下那黑鳥，由牠原地亂轉，逕自到婚宴場上找人。他一路走，一路下沉，藥湯淹到胸口，黑鳥銜着他那竹竿趕過來，滴溜溜舞了一圈，連着綠圈兒送過去。他伸手要抓住了，鳥喙一張：「我早說了，要提防女人！」話未完，長竿已掉下來沒入晦冥。

「這不是消遣我嗎？」他抱怨着沒了頂。黑暗裡仰望，小瀾婚紗如雲，在上頭舒卷。「她這是在找誰？就不知道我在她裙下？」婚禮的表演開始了，一個哭泣小丑，白衫白褲，赤足在碗上騰躍。他情態誇張，手上拈一枝紅玫瑰，顧盼悽惶。倏地一輪奔突，猛停下，即把花遞向虛空。安排這獨舞，八成是暗喻新郎的追求，千迴百轉，好事多磨。

水面那一個尾生，也像他一樣愚妄？一樣蹉跎？一樣的備受熬煎？奏樂了，還是他們的警察樂隊。他聽得見聲音，卻不是婚禮上該奏的。指揮長了鷹目，白了水膜下的他一眼，如常翻開樂譜。「莫扎特《安魂曲》，第七段『那是痛苦流淚之日』。」說完，向替代他打鼓的姚溟勾勾頭。一陣亂擂過後，他沉得更深了。

尾生睡醒了，大清早就去辭行。

「姚先生出岔子了。」老僕告訴他：姚溟遇上意外，住進了醫院。

「吃過晚飯，就不見了他。」小瀾在醫院大堂和尾生說話：「以為他只是在院子裡看魚，近來，阿溟總是自個兒到你說的『會苦池』去看魚，一看大半天。昨夜，沒想到他出了家門，竟一直把輪椅開到公路上。」「他幹嘛這樣做？」尾生問。「他想死。」她告訴尾生：要不是小轎車開得慢，姚溟恐怕就要當場殞命，眼下腿骨折了，頭破了，沒積存瘀血，算是萬幸。「他要留院幾天，我回家去打點些應用物品。」小瀾抬頭看了尾生一眼，她好憔悴，憔悴得教他憐惜。

「阿溟該醒了，你去看他吧。」小瀾說完，搖搖頭，歎了口氣，仍舊仰着臉看他，要把他永遠烙在心上似的。

尾生目送她出了院門，就去找姚溟在二樓的病房。姚溟醒過來了，頭殼纏着繃帶，靠着床頭板，兩眼直瞪瞪望着敞開的一扇窗。「你還好吧？」尾生搬了張椅子靠近病床坐下。「腿應該痛，但沒有痛，癱了，就有這種好處。」姚溟說。「沒想到你這麼莽撞。」尾生語帶責難：「你這麼做，小瀾不會好受。」「我說過了，」姚溟無神無緒看着他，努力堆笑說：「我不適宜開到別人的路上去。」

「你不必這樣。」尾生瞟他一眼，直搖頭：「不應該這樣。」

姚溟要說什麼，最終把話嚥了。病房好靜，窗外天色好藍。半晌，尾生站起來，臨窗下望，醫院門前一排梧桐，後面空闊地細草茸茸，當中一貼紅土，一樹橄欖如蓋。橫斜綠影下，石凳上坐着一個女人。尾生知道，那是小瀾，她沒有回去，她在那裡等兩個男人的發落。

「你知道的，對你，我本來真有點妒恨；但妒恨，讓我做錯了事，我已經做錯了一件事，不想再蹈覆轍。」尾生對他說：因為沒來由的妒恨，他開了槍，殺了人。

「澳門街當警察，沒人想過要開槍，還要殺人。」姚溟說。

「我殺了一個女人。殺她前一天，我還跟她打同一張傘，走同一條路。」他告訴姚溟：他以為江鯤是打劫金鋪的悍匪，幾個月前，他和小號周、狗安、欺善雄、裙腳仐等人破門闖進一間屋裡，驀地，一個穿男裝幪面人，從睡房衝出來。那人持槍，槍嘴向外，因為惶亂，大家馬上扳機發射，槍聲連響了六七下。「我開的一槍，命中那人胸膛。」他曉得，自己就算不開槍，狗安他們大概也會擊中目標；但他，的確毫不猶豫，就射向「目標」要害；他一早就想過要消除他，他一直在等這樣的機會。

「屋裡很黑，沒人知道那是一枝玩具槍，那是一個女人。」然而，那又有什麼分別呢？如果心頭沒那份癡狂，如果沒蓄養那一股嗔妒，他根本不會在那一幢無明的陋屋裡行兇。

「人，總有管不住自己的時候；而且，」姚溟反過來開解他：「你不是說『屋裡很黑』嗎？」「很黑，黑得不應該留在那裡……」他嘀嘀咕咕的，忽然狠了心，背着姚溟說：「我該離開了，不再來了。」

「阿池，我沒作為了，可小瀾她……」他嗓音乾澀。「世上有好多女人，我根本沒你想像般愛小瀾。」尾生不願和他目光相觸，斟了一杯熱茶，擱在床邊小櫃上。臨去，他問：「還有什麼，我可以為你做的？」「拉上簾子，陽光刺眼了。」他用手擋在額前，不想尾生看到他流淚。尾生攏上深藍的窗簾，默然退出病房。

他走進草坪，朝小瀾走過去，他希望那條路變長，他不要走完它；可惜，他最後還是踏進那圈紅土，踏進那總教他不能自拔的範圍。「你回去陪他吧。」尾生說。小瀾沒有站起來，稍微仰起臉，要說話，但吞了聲，只看着他胸膛，然後，她點點頭；那頭，卻似乎是點給自己看的。

「回去吧。」他說，說完繼續往前走，走上一條慘綠的斜坡路。

坡上，有一堵牆，大概跟他齊眉高，岩上綴了些地衣，幾簇馬櫻丹附在牆頭。他不明白為什麼會有一面牆橫在那裡，牆外，潮音起落，彷彿有人聲從崖下，或者漁船上傳過來。他兩手按着厚牆，那個看不到的世界，讓他感到空寂，惶懼。他知道，崖下那千百條船，沒一條能載他回到過去，回到二十多年前，那個讓藍眼蜻蜓圍困的仲夏。

他轉身靠在牆上，牆身好冷，但眼前天藍，草綠，在那個似近還遠的地方，趙小瀾，她仍舊坐在橄欖樹下，垂着頭，望着自己的膝頭。在一九七九年九月的某一日，他終於明白，生離，原來比死別哀傷。

主調 27

一九七九年。

「小號周騎摩托車，騎了幾年，小意外掛掛綵，半點不稀奇。前兩天，深夜下班，神推鬼擁，竟然撞上自家洋樓後門，車壓在身上，油缸還着了火，真是倒楣得緊。」狗安說。「人沒事吧？」尾生問。「沒事。有鄰居看到，下來撲救，只是救得遲了些，小號周，變了一塊大號炭。」事不關己，狗安不忘調笑。

尾生才從葡萄牙回澳門，就接到同袍噩訊，心情越發惡劣，好在小號周沒留下什麼遺容，喪禮，相應省略了「瞻仰遺容」這種節目，他鞠了幾個躬，乘大假未完，回家閉門避世。

一九八零年。

欺善雄到路環水塘去釣魚，去了兩日，他老婆沒見他回來，着人去找，發現他躺在塘畔一堆麻石上，身旁一個盛了淡水的紅色塑料桶裡，一尾鯽魚還活着，可欺善雄自己卻死了。簡陋的驗屍報告認為：他是髏死的。推想大魚就要上釣，欺善雄心急，也肚餓，隨手往口袋裡一摸，掏出一枚李子就扔到嘴裡，正當這時，「魚！魚來了……」魚吃餌，他吃李，李卡在喉頭，吞不下，吐不出……現場證據顯示：魚鈎，的確鈎着一條大鯿魚，看魚鰓，就知道這條魚，還有欺善雄，最少死了一天。欺善雄後腦勺，有一個血洞，腦漿外溢，按理說，是因為不能呼吸，他一驚仰天翻倒，撞在尖石上造成的。

一九八一年。

裙腳全住在一幢大廈頂樓，某天，老婆回汕頭娘家，他侍候三個孩子吃過晚飯，洗淨杯碗瓢盤，就到曬台晾衣物。這五口之家，衣物很多，床單、枕套、褻衣，披披搭搭，晾到後來，掛滿了一根根琴弦般繃着的尼龍繩子。那夜，正值舊曆十五，清輝遍地，不知道是賞月賞得忘形，還是晾衫晾得太累，總之，裙腳全因為沒恪守「晚上不宜晾衣物」這條老婆遺下的玉律，他暈頭轉向，一腳踏空，就這樣掉出矮欄之外，可能隨手亂抓，頭頸纏了尼龍繩子，急墜十餘丈，繩子倏地一勒，跌勢陡止。他頭顱勉強連着脖子，在三樓花架旁掛了一夜，翌晨，一位老奶奶出來澆花，讓那雙血眼一瞪，竟嚇得魂飛魄散，「吊頸鬼！」三字沒吐出，已瞠目銜尾歸西。

裙腳全入土之後，狗安不安了。

「事情，是不是有點蹊蹺？」他問尾生。「你說呢？」「那天，開過槍的五個人，三年來，死了三個。你不會認為那是巧合吧？」「是不是巧合，暫時還不能證實。」「什麼時候，才能證實？」「下一個死的，是你，或者是我，那就肯定不是巧合，是有人在報復，在尋仇。」「你認為該坐着等結果？」「你喜歡，可以站着等，或者躺着等。」「我天天坐立不安，沒心情跟你開玩笑，」狗安認為：不能偷生，就無從偷安，天下人死盡，他還是要獨活。

「真是防不勝防，到麵檔去吃餛飩麵，有人搭枱，這搭枱的人，你怎知道他不是那個悍匪？他把砒霜彈到我那一碗湯裡，我吃了，馬上七孔流血，還好追究；過三五天再死，你可以去抓誰？往後，難道一看到陌生人，就拔槍？」狗安問。「拔腿也可以。」尾生不相信「巧合」或者「偶然」，他在暗室裡開槍，就早有預謀，只是出了差池，誤殺無辜而已。

「別的地方，有這種閒差，我早就逃了。」狗安直跺腳。「要來索命，提早預約，我可以恭候，大家面對面，各開一槍決生死，那也乾淨痛快。」尾生越想越氣，凜然說：「這樣藏頭露尾，像一隻鬼，算什麼好漢？」狗安心虛膽怯，聽到「鬼」字，雙足發軟，幾乎跪倒：「她會不會死得冤，陰魂不散，來……來……」

一九八二年。

狗安沒在麵檔讓人下毒，他是晚上巡更，心臟病突發，失救致死的；死時，四十二歲，比尾生大一年。狗安向來膽小，卻沒料到他心壞，說停就停。「一定看到非常可怕的東西。」治安警發現他倒在陋巷，嘴巴張開，眼睛瞪得老大，算不上一副合格的死相。狗安的死，各部門都相信：事情，跟三年前失敗的圍捕行動，未必無關；畢竟，主犯仍未落網，他成為魅影，為患人間。

「我會派同事在你家門口站崗，有需要就配槍，出入可以要求保護。」頭兒說。「你打算保護我一輩子？」尾生苦笑：「我當差，職責是保護人。這樣七顛八倒，受薪讓人保護，我會鄙視自己。」他建議大家不如努力緝兇。

一九八三年。

一眨眼，葉薔死去四年，三月的忌日，天色陰冷。

尾生心血來潮，忽然想到要去拜祭她。葉薔葬在西洋墳，離他家不遠，他買了一束素淨的雛菊，徒步走到墓園。在澳門，要找一個死人，半點不難，看了幾行碑石，就在小教堂旁邊發現她的靈塚。他插了花，單膝脆着，掏出白手絹抹去瓷照上泥塵，他抹得很慢，很輕，很仔細，好像替一個酣醉的女人擦乾身上汗珠。

大概走得突然，親屬沒找到適合嵌上墓碑的照片，相中人衣領繫了蝴蝶結，似是校服，該在上高中，鎂光燈閃亮，她正好在說話，或者在唱歌。是什麼話，什麼歌呢？她嘴巴永遠張着，遺下一個看起來有點錯愕，有點滑稽，但仍舊動人的表情；那個表情再一次提醒他，他摧毀了她，一舉手，就把她跟未來的連繫割斷，她完全來不及為進入「永恒」，作好準備。他望着她灰冷的臉，心中一酸，眼眶不由得熱了。他站起來，肅容躬身，合什拜了幾拜，「對不起，我……」實在，他不知道該對這塊代表葉薔的墓碑說些什麼，嘆了口氣，回身離開。

斜暉從圍牆外照過來，遺骸們讓出來的通道上，十字架的幽影削過來，斜斜的，彷彿幾十把利剪，一路裁人腳。他低着頭，直走向圍牆的缺口。這時節，該不會有來掃墓的人，然而，在他徹頭徹尾給裁掉之前，一個男人，跟他擦身而過。他沒抬頭看他，但感覺到他在看他。尾生心中一凜，頭腦，倏地澄明如鏡，「是他！」他幾乎脫口驚呼。

他早該想到，他會來上墳。他早該在這座墓園裡等他，在葉薔那幀滑稽的照片前……在那幀照片前，他可以怎樣？他可以拘捕他？他忍心一槍擊斃他？他心潮如沸，但腳下不停，邁近墓園出口，覺得身旁石柱可作掩護，才按着槍柄，轉過身來。男人，果然來上葉薔的墳，他走到墓前，同樣回過頭來搜視他，兩個人，隔着一段看似安全的距離，目光相撞。

尾生看到男人高矮跟自己相若，容貌和年紀相近，連作勢按着腰間佩槍的動作，也無二致，只是對方蓄了鬍鬚，一臉肅殺。他昂然站在石碑前，沒尋找掩護；尾生以門柱作屏障，自覺氣短而且窩囊。他踏出一步，暴露在那條筆直過道上，雙方，就隔着五六十步的距離。

尾生不能肯定他有沒有藏械，這個距離，不遠不近，他沒把握射中他，也沒理由隨便轟死一個上墳的人。如果貿然衝過去，或者，拔槍指嚇，要他舉手就擒，尾生知道，他會從另一個出口逃逸，他不可能逮到他，稍有異動，說不定，這悍匪還會鳴槍，先發制人。

「他殺了四個人，不會在意我是第五個。」尾生心中寒意陡生；可惜，這一幕，他不能辭演，更不能怯場；他陷入了困局，他和他，只可以釘在那裡，隔着一連串鋒利的黑影，因為想不出一句能讓對方下台的對白，只能對峙，或者對決。

一秒鐘，像一百年；兩人緊盯着對方，不敢分神稍懈；在這幾百年的光陰裡，一隻黑貓，從墳頭跳下來，蹲在過道上，像一個長句當中的逗點；貓定睛看看尾生，也看看那個男人，估量着誰更有勝算，然後，「喵」了一聲，沒入一叢灌木去了。

尾生沉不住氣，想衝前犯難，驀地，背後人馬雜沓，哀樂喧騰，鑼鼓、鐃鈸、嗩吶之聲四起。他目光不離目標，往道旁稍移一步，讓送葬隊經過。樂師和抬棺木的仵工，擋住了他視線，有一剎那，他想混進執紼者之中，擁過去伺機拚命，但這樣，勢必傷及無辜，待輓幛過盡，那男人已不知去向。

葉嗇墓前，本來插着雛菊的花瓶裡，住了一株鮮紅的玫瑰。

主調 28

修道院傍海而建，五六幢老樓，星散在草坪外圍，都一兩層高，屋牆附滿藤蔓。尾生下榻的宿舍朝東，屋旁階梯下達沙灘，景色秀美，本來專供遠來的神職人員暫住，不招呼外人，多虧德蓮娜說情，要他把開瓶器大小一個十字架繈在胸前，以示神恩深重，管事的明知道來者不善，還是破例行了方便。

南面小石屋是個琴室，敞開的百葉窗不時傳出音樂，《離別曲》彈起來，有個修女在剪草，從圓心剪起，推着剗草機，似乎按那徐緩節奏跳着圓舞。離別曲，就是蕭邦作品10第3號，法文名Tristesse，意為悲傷。小教堂的鐘聲送來暮色，修女留下沒修剪過的一環蒼綠，晚禱去了。下望，大圓困着小圓，像一個箭靶。夜色降臨，圓心黑得最早，黑得像一口井，尾生站在小陽台上，總覺得一塊石頭扔進井口，要等一世紀才聽得見水聲。

一個世紀才盪回來的聲音，那是什麼意思？

如果他在那塊石頭上刻上：「我愛你！」一百年後，井底送回來一句：「我也愛你！」縱使那是一句肺腑之言，但過了時限，那還有什麼意思？這一百年，這一塊石頭墜落的「剎那」，愛和恨，真來得及清楚交代？

用過晚膳，德蓮娜去看尾生。他不期而來，她多年沒見他，見了還是歡喜。兩個人，就站在那口黑井旁邊說話，月色迷濛，替兩張臉撲了粉，蓋住了風霜。「你早一點來就好。」德蓮娜告訴他，他早來兩個鐘頭，就正好碰上阿鎌和湖姬。「湖姬是誰？」他問，覺得名字好熟。「阿鎌的乾媽。」德蓮娜說。

尾生來時，沿林蔭路找修道院，在院門前公車站，他看到一個穿校服的女孩背着他坐在石凳上，身旁女人穿猩紅連衣裙，正拿一面小圓鏡塗口紅。女孩的背影讓他想起一個人，駐足看了一會，鏡子反射過來的斜暉烤他的臉，他才揉着眼走開。「阿鎌什麼時候再來？」他問德蓮娜。「或者明天，或者一個星期之後，這裡沒電話，有電話也找不到她。」「為什麼？」「她沒有電話。」她笑說。

「她還可以吧？」尾生問。「心臟還可以，三個月前，昏倒過一次，醫生說，到這年紀，不該發生了。好在發生得不頻密，諒不會有大礙，再過一兩年，就會全好。」

我真正擔心的，是她這裡。」德蓮娜用食指敲自己額角。「她腦袋，也有問題？」尾生心下一涼。「思想有問題，有時候，我實在不了解她，她的想法，讓我不安心。」她坐在草地上，仰望疏星，問他：「你知道我為什麼對阿鎌的事，特別在意？」「因為……你是修女。」他自覺答得沒水平。

「我跟阿鎌一樣，是讓人遺棄的孩子。從小，我就住在姑娘堂，修女照顧我，教我《聖經》道理；我長大了，當修女，照顧其他人；這一切，理所當然。我沒作過選擇，也沒什麼可以讓我選擇。」「如果可以選擇，你會做什麼？」「我會做修女，不過，」德蓮娜淡然一笑：「我希望主給我一個機會，讓我自己『選擇』做修女。」尾生對她的「不由自主」，表示同情。「或者，是我失職，我沒用心誘導阿鎌，教她接近主的道路；又或者，我覺得阿鎌不必像我一樣，她……她該有自己的道路，該選擇自己的人生。」「她選擇人生，你卻替她擔心？」「我不知道，或者，她不應該這樣……這樣成熟。」「我們把芒果埋在米缸裡，就是要芒果變熟。」「也是的。不過，」德蓮娜把話說在前頭：「她再甜，也是苦瓜。你見了她，可不要饞得真把她當芒果吃了。」

兩人信步徐行，沿階石下了沙灘，在一張長椅上稍歇。「好像還是昨夜的事。」她說。尾生會意，點了點頭。眼前黑海，黑得容不下一盞燈。「為了小苦瓜，那夜，我們憂心如焚。」他說。「嗯，真是好憂心。」她避開「如焚」兩字，那是心火，修道之人不宜濫生。

「五年前，我就去信，盼你來。」德蓮娜佯嗔帶笑，怪他這會兒才來看阿鰷。

「我殺了人，然後，有人要殺我，我不知道誰要殺我，不好走開；如今知道了，到這裡來躲一躲，見一見想見的人。」他撮要說了。她不知道他嘰咕什麼，提議：「既然這麼凶險，你就別回去了。」「躲一躲，還是要回去。」其實，自從兇嫌露了臉，尾生就不再忌憚他，反而有點憐憫他；又或者，他們早就互相憐憫，到底，同病之人，胸中各有蝕骨的悔恨。

德蓮娜見他皺起眉頭，安撫他：「不要把外界的煩惱帶進來，住在主的懷裡，你就是一個新的人。」「我曉得，但『主懷』在哪裡？」「這裡。」她輕點胸膛，斜眼看他，怕他誤解，紅着臉補了一句：「我的意思是……你自己心裡。」

說了一會話，德蓮娜告訴尾生：姚溟夫妻倆居葡之初，曾結伴來過，雖然一個得坐着輪椅，但精神還好；後來，聽說姚先生嚴重了，想去探望，苦於不能抽身。「你會不會去看姚先生和姚太太？」她問。「阿溟有妻子看顧着，看顧他夠勞累的，我……我不好去添堵。」他言不由衷。

主調 29

尾生抵達葡國之前兩天，在塞圖巴的姚家，日子如常地沉滯。

這天，姚溟要小瀾替他寄信。「豫嫂有空，可以去，我想到市場去買花。」小瀾說。

「你去吧，花市那邊就有個郵筒。」姚溟含笑看着她，伸手把她拉過來，輕拍着她手背。她感受到他的憐惜，也報以微笑。她好久沒看到他臉上綻出這樣舒坦的神情，或者，霆雨初霽，猝來的晴和感染了他，讓他寬懷。聖賢說，人，是習慣的動物。她習慣了陷在輪椅上的他，她以為，他早晚也會習慣這張死粘着他的輪椅。

「要不要我捎幾本閒書回來？」她問。他搖搖頭，仍舊帶笑說：「屋後草坡幾株雞蛋花樹，開得好熱鬧，寄了信，不累的話，能替我撿些花瓣就好。」最近，他總愛在一大壺濃普洱裡投進三兩朵雞蛋花，貪那香味幽甜，比杭菊愜心。

信，是寄給尾生的。小瀾心清水靜，記得很久很久以前，這一天，正是她跟姚溟和尾生相遇的日子；事實上，每年這一天，學校都會舉辦夏季旅行，是學生們最能牢記的日子。到了花市，她拐進一家露天咖啡座，要了一杯添了檸檬的礦泉水。身邊喧紅鬧綠，花氣蒸人。她用指甲刀剔開那封信，剔得很小心；當然，她知道這麼做，有點缺德，但她好奇啊，別的信，她不關心，可寄給尾生的，作為妻子，她有責任檢驗；而且，漿糊薄薄的點在褶角上，分明就是要她去「檢驗」的。

內容，沒不可告人的私密，只是說，兩口子活得稱意，着他保重；末了，要尾生代覓他們中學的畢業合照：「我那一幀遺失了，忽然想看。」讀完信，桌旁一株高瘦雞蛋花樹，落下來一朵花。白瓣黃蕊，但瓣緣緋紅，屬於變種，姚溟澳門的家，就植有幾株。她嗅了嗅，那香，似乎更醇，也更沉厚。她在信箋裡窩藏了這朵花，重新疊好封存，讓一瓣心香，隨風順水，搭上這一通紙糊的便車；她雖然有點虛怯，但附筆問候，或者憑花致意，她認為，也是妻子的懿行。

她把信餵入紅郵筒，聽到筒底傳出聲音，心裡還是不踏實，筒身銅片刻着：下午四點鐘收件。「還有十五分鐘。」她瞜一眼腕表，回到對面咖啡座，坐着等郵差來。她沒給尾生寫過信，她不知道該說什麼，因為不管說什麼，墨彩，就算刻意旁落，在閒澹的家常之間，總有太多的留白；留白，是還沒播種的沃土，看似荒涼，偶一不慎，榛莽叢雜，草木株連；她和尾生，容不得這片危險的留白；然而，這一封信，她覺得是自己寫的，那朵花，就是她的落款。

陽光溫柔的下午，郵差騎着自行車來了。待他開箱撿了信，去了，小瀾走進一片花店，挑了幾株百合，就捧着走過廣場，在一家書店門前搭上計程車。回家之前，她不忘為姚溟去撿雞蛋花，她本來要去摘那枝上的，但樹長得太高，她搆不着，這樣一朵一朵在草坡上掇拾，拾了半籃子，下坡繞過屋牆走向大宅的正門。

進門，斜暉仍舊像昨天一樣從竹牆漏進來，一徑瘦影，盡是板橋和徽宗的筆意。小瀾把花籃擱在廚房，裁好百合，捧到書房養在玻璃瓶裡，打量了一會，總覺得擠了些，花葉互相傾軋，拔了一株打算安置在寢室，走在過道上，才發現屋裡好靜，傭人出去了，也沒有輪椅輾動的聲息。「阿溟一定又去看魚了。」二樓過道盡頭，有一扇小窗可以看到魚池，她走到窗前下望，以為可以看到他；但池畔，只泊着他的輪椅。

睡不好，天濛濛亮，尾生就醒了。

窗前，一個穿校服的女孩抱膝坐在草坪上。女孩見了他，笑瞇瞇朝他揮手。他揉揉眼，退了幾步，回頭瞪着牆上鏡子。他模樣不改，還是昨夜那個四十二歲的自己，月曆，也印着一九八三年。窗外情景，卻怎麼會是二十多年前的情景？他一步步走回窗邊，女孩還是笑瞇瞇看着他，揮手的姿勢，那樣熟悉。他熱淚盈眶，感動得不能言語。他沒想到會再一次遇上她，沒想到他的趙小瀾仍舊年輕，一如他們初見之日。

多年後，他才明白感動，源於一份沛然而生的感激之情，他感激造化讓不能復返的過去，再一次，在他面前重現。他看到那個要把三桅藍船放出去的女學生，她就在窗下，感覺上，他和她才分開了一個鐘頭，渡輪駛到澳門半島，她從皇家橋碼頭出來，就走到這扇方窗下，她那隻傾覆了的船，他還來得及拯救。他激動，是因為在那一瞬間，一九八三年的他，離奇地，忽然跟過去，跟那個遺憾的起點接合。這個向他揮手的女孩，給了他一個珍罕的錯覺，讓他在那一瞬間，覺得可以重新開始，可以走下樓梯，跟她重塑不一樣的未來。他可以告訴她，不是這樣的，事情不一定要這樣開始，這樣發展，這樣延續，甚或，這樣結束。他要告訴她，從一開始，他就愛她，即使他那年的愛，像一粒橄欖，尚未萌芽，但種子既在土中，就算地老，天荒，只會長出命定的枝葉和花果。

他和她，不應該在那株如蓋的橄欖樹下抉別，他們應該重逢。

他閉上眸子，心中嘀咕：再睜開眼，女孩還在，這個夢，就會變成現實。他會相信是自己的牽念，感天動地，密織的時空，因而網開一面，讓逝水回流……可惜，當他再暴露在那個明亮的世界，女孩不見了，草坪，沒完沒了地綠着，但一片寂寥。

「原來沒睡醒，拖出來一條夢的尾巴。」他脫去上衣，要到浴室洗臉，樓梯咯噔咯噔響，越響越近，然後，有人敲門。他拉開門，眼前人二話不說，竟撲到他懷裡，抱緊他，「爸！我好想你呢。」女孩在他耳邊說。「你……」他木然而立，不知道該摟着她，還是掙開她。「我是你的小苦瓜啊！」她說。「阿鰜？」尾生大感錯愕，抓住她肩膀，端詳她，一晃眼，過了八九年，她早脫了稚氣，長得亭亭玉立；尾生不在發育期，形貌變化不大，阿鰜倒是一眼就認出他。

「乾媽在鏡子裡看到一隻色鬼，說那色鬼不看她，只看我，十分變態，我就知道是你。」阿鰜朝他嬌憨地一笑。「你這乾媽，真會損人。」尾生赤膊相迎，頗感困窘，撿起上衣到浴室穿戴整齊出來，阿鰜卻躺在他床上，拉了被子蓋着自己。「我們不出去了？」他問。她嬌怯怯地看着他：「我昨夜就來了，知道你在，開心得睡不牢。這會兒，可睏死了，我瞇一下，再陪你去玩。」說完，合眼睡了。尾生拉攏綢紗窗簾，勉強擋住日照，把她搭在椅背的連衣校服裙疊好，就搬了椅子坐近床邊看她。

她睡多久，他看多久，睡夢中，她細白的腿從被子裡游出來，游向他，世界好寧靜，錯亂時空的蜃樓裡，暖意融融。

晌午，阿鰜睡足了，醒過來。「你轉過去，我穿衣服。」她吩咐他。「背後有鏡子。」他說。「閉上眼睛好了。」她翻身下床。尾生等一陣窸窣過去，張眼凝望鏡中人，感慨地說：「沒想到小苦瓜長得這麼好看。」「只有這一點，我該感謝我媽。」「你見過她了？」「我見過她，她沒見過我。」阿鰜悻然說：「我只是想去看看，根本不打算跟她說話。」

鏡子裡，驀地浮起來一座沙灘，沙灘上，有一個女孩。因為離得遠，他只看到那個月白的小點，仍舊拿着一支黃銅望遠鏡朝他這邊搜視，隔着一片海，從時間的那一頭，直搜到這一頭。尾生心中一酸：「你到底找到她了，找到就好。」

「修女找到的，在奧比度（Obidos），那座古城，才住了一萬人，像她這樣的黃皮人不多，很好找。」阿鎌說。「她怎樣了？」「不錯啊。白白的，嫩嫩的，那地方毛不多，身材沒走樣，難得沒疤痕皺褶，不像生過我這種晦氣的孩子。」尾生沒想到她刻劃母親，全用上白描，一時接不上嘴。「你想見她？」阿鎌盯着他問。「我……我不知道。」「我不想你去見她，不想你和她一起，不想你要我叫她媽媽。我恨死她了！」「好，不見不見。你還要我怎樣？」「你可以帶我去玩，伴遊費，每天兩百。你是爸爸，八折。」阿鎌挽住他手，笑嘻嘻拉他下樓。

變奏九

修院裡怎麼會有這樣一幢石屋？蠣粉牆，紅磚地，像極了老鎮站頭的候車室。尾生揹了瓶清酒，正要找個安靜地方喝掉，就欠身進了窄小拱門。屋裡幾排長木椅，陰森森的似坐了人。細看，卻是零散擱着的六個黑鐵風標，壓得椅子有點凹陷。

「小……苦瓜？」適應了幽暗，原來阿鰜坐在後排一架八號風球旁邊，髮絲鬆垂，只低頭把玩手中一個紅絨圈。「什麼時候來的？」他問。「早來了。」她說，火車誤點，她等好久了。

「這是站頭？」門外空茫，怎麼沒見鋪了路軌？阿鰜沒解答，反問他：「你以為瀾姨會來？你知道的，她鬱結，就來找這幾塊鐵頭說話。」說着嗤的一笑：「鐵頭一家子全墩在這兒，世上最大的風，我看就要來了。瞧！」她朝暗隅指點着，「來風前，總先來這蟲。」

誤闖石室一隻飛蟲，尋不到出路，熒熒一點綠，舞落那十字形鐵塊，倏忽滅了。

尾生沒話找話：「螢火蟲？」「這裡不叫螢火蟲。」她說。「那叫什麼？」「你真想知道？」「嗯。」他不住點頭。

「尾生蟲。」她憋住不笑：「這蟲，只照遠，不照近。老想着過去，卻忽略了目前。分明點了燈，偏閉了眼，到處磕碰。到後來，八成頭磕破了，尾巴生蟲了。所以，沒騙你，就叫尾生蟲。」

小時她笑他尾生瘡，稍大就咒他尾生蟲；往下再生什麼，實在難料。迷亂中，卻見她擠出笑容，向他伸手：「要跟小瀾跳支舞嗎？」

他感到悵然，隔着那風標，默默坐在她另一邊。驀地，耳邊有人款款細語：

「錯失，不是再鋪演一次，就改得過來的。這樣的重逢，如果有一千次，一萬次，或者，總有一次，我的一言一笑，跟你認為錯失了的相符。到時候，就無憾了，兩無虧欠。然而，那就是最後一次了，所有的因緣，都盡了。這來去漂泊，究竟為的什麼？想到有一天，我站在你面前，彼此，卻視而不見，那樣的無愛無恨，多麼荒涼。」

這話，他一時克化不了。扭頭見阿鰜只靜靜坐着，半晌，才傍着風標，透過交錯鐵條，突兀地安撫他：「遺憾，是一隻船的錨，像這幫鐵頭一樣，你別嫌它沉重，正是這重負，把我們留在這裡的。」

他不知道是不是該「留在這裡」，正想着，她卻站起來，走近門洞，回頭說：「做影子也不容易。你瞧——我這影子，一直變小，縮短。」紅磚地一抹光照，她那黑影，果然出奇地短，好像正慢慢退縮，等縮回腳掌，她就要在他眼前消失。

「聽到嗎？車要來了。」阿鐮說。他聞聲從小圓拱外望。雪，積了好深。一步踏出去，卻發現自己輕了，穿着夏季白校服，似乎讓同學們遺棄了，甚至，遺忘了。

冰堆雪蓋的星球，就一座車站，一個等車的人。月亮像一面鏡子，跟旅館浴室的一樣鑲了紅邊。水霧裡，一列火車開過來，呼嘯着，從他身邊開過去，響遏雲霄。他的趙小瀾，就站在第一節車廂，第一扇窗看着他，在第二扇窗看着他，在第三扇窗看着他……在所有的車廂，所有的窗戶，看着他。紅裳，像雪鄉裡的一團火。火車，一節節開過去，節節相連，無有窮盡。她苦澀的微笑，不斷在他眼前流逝，也不斷在他腦海留存；她在車窗前朝他揮手的剎那，永遠連着剎那，永遠揮之不去。

他退入候車室，眼前和過去，同樣漫漶。阿鐮原來一直就穿着車上人的紅裳，坐在那裡。她眼睛餳澀，大概喝掉了他臢下半瓶清酒，有點迷糊。「方才，我在火車上看見你。沒想到你上中學，五官正常，卻長一副癡呆模樣。那車就不肯消停，不然我……」說着，不省人事，只由他擺佈。

28/500
Rua de Amparo

「我靜下來，腦海裡，就冒出這畫面……那是不是真的？」阿鰜問他。

「什麼是不是真的？」尾生呷了口攙果肉的紅酒，仍舊在暖洋洋燈影下端詳她。「你穿着藍色制服，扛一個大鼓在路上走，人好多，每一個，都長了魚的臉，我晃晃悠悠的，在魚群裡看你，跟你走過大街小巷。你每次擂鼓，我都摀着耳朵，怕一下子讓你震聾，長大了，聽不到你說愛我，說你一生一世愛我……」「是你媽告訴你的？」尾生記得德蓮娜說過，那年，聖像出遊，若鰈曾抱着才滿月的阿鰜在人潮裡看他。「我說過了，我根本沒跟她說過話。」阿鰜有點着惱。「那麼，是德蓮娜說的吧？」「我腦海的泡泡，修女怎麼會知道？你相信我，有時候，我真可以看到我媽看到的東西。」

「『一生一世』是好磨人的事，你年紀小，別攬在身上。」尾生告誡她。「我十六歲，不小了。」「十六歲就是小。」「爸，你這就不對了。」「我哪裡不對？」「一個人小不小，得看她能活多久，我十八歲死，十六歲就是晚年；一隻貓，活了十六年，你不會說牠小，你會說牠是老貓；我可能也是老貓，是你的長輩；而且……」阿鰜有點傷感：「你不是喊我小苦瓜嗎？苦瓜一長出來，皮就皺，一副老相。」尾生說她不過，捣着她手背，溫言安慰：「你一點不皺，是不老瓜。」

「對，我是不老瓜，我不老就『瓜』。」阿鐮臉色一沉，隨即閃過異樣的光彩，她把尾生賸的半杯紅酒喝了，說：「我做了一個夢，夢裡，你請我喝酒。那酒苦，還是白的。」在桌上排了一行六粒骰子，信手抓起骰盅，手一揚，竟盡數把骰子捲進盅裡，直如兔起鶻落。「誰教你的？」尾生問。「一看就會，不用教。」她說。他問她，知不知道若鰈從前的營生，她答：「不知道。」這一手，純粹是遺傳過來的天份，「這些年，她很不快樂。」阿鐮說。「你怎麼知道？」「我不知道，我……感覺到，我在鏡子裡看自己，看久了，就感覺到她，感覺自己是她。」啪的一聲，骰盅往桌上一墩，她笑着問他：「多少點？猜中了，我就是你的。」「猜不中呢？」他醺醺然，看着她的酡顏，以為她醉了，會網開一面。「猜不中也是，我本來就是你的。」

阿鰜聽人說塞圖巴有座花地瑪聖母教堂，聖母「看」見活不到成年的孩子會流淚，她想看看聖母像會不會為她流淚。「你真的不順道去看瀾姨？」阿鰜問。「不去。」尾生這才明白，什麼叫「近鄉情怯」；小瀾就是他的「鄉」，他怯得不敢親近。「不去也好，瀾姨到底是我情敵。」阿鰜傻憨憨地一笑。

好容易才找到那座小教堂，阿鰜跪在聖壇前，跪了半天，聖像雙目始終沒有濡濕。「你成年了，聖母當然不哭。」尾生說。「有些地方，成年是十八歲。我來確定一下，讓你安心。」她笑嘻嘻地拉了他離開。

「聖母不哭，你應該高興，怎會只是要讓我安心？」他問阿鰜。「我不想你有一個短命的情人。」她說，她等了他快十年，不是一時的衝動。

到了旅店，尾生要兩個房間，她卻告訴接待的：「他是我爸，要一個兩張床的房間就可以。」

阿鰜從背包翻出三幅黑白照，擺上床邊小櫃。照片鑲入不同相框，一幀是她五歲那年生日會，跟尾生和趙小瀾的合照；一幀她和姑娘堂十幾個女同學在校門前拍的，大概是離澳前的留影；一幀是她和德蓮娜站在鐘樓下，兩個人笑得好燦爛。阿鰜指着這幀照片說：「姬姨拍的，那天我們到奧比度去玩。」

「照片怎麼都帶在身邊？」他問。「房間有了照片，像個家。」她說。

「我陪你幾天，就回澳門。」「暑假才開始，你不必急着走。」「警察沒暑假的。」阿鰜皺皺眉，當沒聽見，問他：「老實告訴我，你愛我媽什麼？」他沒回答，他連那算不算是愛，也答不出來。「媽很會做那回事？」她追問。「什麼那回事？」「你知道的。」她嬌怯地一笑，踢掉鞋子，脫賸貼身衣物，把短裙汗衫隨手往衣帽架上一搭，就走進浴室。

他聽到灑水聲，挨着床頭，要打個盹兒，阿鰜卻喊他：「爸，我包裡有個紮頭髮的圈圈，你替我拿進來。」尾生找到她要的，走過去敲門。「門沒鎖。」她大聲說。浴缸上垂着塑料簾子，透明的，熱水沙沙灑在她身上。尾生從簾縫塞進去髮圈，她接過了，他轉身出了浴室，躺回床上，胳臂濕涙涙的，抹掉水點，還留着皂香。

他合上眼，阿鰜讓水簾裹住的身影，仍舊水晶玲瓏，一點即破。

對於這個「女兒」的成長和變化，事前，他一片空白，他為這片空白感到歉疚，但空白裡萌生的綠芽，卻清新可喜；他有點激動，也有點迷惘。「你可以去洗澡了。」阿鰜圍着浴巾出來，長頭髮用他送過去的紅絨圈挽住。風吹進來，窗前，是一框讓她髮梢撩亂的街景。「好累。」她說。他挨近她，右手潛近那殷紅的髮圈，揉她脖子。「去吧，我等你。」她對他耳語。尾生走進浴室，水汽還沒消散，梳妝鏡面蒙了一層霧，她留了花瓣似的一顆心在鏡中霧裡。

「看到了？」她問。「看到了。」他答。等他帶上門，她一扭頭，扯掉髮圈，拋向街心，她的動作好瀟洒，彷佛窗下是一條河，逝水東流，唯有她向溺水者施以拯救。

鬥牛場，是臨時蓋的，但不簡陋。尾生記得這片沙土，小時候，他在這裡踢過球，神香溟，是守龍門的，阿溟最怕就是他的鐵蹄，球場上，他有個綽號，叫「鐵蹄閻羅」。這會兒，龍門不見了，變成大公牛的出入口，牛從那裡衝出來，然後，再讓人原路拖回去；牛血，或者鬥牛士的血，會滲到沙土裡；沙土會變得肥腴，不鬥牛的時候種花，花開得格外紅豔。

「觀眾席，怎麼全是穿鮮紅風雨衣的人？」尾生心中嘀咕。看台，這個血色大環，早就把他圍困住；他忽然想起阿鰜的髮圈，那陣皂香，讓他感到無比的甜蜜。來看屠牛的人鼓掌了，掌聲，蕭颯得像風聲；那根本就是風聲，黃葉從看台那邊舞過來。牛呢？牛在哪兒？他感到好迷亂，好苦惱，千萬個紅衣人，不發一語，只瞪視他，沒有慈悲，也沒有怨恚。

他搖搖頭，頭好沉重，忽然，天昏地暗，就聚光燈投到身上。對眼前處境，他有點困窘，有點不耐煩，他記起射門的快意，一跺腳，踢起泥塵，風，又刮起來，在沙場上，他是那樣的橫蠻有力，不減當年。

鬥牛士從看台下的圓拱出來了。怎麼會是她們？怎麼會是趙小瀾和若鰈？尾生好詫異。兩個女人，沒穿鬥牛的華服，赤條條的，在明晃晃兩盞聚光燈下，膚肉一樣細白，身段一樣纖柔，但手上，各拿着兩把利劍，劍刃直指長空，像兩座鑲銀的羊脂玉燭台。他稍為遲疑，小瀾和若鰈竟擺動腰肢，向他百般獻媚。「心裡有死結，劍，就是解結用的。」他全沒戒懼，不疾不徐，朝她倆走過去。

四聲悶響過去，寒氣直透肌腱，也許，劍刃太鋒利，穿筋破骨，就一陣冰涼。他本能地後退，不是因為創痛，是不想噴濺的血，玷污她們的裸體。他眼神透着薄責，怪她們不該讓四把長劍留在他的皮肉。「劍抽出來，還可以用。」他喃喃自語。

女人，接過觀眾拋下來的長矛，朝尾生瞇瞇眼。她們像女巫騎掃帚一樣騎着那兩根利器，淫穢的動作顯得詼諧。他笑了，但笑，牽動傷口，他感到陣陣隱痛。鬥牛士手持長矛，他明白那是什麼意思，表演，總有時限，長矛，是結束表演，讓觀眾可以回家安睡的東西。「結束之前，得讓高潮降臨。」他精疲力竭，想合上眼，但製造高潮，他責無旁貸。

月，圓而無光，薄薄的，貼在燈塔上方。

尾生垂下頭，兩人已跨上馬，趙小瀾騎的白馬在左，若鰈的黑馬在右，兩匹馬，如日與夜，如光明與晦暗，離他一樣遠，也離他一樣近；這一回，他才真感到猶豫，感到苦澀，掙扎着，不知道該投向誰。「你愛我麼？」小瀾再一次問他。「你知道，我不能夠愛你。」他的頭垂得好低。「那麼，你愛不愛我？」若鰈同樣詰難。「我希望能夠愛你，希望能夠撂下對小瀾的感情，一心愛你。」他聲音很小，小得就像是對自己說的。

僵局，長久的對峙，觀眾開始鼓譟，落葉削來，像千張刀。

然後，他看到阿鰜就在前面，在兩個女人中間，背着鬥牛場的出口。尾生覺得她是來解圍，來解困的，那襲月白衣裙，就是他最後的救贖。他低頭奔向她，想撲過去擁抱她；然而，好不幸，他忘記了，甚至根本不知道自己是一頭牛，一頭公牛。他的一隻角直犁進阿鰜的小腹，那樣潺滑，綿軟，破膜穿腸，全無滯礙。「爸，好痛……」

她連臟腑，都讓他擠裂了，漿液往全身的竅穴流竄，咕吱咕吱響，酣暢可聞。「犁死她，犁死她……」看台，那個佈滿紅衣人的圓環升起了噪音。

他回過神，明白那是怎麼一回事的時候，原始獸欲和衝刺帶來的快感消失了，他心碎腸斷，悲痛得無以復加。「不應該這樣！我不可以這樣！」尾生抬起沉重的頭，卻看不見她：血，點點滴滴，不斷落向他的前額，源源流過他的臉，月亮，那紙錢兒一樣薄的月亮，倏地燒起來，火熊熊的，一如他的欲望。

主調 33

尾生醒過來，斜暉透窗而入。

長街向灘岸傾頹，對面一溜鮭魚紅平房，較他們住的旅館低矮，夕陽沉溺之前，總有一個鐘頭溫暖的日照。或者，他有點心虛，他悄悄把阿鎌那三幅照片翻下來，框底朝天。「一個鐘頭，很夠了。」他想。喪樂好煩人，他沒想到這當兒，竟會遇上似乎無窮無盡的送葬行列。「會不會是一個鬥牛士死了？」他盡可能專注，不讓投到床毯和她肉體上的光影教自己分神。

年過四十，他就察覺體力和體質，漸不如前，要是做不到絕聖棄智，歸攝心神，腹下這根似要跟他劃清界線的陽物，就會軟耷下來，不能操作。他不能讓阿鎌取笑他，讓她知道他年逾不惑，竟不曾跟女人這樣相融。

旛旗，輓帳，高大的花牌，在百葉窗下移過，他看得見那些法器和祭物的頂梢，高高低低，在夕陽前招搖，投入寢室的陽光，忽明忽昧，失常地，不斷塗改她的裸體。她閉着眼，摟得他好緊。他早該把窗戶攏合，如今，是太晚了，他不能抽身而退，只得直搗黃泉。

哭聲，嗚嗚咽咽，好像是女孩的，也好像從街上傳來；或者，滿街的哀鳴，是女孩抽泣的伴奏。他盲目地抽送，越陷越深。喪樂，到底什麼時候才完？銅鈸和嗩吶的喧囂，不論婚葬，同樣的煩人。他忽然橫了心，乾脆隨着節拍，深深淺淺地耕犁。他的陽具，就是他的角，他拋開他的夢，那隻角，直犁入她的下體，她的腸臟，直抵她脆弱的心。

對她的痛苦，這一刻，他失去了憐惜；她在吸納他，那樣的緊湊，那樣的熾熱和濡濕，那層層撕裂帶來的痙攣讓他明白：她的反叛，她的放任，壓根兒是一團煙幕，像墨魚噴墨一樣，是對這個脆弱生命的一種武裝。

他接受了她的奉獻，堅實的欲望，貫通了時間的裂隙，他讓生命的錄像帶飛快回捲，重播，讓錯失了的溫柔，鮮活地，投射在這張床上。哭聲，喪樂，越來越尖厲，當送葬隊就要離開那扇窗，他忘形地，在她耳邊喚了聲：「小瀾……」

阿鰜兩手抓住他繃緊的臀肌，喊了一聲：「爸！」

送葬隊上了山，涼風，就從海那邊吹過來，尾生挨着床頭，凝望一框轉藍的天色，異常沉默。「我做得不好？」阿鐮用鼻子擦他腮邊鬍鬚碴兒。

「好，太好了。」他用拇指揩去她眼角淚痕。「爸，謝謝你。」「你謝我什麼？」「謝謝你把第一次給了女兒。」「你……你怎麼知道？」他扭揑不寧。「我感覺到，你知道，我很敏感。媽媽和瀾姨沒得到的，謝謝你給了我。」

「你說有幾個男朋友，你誆我的。」他明白：她沒佔他便宜，她和他一樣，不經人道。「我男朋友多，你會好過一點？」她問。「我……我不是這個意思。」尾生語塞。

「我是騙你，可是，」她赧顏一笑：「爸你放心，我會負責任的。」

「阿鐮，我……我其實不是你爸。」「我知道，你是我情人。」「我認真的，我們沒有血緣關係。」「我知道，我早就知道了。」她有點懊惱，怪他說破：「所以，我要跟你發生關係，我不要跟你沒有關係。」

天一直藍着，沒有變黑。半晌，阿鐮忽然問他：「瀾姨曾經長得跟我一樣，對吧？」他點點頭，一臉歉惻。「我無所謂，不過，」她把被子拉過頭，在被窩裡說：「你可別讓她知道，你把我當她操了。」

18/500
Senado Square, Macau

主調 34

小瀾站在樓上，胸前擋住一株百合，人讓小窗框住了，仰望，就像一尊白玉觀音。泡在會苦池裡的姚溟，他最後看到的這扇方窗，卻黑沉沉，儼然一口枯井，池水灌進去的時候，那幫比他活得長久的鯉魚，金鱗忽閃忽閃，從身邊游過去，搶在他前頭，剎那間，成群竄向井口。

他的自沉，不是一時衝動；他是衝動過的，他把輪椅開到別人路上；然而，過去這五年，他對這種「不完整的生存」，他自以為，有了好深刻的感悟，他覺得已經可以「站」在最恰當的距離觀察自己，像觀察一頭到池邊來過冬的反嘴鷸。

這頭鷸，沒有翅膀，只有腳；雖然有腳，卻不可能單靠走路，回到北方的島國。

「你可以住在這裡，池裡有鯉魚，夠你吃一輩子。」他對這頭從虛無國度徒步而來的大鳥說。「吃魚，不是我的生存目的；而且，我不喜歡鯉魚，我吃蟲，我的嘴形，注定了只宜吃蟲。」反嘴鷸上翹的長喙不住開合。「什麼才是你的『生存目的』？」「回去，回到屬於我的地方。」「你屬於哪裡？」「完整。」反嘴鷸告訴他：「我曾經是完整的，我要回到大家看到『完整的我』的地方。」

這樣的哲學議題，他從沒跟小瀾討論過，他覺得小瀾不太了解他；真正了解他的，是這隻同病而且同心的鳥。

「我見過你妻子，她很漂亮，半點不顯老，你該給她機會，你走了，她就自由了。」反嘴鷸勸他同行。「可是……她愛我，我走了，她會傷心。」「傷心，是一時的；苦，是恒久的；說到底，你是她的一枚苦果。」「我這一去，她會認為我懦弱。」「接受自己的懦弱，世上，有好多無腳的人，無翼的鳥，的確比我們堅強；而且，你看！」反嘴鷸招呼他到會苦池邊，要他垂注一鏡靜水：「你看到什麼？」「藍天白雲。」「你走了，這藍天和白雲，就是她的。」小瀾回家之前，似是而非的鳥話，不斷蠱惑姚溟。

「一起走吧。」終於，他作了決定。

池面平靜下來，姚府出殯。

姚父年邁，還是堅持一路送靈柩上山，他就姚溟一個兒子，本來要他承繼祖業，自從他受傷了，不良於行，姚父對生意也灰了心，「盛極而衰，合乎天道，沒好怨的。」

老頭兒會開解自己，其實不無大憾，他姚家在葡國有枝有葉，老年喪子，送葬隊的聲勢好大；不夠大，宣洩不了他的傷痛。

小瀾一身縞素，傍着姚老先生走在靈車後頭，上坡路不陡，只是漫長，回望，旛幃如雲，連綿不斷。當送葬隊經過一家小旅館門前，斜暉，穿透一排鮭魚紅平房的夾縫，忽然聚焦道旁牆根下。在那裡，一個紅絨髮圈，吸引了她的目光。人潮推擁，她沒法子停步，但不知怎的，她覺得那是一個鮮明的句號，即使一晃而過，這個句號，這圈煥發的豔色，分解了她的哀慟。她記得，自己也有過一圈一樣的，就顏色草綠，早沉在荔枝碗裡。

她抬起頭，看見小旅館那些敞開和緊閉的百葉窗；窗戶，是一座城市的長睫，撩動人心，但見得多了，面目就模糊；她永遠不會知道，在反嘴鷸成群飛過的蒼老藍穹下，有一扇窗，窗後有一個男人，就在那裡，那樣忘形地呼喚她。

「你還想不想見我媽？」阿鎌問尾生。「總得去打個招呼。」自從跟阿鎌睡了，他自覺留了案底，不是清白之人，行住坐臥，都變得閃縮。「你偷了人家寶貝，還敢去打招呼？」阿鎌笑他。「她到底是物主，要責罰，我只好承受。」他可以「承受」什麼？他做了一樁錯事，他可以為錯誤賠上性命；然而，他心裡明白：這個錯誤點在胸膛，就像一朵濃豔的刺青，比什麼都來得珍貴。「本來，我不想你去見她，可我總覺得不自在，不踏實。」她心緒不寧，認為母親要出禍事，「不過，見了我媽，你會不會不愛我？」她問。「我只想多找一個人來愛你。」尾生說。「答應我，我們的事，別讓我媽知道。」說畢，阿鎌掩上旅館房間的那扇窗。

翌日，阿鎌帶他搭上公車，找到奧比度一家美術學院。

「你媽真的在裡頭教畫？」尾生有點懷疑。「對啊，沒有她，那幫學生只知道畫水果。」阿鎌領他走進校園，幾株山毛櫸樹後，有一座檸黃建築，就一層高，但高得氣派，高得磅礡，兩人趨近敞開一排南窗內望，午後，陽光從西壁五六扇百葉窗照進畫室，紅磚地上，一橫橫的，鋪了遍地光陰；在錯落的黑和白盡頭，一條小腿垂着，朝上看，尾生看到一個女人，赤條條的，坐在鋪了黑布的矮台上，幾十個男女圍着她，憑着畫板的掩護，放肆地臨摹她，臨摹她的美，她的憂鬱。

「我說白白的，嫩嫩的，沒騙你吧？」阿鎌在他耳邊說。尾生沒想到這一看，就看了個「全相」，兩眼灼灼的直瞪住若蝶，她在矮台上擺的姿勢，就像十六年前，隔着自家窗前那棵刺桐，他窺見的姿勢。

「那個男人，」阿鎌指着背向他們的一個學生，「我覺得他會對我媽不利。」「你認識他？」尾生悄聲問，目光沒離開若蝶。「不認識。」阿鎌說：「但媽怕他，他做了一些事情讓她害怕，我感覺到她的害怕。」尾生偷空瞜一眼站着畫畫那男人，見他長髮馬臉，大筆亂抹，裸像血一團肉一堆的，十分可怖。「她幹嘛怕這馬面人？」他問。「這人瘋了；而且，」她小聲說：「他愛我媽。」「可惡。」他五內有氣，但六神無主，拉着阿鎌走到樹後，要她出主意。

「你不是要見她嗎？去見啊。」阿鎌說。「這就去？」「當然。這幫人塗塗抹抹，可能耗上幾個鐘頭，我在這裡等你，你快去。」阿鎌欠身潛回窗下，往裡頭瞄一眼，背着他擺擺手，要他直闖敵營。尾生猶豫片刻，用手攏了攏頭髮，結上襯衣近喉結鈕扣，綳直了衫腳，一步步走近大門。他不想驚動人，一進畫室，就貼着牆壁行動。若鰈看見他，感到眼熟，一時卻沒認出來，低頭細想，驀地，暗呼倒楣：「這陳年大債主，怎麼挑這會兒臨門？」她不知所措，要說話，要拿個圓臀對着他，要逃，總覺得良機早過。呆了頃刻，她還是用葡語說了聲：「對不起！」抓起一塊白布圍住身子，搖搖晃晃站起來。

「好……好久沒見。」尾生趨前攙扶她。「你來幹嗎？」若鰈邊說邊走，怪他來得不合時。「我來看你。」他說。「看得夠清楚了？」她白了他一眼。「清楚，不過，我……我不是這個意思，我和阿鎌……好想見你。」尾生傍着她走出畫室。「阿鎌呢？」若鰈東張西望，驀地，她發現要找的人，這個所謂的女兒，早就稀釋為一個名字，她血肉模糊，根本沒在記憶裡留下形貌，這一剎那，她感到從沒有過的心虛。

「阿鎌可能到圖書館去了。你不如換件衣服，我們到那邊去坐着等她。」尾生提議。「我回去呆一會，你們儘管去轉悠，別在這裡盯得我發毛。」若鰈說完回到畫室。沒多久，阿鰜捧着一束三色堇走回來，毫無疑問，是從花圃裡摘的。「送給我媽，讓她覺得你喜歡她。」她把花塞到尾生手上。「你真要我這麼做？」尾生不解。「嗯。」她笑得狡黠：「你在我面前討好她，她就不會懷疑你。」「她會懷疑我什麼？」「懷疑你誘姦美少女。」「你別擺佈我，我到底……到底是……」「到底是我爸。對吧？」她湊近他耳邊，聲音好甜膩：「今兒晚上，爸要什麼，女兒都依你。」「你就愛挖苦我。」他沒想到阿鰜心眼兒這麼多，有點難過；她命途多蹇，那顆心，就像黑濕枝頭上的野菌，熟得早，熟得飽滿，但慘白輕浮。

變奏十一

若鰈做過一個夢，這個夢很荒唐。

在夢的曠野，她讓一群餓獅窮追。皓月，變成了一盞探照燈，她走到哪裡，這燈，就照到哪裡。「要逃命，就不能有太多牽累！」她耳邊響起聲音。扔掉了沉甸甸的背包，獅子還是尾隨不捨；於是，她脫去衣履，扯掉佩飾，赤條條地奔跑。裸奔，讓她感到罕有的快意，慢慢的，她竟然開始享受她的處境，她的無助。

「怎樣才可以獨吞獵物？」欲火，燒紅了眼，獅子還是一邊追逐，一邊盤算。

她散發的汗味，她粗重的氣息，讓食肉獸瘋狂。

「不如先咬死競爭對手。」這種想法，阻慢了獅子前進。

若鰈看穿這一點，覺得獅子並不那麼可怕；不僅不可怕，還可憐可悲。夢中的她，矯捷如豹，幾個起落，就跳到孤立曠野的一株白楊樹上。枝幹光禿禿的，她纏纏搭搭，百般獻媚，誘得幾十隻雄獅引頸咆哮，饞涎滿嘴。

「我就一個人，肉不多，你們要吃飽，只能決鬥，賸下最強壯的，就可以撕開我，抽出腸子來吃掉……」她的話，直接了當，打動獅心。猛獸們有默契，二話不說，一張口，就噬向對方咽喉……最後，血泊裡，只有一隻獅子昂首而立，牠目光如炬，照得她通透：「下來吧，我不要吃你。」

「你想怎樣？」她問。「讓我幹你。幹完，我就走，兩不相欠。」獅子答。她爬下來，戰戰兢兢，遵命趴伏着。門戶暴露在強光下，獅子看了半日，卻沒有行動。「要做快做，瞧什麼？」她抗議。「我擠進去，你承受不了的；我要快活，但不想殺人。」獅子掉轉頭，背着她說：「再碰上我，我可未必饒你。」

「獅子大哥，你高姓大名？我記住了，好知道逃避。」

「小姓『責』，單名一個『任』字。」獅子腳下不停，轉眼去遠。

夢醒了，她有點難過，那個她在曠野拋棄的背包，她知道，裡頭載着她的女兒。

一個鐘頭過去，若鰈穿戴好，從畫室出來。

尾生迎上去，把一束三色堇端到她面前：「令千金孝敬你的。」她接過了，啐了聲，得瑟地說：「你送就你送，還害羞？」埋頭嗅了半天，偷偷看了阿鎌一眼，竟然有點膽怯，不敢正視這個陌生的女兒。「我在你這個年紀，也是這個樣子。」她鼓起勇氣，對阿鎌說了這句話，說完，靈光一閃，自愧過去虧負了她，應該趕緊討好她，馬上續了句：「不過，你長得比我好看。」阿鎌沒走近她，臉上掠過怨懟的神色，別過頭，嘟囔着說：「到了你這個年紀，我才不要像你這個樣子。」算是敘過契闊。

尾生見她母女倆行止彆扭，自己夾在這二人之間，更不知道該如何安身，正感徬徨無計，好在若鰈挽了他手，笑瞇瞇地說：「咱們走吧，採花賊。」這「採花賊」三字，一字一頓，他聽着，就像警察局長在宣讀嘉許狀似的。

紅日，凝固在一片密植的白樺樹上。

阿鎌耷拉着頭，不即不離走在兩人背後，每一步，都踏在她媽那個長影子的頭上，

「踩死你！踩死你……」她一邊走，一邊叨嘮着，瞥眼間，她看到馬面人從白樺林竄出來，手裡銀光一閃，直朝若鰈撲過去。她不及思想，搶前幾步，擋在母親背後，驀地，肩膀劇痛攻心，竟讓一把刀子戳了進去。她一聲厲叫，順勢撞開若鰈。馬面人要再施襲，尾生回頭瞧見了，右手扣住他右手腕，左手報以重拳，打得他嘴歪了，身斜了，借勢扳轉了手，按倒在地。他膝頭頂住馬面人背心，頃刻間，算制住了他，抬眼見阿鰜倒在若鰈懷裡，左手軟垂，鮮血涔涔而下。「你……你搶我女人，我要殺……殺死你！」馬面人掙扎。尾生往腰後一摸，才想起人在葡國，沒帶備值勤用的手鐐，情急之下，一掌劈向他後腦勺近頸椎骨的地方，把他擊暈。

「刀插得不深，但傷了血管，我替她止血，你快去報警，叫救護車。」尾生攙阿鰜到樹下長椅坐了，撕了衣服為她包紮傷口，血，就是不住湧出來。「沒事的，沒事的。」他心神大亂。「我幹嘛要為她捱刀子？我恨死她了！」阿鰜臉色慘白，身子發抖，瞅着倒在草地上的馬面人，「我在夢裡見過他，我……我就知道這長毛鬼，要來索命。」

「中刀，是小事，但她有先天的心臟病。」醫生木然說：「心瓣隔沒長好，這病不常見，叫『心室中隔缺損』，簡稱VSD，有時候，可以由近親繁殖造成，她能長大，缺損的地方，一般會完全修復。過去兩三年，她沒再突然暈厥，對吧？可這樣大量出血，心臟負荷重了，瓣隔扯開了，血液交流，又出問題了；簡單說，她動脈的血不乾淨，不夠氧氣，五臟六腑沒得到滋養，正慢慢枯萎；腦細胞，最終也會受到損害……她隨時會中風，會血栓塞，運氣好的話，可能活上三個月，可能半年……」

「能不能動手術？」尾生心慌意亂。「手術太複雜，治好機會太微；而且，手術費太貴。」「為什麼？」「容易做不好，做不好，會損害醫生聲譽。」「你替我找個好醫生，錢，我可以籌措。」尾生說。「你肯付錢，我費蘭度，就是好醫生。」他變了臉，猛拍胸膛保證。

尾生強壓憂慼，向若鰈和德蓮娜簡報了阿鰜病情。

「當下，就是錢的問題。」他說。

「我實在對不起她，我……我太自私，太失敗了。」若鰈嘰嘰咕咕罵自己：「我這算什麼母親？我是一隻倒楣鬼，誰碰上了，都要倒楣。」「你省着點好麼？」德蓮娜惱她添亂，回頭對尾生說：「錢，可以找個名目，向修院申請，就怕傳遞費時，來不及應急。」

「總有辦法的，我們去想辦法。」尾生鼓勵自己。「我有辦法，我知道一個地方，可以去碰碰運氣。」若鰈拉了尾生就走。「我也去。」德蓮娜緊隨兩人出了院門，走進一條横街，街上多是賣海味雜貨和神香冥鏹的商舖，横七豎八，懸了些中文招牌，德蓮娜覺得有些獐頭鼠目的男人盯着他們看，越走，越疑懼。瞥眼間，見巷子裡有幢舊磚房，兩個黃面孔守在半開一扇朱門外，其中一個朝他們招招手，賊頭賊腦的：「進來玩兩手！」

「走吧。」德蓮娜掐住尾生袖子，要扯退他。「我是幹這一行的，不怕他。」若鰈向他打個眼色。尾生滿臉無奈，望着德蓮娜：「據說，不賭的人頭一趟進賭窟，準贏。」德蓮娜一拍額角，沒問他據誰說，待要跟進門去，守門獐頭卻攔住她：「尼姑不能進去！」「我是修女。」德蓮娜糾正他。「修女就是尼姑。」獐頭認為天下宗教已經合一，世界大同。「你不讓她進去，我們也不進去。」尾生轉身要走，獐頭才賠笑說：「你進去別摸人，尼姑摸了人，要輸錢的。」「你會想人贏錢？」德蓮娜沉住氣，連尾生也沒去摸。

開賭的，為避刑責，在中國象棋上刻了記號當籌碼，尾生將錢全換了棋子，若鰈說：「賭大小吧，賭法最簡單，他們不容易出術。」「我來下注。」德蓮娜當仁不讓，利落地搬動棋子，頭幾局，手風順，買大開大，買小開小，竟贏了比注碼多一倍的錢。「有一萬塊了，還差一萬，就夠手術費。」若鰈說。「不如孤注一擲，贏了，問題就解決了。」尾生提議。「輸了呢？」德蓮娜問。「打回原形，本來不夠，輸了，還是不夠。」尾生和若鰈同意押重注，修女反對，但二對一，反對無效。

「大，還是小？」若鰈問。「阿鰜年紀小，這是她的命，買小。」尾生說。「連開幾局小，這一局，最好買大。」德蓮娜有意見。「你說呢？」他問若鰈。「她是你女兒，你決定。」若鰈仰着臉，牽強地一笑。「商量好沒有？」獐頭催促。「我們開家庭會議，你急什麼？」德蓮娜睨住他。

「小！」尾生要下注。「我來！」德蓮娜攔住他，三三兩兩的，把棋子搬到漆着「小」字的一隻茶盤上。

「買定離手……開！」獐頭揭盅，瞜一眼骰子，涎臉大笑：「三個三，圍骰！」

德蓮娜見鼠目人把盤子裡的棋子取去，心知不妙，問若鰈：「什麼叫『圍骰』？」若鰈臉色發白，搖頭嘆氣：「大小通吃，錢，全給吃掉了。」「不見得。」德蓮娜笑瞇瞇的，憑空翻出來八枚棋子，見尾生按着桌子，頹然欲倒，湊近他耳語：「別氣餒，每回下注，我信手扣起一兩個籌碼，天主會保佑你回本的。」「你……你真棒！」尾生瞪着她，若鰈也瞪着她，兩人幾乎要鼓掌喝采。「我說過了，我這是名震教區的閃電手。」德蓮娜把棋子盤來盤去，臉現得意之色。

三人小心下注，十幾局下來，本錢討回來，還贏了一千葡幣。

「我們用這一千塊跟他賭，贏夠了就走；輸了，當沒來過。」尾生說完，又要下注，獐頭鼠目忽然圍過來趕人：「警察來了，快走！」連推帶扯，攆了他們出去。「怎麼就趕我們出來？」德蓮娜不解。「哪有什麼警察，不想我們贏錢罷了。」若鰈悻然說。

他們快快地往回走，不知不覺走到一個廣場。

日正當中，照人不見影。尾生居中坐在一張長椅上，三個人無情無緒呆望前方，小石頭鋪出來的黑白浪向四隅漫淹，大白天，竟寂靜得教人耳鳴，然後，一個穿紅彤彤連衣裙的女人，晃悠悠的，走進眼前黑白分明的空闊地，那點紅，越燒越近。尾生覺得眼熟，還沒想起在哪裡見過，若鰈已招手喊她：「湖姬，你過來！」

「我就知道你們在這裡。」湖姬說。「他是阿鐮的爸爸。」若鰈這樣介紹尾生。「你好，我本來也是阿鐮的爸爸。」湖姬誇張地一笑。尾生摸不着頭腦，用眼神向若鰈索解。「她本來是男人，閹了自己，由義父變了義母。」若鰈瞟一眼湖姬：「她做女人，做得比我們有真傢伙的，還開心。」湖姬習慣了她的取笑，渾不當一回事，自顧說：「我去看過阿鐮，精神還可以。」

「我們在籌手術費，你最好有點貢獻。」若鰈說。「籌夠了，也沒用。」湖姬聳聳肩。「怎麼會沒用？」尾生大驚。「費蘭度向我剖白，他翻看了驗身報告，認為做手術，不是好辦法；阿鎌這個病，本來自己會好，這回是惡化了，但能熬過去，說不定……」「說不定怎樣？」若鰈催促她。「說不定，會活到變成一條老苦瓜。」湖姬笑了笑，讓他們安心。「我們用心把阿鎌調養好，這手術，就不要做了。」德蓮娜臉現喜色。「這醫生幹嘛不替你剖腹，偏要跟你剖白？」若鰈問湖姬。「做大夫的，見多識廣，喜歡我這種奇葩，好正常。」她使勁眨眼，七分滑稽裡，竟有三分嫵媚。

主調 38

過了七天。

尾生、湖姬，在飛往香港的民航機上。

阿鰜的病，要長期治理，醫藥費龐大，四人無奈，同意帶她回澳門療養。同時，因為警察局有事，要尾生銷假，他就和湖姬先行，若鰈和德蓮娜等阿鰜創傷癒合，病情穩定了，再取道香港回澳。

「幹嘛要做女人？」尾生問湖姬。「我覺得自己是女人。」湖姬說。

三年前，湖姬到泰國做了變性手術，吃女性荷爾蒙藥，穿戴舉止，去盡了陽剛氣；實際上，她和若鰈的夫妻關係，早就名存實亡；「她們」是朋友，也是姐妹。以前，大家叫他「湖基」，變了性，乾脆換了個「姬」字。「做男人，有什麼不好？」尾生再問。「做男人太沉重，太多責任；做女人自由。」湖姬瞅着他：「你不信？我給你介紹醫生，恢復得好，痛一兩年，綳着一兩年，以後該就爽利。」

「實在……不敢相煩。」尾生笑問：「做女人，也總有些不方便吧？」「不方便，是有的。」湖姬苦笑：「有一個男人，他愛我，但他父母知道了反對，獨苗兒，和我一起，他家會絕後。有一個男人，我愛他，但他知道我不是『真女人』，跑了。我不是變成女人，只是變回女人，我做到了，改正了，可是……」

「做了要做的事，我還以為，你會活得稱意。」尾生表示同情。「我不稱意，樂觀而已。」湖姬仍舊笑嘻嘻的，降落啟德機場之前，她說：「我總覺得自己是一隻蝴蝶，一隻長了藍翅膀的大琉璃鳳蝶，我拍着翅膀要飛起來，可不管怎樣使勁，就是釘牢在原地，低頭一看，我才發現自己長了好大一根陽具，一隻蝴蝶，長了一根男人的陽具，你說，這多麼荒唐，多麼沉重？我受不了這負累，太可怕了！」「這有什麼可怕？男人，都渴望有一條大陽具。」「我本來好大，你早說，可以捐給你。」「心領了。」尾生失笑：「我湊合着還能用。」「大好，女人見了膽喪，省了我去幹這苦差。」見尾生直搖頭，湖姬信口提供了人證：「你可以去問若蝶，她見過實物。」

一個女人，腹下長了瘤，割掉了，問題就沒有了，大家還當她是個女人；湖姬腹下長了一副不屬於自己的生殖器，割掉了，苦難，還是尾隨不去；那條陽具，是她的魔星，她的詛咒。「你有什麼打算？」尾生問。

「我一直在找一個適合我這種人生存的地方。」湖姬強調一個「人」字，她曾經在葡國一家女校代課，讓一個澳門去的舊相識認出了，告發她，說她是個男人，「『我不召警抓你，算留情面了。』那個校長攆走我，嘿，我還得感激他仁慈呢。」她歎了口氣，淡然說：「我像一個賊，不能在一個地方呆得太久。」「天下烏鴉一樣黑。」尾生提醒她：「別期望有一個地方，住滿了白色的烏鴉。」

「會有的。」湖姬臉色一沉：「塵世，總該有這麼一方淨土。」

尾生自覺失言，「白色烏鴉」，即使只是一串比喻，但這串比喻，讓人沮喪。

「能再等十來天，我們五個人一起回去就好。」湖姬問他：「你說差館有事，有什麼事？」「辦公桌有一個包裹，擱了幾天，同事來電話，我要他代拆，沒想到裡頭有一枝槍，四粒子彈。」尾生說。「你讓人恐嚇？」她問。「應該不是。那是一枝失槍，關繫七年前一宗劫案，大家一直在找這枝槍和使槍的人。」他不該對湖姬講述細節，但他的失誤，槍匪的復仇，連串憾事有機會向人吐露，心結稍解，竟不自覺地，說得鉅細靡遺。

湖姬默然聆聽，越聽，越感動，待尾生說到西洋墳一幕，說到槍匪守在情人墓前的樣子，她大為神往，正色說：「我已經愛上他了。」

「你們女人的愛情，像這片海。」海，載着雲影；雲影，載着一羽白帆。尾生心念一動：帆上艄人，會怎麼看他？艄人，根本不知道民航機上有他，就像海洋，不知道有一朵浪花，為它枯萎。「謝謝你。」湖姬柔聲說。「你謝我什麼？」他問。「你說，『你們女人』，謝謝你。」說完，她掏出粉匣，要補妝，忽然對着鏡子甜笑：「我看到一個女人，這個女人，看到她的男人……」

尾生無暇理會她的鏡中愛情，他為阿鰜心焦，還得思考槍匪的圖謀：一枝槍，四發子彈，究竟是什麼意思？他自行繳械，那是自斷羽翼，「難道，他已經覺悟前……」尾生嘀咕。「他想告訴你，他已經撂下對你的恨。」湖姬神采煥發，為他的男人說話。

過了半月。

若鰈、德蓮娜和阿鰜，在飛往香港的民航機上。

阿鰜登機的頭幾個小時，精神不壞，還願意跟二人談笑。翌晨，吃過早飯，就無情無緒的，瞇着眼，似乎在打盹兒。若鰈和德蓮娜以為她只是勞累，見乘客寥寥，就把她放倒在相連三張椅子上，蓋了毛毯，讓她小睡，自己卻隔着過道，坐到靠窗一邊小聲閒聊。

「怎麼看，她也不像尾生的女兒。」若鰈瞜一眼雙眸緊閉的阿鰜。「她本來就不是她女兒，你知道的。」德蓮娜說。「她像他女朋友。」「你是說……」德蓮娜推敲出箇中玄機，但不敢深究，低頭劃了個十字，喃喃地說：「愛，有時候，未必都按天主規定的格式發生。」「我沒照顧她，自然沒資格管束她；說到底，阿鰜是一個不幸的孩子，我有一個……一個破格的想法，或者，我們會成為一家人，會一起過上幸福日子，我們會睡在一起，我睡在尾生左邊，阿鰜睡在他右邊，真正的『三位一體』。」

「你別拿天主開玩笑。」「對不起，我只是覺得你的天主，拿我們開玩笑。」若鰈輕拍她手背，算是致歉。

「孩子的『不幸』，有些，本來可以避免。」德蓮娜臉上再無慍色：「可惜，我們總是讓『不幸』發生。」「我知道，是我不好。」「懺悔，是有用的，我一直為做過的錯事懺悔。」她咕咕唧唧，像跟自己說話。「修女，也會做錯事？」若鰈微感詫異。「我和你一樣，有一顆不夠清淨的心。」她垂下頭，沒再往下解說。「你不夠清淨，但夠漂亮，不該去做修女。」若鰈說。德蓮娜嫣然一笑：「不做修女，你認為我該做什麼？」「陪酒，拍小電影，你有一種氣質，絕對讓男人着迷。」「神經病！」她笑着搥她胳膊。「欸，我就是有神經病。」若鰈笑得彆扭：「我病發，會咬人。」

相處日久，德蓮娜對若鰈的了解日深。

若鰈的父親叫江良；母親姓水，名秀。水秀十六歲，就誕下長子江鯤；一年後，再懷了若鰈。若鰈六歲生日，一家四口，過了關閘到大陸去遊動物園。「你不乖，我扔你到籠裡去餵獅子。」若鰈她爸信口恫嚇，沒想到母親聽了，雙目圓瞪，猛地推開他。她力氣暴長，這一推，幾乎把丈夫送入鱷魚池。水秀踉蹌退了幾步，一腳踏在亂岩上，仰天就倒，「你……你別過來！別……別過來！」她臉容扭曲，嘴唇不住顫抖。「你發什麼瘋了？」江良怪她反應過劇，但見她滿掌是血，後腦勺磕破了，要走過去扶她，水秀竟撿起石子朝他狠狠投擲，「你……大畜生，再污辱我，我……我砸死你！」她抓起一塊磚頭，要跟他拚命。「你冷靜點，我……我只是說，要扔阿鰈去餵獅子，不是要害你……你受傷了，我帶你去看醫生。」「放過我……」水秀一手護胸，一手作勢投磚，她眼中所見，似乎越來越可怖，終於，長聲慘呼，昏死過去；那一天，水秀得自遺傳的精神病，發作了。

半月後，若鰈的母親就住進了瘋人院。

江良活得不順遂，染上毒癖，拋棄了兒女。一九五六年，初夏，兄妹倆由住在路環的姨父母照顧。姨父母經營魚欄，賣海味乾貨，他們膝下無兒，見兩個小孩做事勤快，能幫忙幹活，也不生厭嫌。江鯤半工半讀，高中畢業，當上了警員。若鰈十五歲輟學，遷到澳門半島謀事，在理髮店當小工，不久，交上兩個比她大幾歲的女孩，三人賃屋同居，無事常與賭場做荷官的親近，男女關係，稀鬆隨便。

「我不要家，不要孩子，不要牽絆，我不知道什麼時候，突然，會像我媽一樣病發，要在瘋人院終老。」若鰈有她的理由。「如果你不發瘋呢？」她詞窮，德蓮娜還是要追問：「如果你到老，到死，也不發瘋，你怎麼面對這輩子的過失？」「我……」「好了，就算你真會發瘋，會瘋得好厲害；發瘋之前，就不能好好的過日子？」

民航機開始下降。若鰈轉過臉，窗外，天好藍；海，仍舊載着雲影；雲影，依然載着白帆。那是尾生看過的風景，但海不一樣了，雲，也不一樣了。德蓮娜的話打動她，她感到痛苦，但頭腦，竟有片刻的清明。

「這些年，你有沒有回去看水秀阿姨？」德蓮娜問。

若鰈垂下頭。她記得母親住的房間，窗外，有一株玉蘭樹。她去，總會撿些掉到病院草坪的玉蘭給她，她總當寶貝塞在枕頭下，有一趟，她悄聲告訴女兒：「那是大畜生的牙，算起來，該全掉光了。」話是這麼說，病，卻始終沒好轉過來，她一直視丈夫為吃人野獸；而且，吃掉了她的下半身。打從相識那天，他就吃她，只是她沒察覺，「太遲了，知道得太遲了……」水秀不住叨唸，還告誡女兒：「你最好走得遠遠的，不然，大畜生早晚也會把你吃掉！」她真的走了，阿鰜生下來，她就沒探望過母親，有時候，她會想起她，卻害怕見到她，她害怕見到自己的未來。

「或者，我一直在逃避的，就是這頭獅子。」若鰈告訴德蓮娜，在她的夢裡，獅子有個讓她不安的名字。「有些事情，該面對的，總得去面對；不過，」德蓮娜淡然一笑：「你這些夢，也夠胡鬧的。」「欸，你老實告訴我，信了所謂的主，真會變得快樂？」「你把痛苦交給祂，就容易變得快樂。」「我走投無路，就來投靠祂。」「『敲門，我就開門。』主的大門，永遠開着。」德蓮娜柔聲說：「待阿鰜好一點，主會看到的。」

民航機飛得好低，低得可以觸動九龍城那片老唐樓屋頂的花樹，鐵翼掀起曬台上一個女人正在晾曬的紗裙。

阿鰜醒過來，但眼神恍惚。若鰈挨過去扶起她，扣好安全帶，問：「香港夜景好美，你想看，我們留一個晚上再回去？」「我想去一個地方。」「去哪兒？我陪你去。」「醫院。」阿鰜氣息微弱，這兩個字，勉強能讓她聽見。

若鰈提着那盞桌燈，一個個房間找過去，過道好靜，鞋跟敲在紅磚地的聲音好清脆，十幾年沒有來，她早忘了母親的房號。那些「病房」，窗戶很小，唯一相同的是：窗格子填着不同的樹。夾竹桃、蒲葵、石榴、銀杏……「瘋人們，怎麼都搬走了？」若鰈一沉吟，明白過來：澳門，沒不正常的人了。

過道盡頭，一個房間門前擋着鐵柵。她停下來，認得鐵條後窗櫺框着的玉蘭樹；樹高了，室中更幽暗了。一個銀髮披掛的女人坐在窗邊藤椅上，手裡掐着一串細長蜜蠟念珠。

「你哥剛來過。」水秀把那串珠子提到晨光下，「這個他給的。」說完，轉過臉，凝神看着那樹玉蘭，不無感慨：「沒想到阿鯤當了和尚。」「他聰明，遁入空門，一了百了。」若鰈把燈供在床頭櫃上，掏出梳子為母親梳頭。「我孫女兒怎樣了？也不帶來讓我瞧瞧。」水秀語帶薄責。「她病了，病得好重，怕治不好了。」若鰈心中納罕，問：「你怎麼知道我有女兒？」

「阿鯤說的，他見過她。」水秀長嘆一聲：「冤孽啊。」「我哥說什麼了？」「什麼都說了。他說這……這女娃兒，是你和他的……」「你別聽他的！他瞎說，這……這怎麼能跟你說？」若鰈心神大亂，跪倒在地，捧住母親嶙峋的手乞憐。

「放心，瘋婆子，最可以守秘密。」水秀詭譎地一笑：「沒人相信瘋婆子說的秘密。」

「媽，那不是真的，不是真的……」若鰈大哭。「我知道，我知道。」水秀溫言安慰，半晌，點一下嘴唇，噓了聲，正色問：「嗅不嗅得到味道？」若鰈猛吸一口氣，望着她：「什麼味道？」「玉蘭的味道。香不？」「香。」若鰈答。「那是獅子的口氣。」水秀煞有介事：「大畜生蹲在這裡，我這輩子，出不去了。」抬頭，瞥見櫃子上那砂玻璃罩燈，瞪着焊死在銅燈台的銀天使，問若鰈：「阿鯤送的？幹嘛帶到我這裡來了？」

「這盞燈，我搬了幾次家，不管在澳門，在葡國，一直讓它在床頭亮着；但燈火，總讓我不安。」若鰈問母親：「我是不是該把燈留在這裡？」「你要我替你點着？」

她問。若蝶點點頭。「最後，就這一點光，是我們的知己了。」她告訴女兒：年輕時，丈夫送過她一盞煤油燈，她每夜撲到燈燄裡，「也好在靠那盞燈，我才發現他是一頭獅子。」水秀顯得欣慰。

「人在燈下，會變成獅子？」若蝶問。「不，但會現出獅子的影子。你不信，可以試試。」「這裡，只有咱倆。」「是人，就現出人的影子。」若蝶找到插座，點了燈。燈光映照下，瞿然而驚，她，還有母親的影子，竟然是張牙舞爪的兩頭惡獸！

「這……這是怎麼回事？」兩人面面相覷。「難道……害人的，是我和你？」若蝶好惶惑。「我……我就算害了你兄妹倆，害了你爸，可你……你怎麼也是獅子？」「我害了自己的女兒。」若蝶瞟一眼鐵柵，竟不知什麼時候關上了，這一驚，更是非同小可，「這根本就是一個獸籠，惡獸，從來不在外頭，一直在這裡！」她憬然而悟，撲到窗前呼救。外頭，白茫茫的，只一株又一株玉蘭樹，一路吐香。

「我媽死了。」若鰈告訴德蓮娜：「我昨天去看她，護理員說，三年前，她就死了。」「水秀阿姨壽終，你也不要太難過了。」「我不難過，我沒資格難過，我不配做母親，更不配當女兒，我連內疚，也覺得牽強。」「阿姨怎樣走的？」「聽人說，她半夜裡在房間厲叫，天亮，護理員去看，發現她僵臥床上，讓一個夢嚇死的。」若鰈心中酸澀，但語氣平淡，她沒讓德蓮娜知道：水秀死前一天，有一個和尚去看過她，後來，和尚還把骨灰領回菩提園供奉。

「死者已矣，阿鰜卻需要一個母親，她需要一個母親渴望她活下來。」德蓮娜提醒她。

「我曉得。」若鰈點點頭，木然望着醫院長廊。

山頂醫院，那年頭，還算一家醫院，女護士滑過來，又飄過去，來去匆匆，像帶着藥味的異卉，趕着開落。

尾生早上辦完公務，晌午前，就穿着樂隊的藍制服來了，坐在若鰈和德蓮娜對面張雙人座椅上。他跟湖姬小聲說話，說着，一個護士停在若蝶面前，問：「醫生要單獨會見池鰜的親人，你們誰是她親人？」「我是。」若蝶站起來，隨護士走向醫生辦公室，她終於明白：她是阿鰜唯一的「親人」了。

「不樂觀。」醫生開始報告病情：「池鰜的心臟不斷變壞，在枯萎，你要有心理準備。」「我不要什麼『心理準備』，我要你想想辦法。」若蝶用哀求的眼神看着他。「唯今之計，只有換心，可惜風險太高，也不容易找到合適的心臟。」「我是她媽媽，心臟會合用。」她說。「只能用死人的心臟。」醫生解釋。「我可以是死人。」若蝶提醒他。

「成功換心，能讓你女兒多活五年的機會，不到五分之一。」醫生用會計師的口吻推論：「拿一個十足的活人，去換這可能的五分之一，絕對不划算。」然後，他再變身資深賭徒，勸這個打算亂下注的母親：「這一局，賭不過。」

「醫生，我做過『積妹』，做過『骰仔婆』，當了這麼多年荷官，我知道賭，是怎麼回事。」她告訴他：「我押這一注，沒想過輸贏。」「生命，有相同價值，不能鹵莽行事。」他說。「我這條命，沒有你說的價值。」若鰈垂下頭，一臉悲苦：「有人關愛，生命才寶貴；我女兒比我寶貴，希望你明白。」

「我會盡力，不過……」醫生目送若鰈離去，思前想後，惴惴不安，他走到休息室，看到尾生在喝水，認得他也是池鰜的親屬，簡略說了若鰈的反應，囑咐他：「你最好勸勸她，多留意她的舉動。」尾生道了謝，走近阿鰜病房，問坐在門外的湖姬和德蓮娜：「若鰈呢？」「她要回家休息，着我三點整回去叫醒她，說三點後，有大事要辦，遲不得。」湖姬說。「不好……」尾生一看腕表，兩點鐘，暗吃一驚，心中頓生不祥預感：「我先回去，再晚，可能來不及了。」撂下兩人，就朝山下那幢藍房子方向跑，路，突然拉得好長，但遠方，有一棵刺桐，蔥蘢如蓋。

「一個爸爸，不會這樣着緊女兒。」湖姬側着頭看他。「我們都着緊她。」尾生心虛。「着緊，有好多種；你這一種，不光是為人父親的着緊。」她靠着他一笑，小聲說：「別忘了，我最疼阿鰜，我是她的紅顏知己。」尾生無語，半晌，湖姬問他：「明年，她的忌日，你會不會去上墳？」

「她……她會好起來，我相信，她會好起來。」尾生臉現慍色：「這會兒，我不想說這種事。」

「我是說那件事。」湖姬做了個開槍的手勢。「那件什麼事？」尾生不解。「我男人的事。」她一臉溫柔：「到那天，我會去西洋墳等那個男人，希望你看在我面上，不要去抓他。」「他知道我可能去抓他，不會挑那天去犯險。」「那你就當給我一個機會，答應我，不要在那天出現。」尾生想了想，覺得允了無妨：「如果他風雨不改，每年硬要揀這一天上墳，那我再等一年才去埋伏就是了。」

若鰈進入醫生辦公室的時候，湖姬想起這天報上一則補白，跟尾生說了。

「大概是……越戰期間，一個美國女人，她給尤利西斯，她當兵的男朋友，寄上一匣錄音帶。」湖姬說：尤利西斯接到這匣磁帶，正要荷槍出發。這項任務，看起來，沒什麼危險，他只是隨大隊到湄公河下游，拯救一隻碩果僅存的蝴蝶。

蝴蝶，雌雄同體，一邊的翅膀雪白，一邊像火一樣紅；還準備排卵。如果牠死了，地球上，就沒有了這一種生物。雖然這個物種消失了，永遠不會有人察覺，世界，大概也不會有任何改變；然而，這幫大兵的頭兒，是個詩人，小時候，據說，還在印度的熱沙上和泰戈爾一起寫過詩。詩人認為：那蝴蝶的滅絕，是一份遺憾，一份永遠不能彌補的遺憾。戰火連天的歲月，他仍舊認為，為了蝴蝶，絕對值得深入那片神聖的泥沼。

清晨，群山滴翠。詩人率眾登船，巡邏艇一離岸，尤利西斯就撲到船頭，找錄音機。他塞進帶子，按了「play」鈕，回身，就讓一顆從密林裡射出來的子彈擊中！

他倒下來，躺在船舷抽搐，錄音帶卻溫柔地，播放着他情人的蜜語，最後的叮嚀，就是要尤利西斯親近她，遠離子彈。

「女人不送去這一盒錄音帶，大兵尤利西斯，根本就不會讓這顆子彈擊中。」湖姬悲嘆：女人，不知道她的思念殺死了這個男人，她不知道她的思念，讓這片思念，永遠成為思念。「那隻蝴蝶呢？」尾生問。「說不定飛走了，飛到另一座森林。」湖姬聳聳肩：「蝴蝶永遠不會知道，曾經，那麼多人，為了拯救牠而犧牲。」

補白說的瀕危動物，本來是蟾蜍，湖姬心亂，也覺得自己是蝴蝶，信口改了。

「的確，不應該犧牲……」尾生茫然望着阿鐮的病房，話，都骾在喉頭，他感到懊惱，他早該知道這個「蝴蝶故事」，早該知道，他沒要阿鐮帶他去見若鰈，沒碰上馬面人，她就不會受到刀傷；他沒到葡國去見阿鐮，沒有非份之舉；或者，十五年前，他就拒絕接受這個「女兒」，阿鐮也不會在那片白樺林，遇上那場「意外」。

他給阿鐮送上的愛，就像美國女人寄出的錄音帶，那一連串甜言，徒然招來子彈，或者利刃。

所謂的命中註定，說到底，都出師有名，都只是自己點將，自己領軍，自己施令的連串可憐「任務」；比起若鰈，尾生認為，他才是那個把同夥送進泥沼的詩人，他更該為阿鐮的傷病，感到愧疚。

357/500
Chinese Boat

「當觀色無常，則生厭離，喜貪盡，則心解脫，色無常，無常即苦，苦即非我，厭於色，厭故不樂，不樂故得解脫。」經，誦完再誦，若水法師深諳：色，真的無常；這無常，讓他苦透。可他的心，就是不寧。他耷拉着頭，拾級走到鱗次的屋後，風從簷上過，丘上蓄水池那泓綠水，竟出奇的平靜。

「三界唯心，萬法唯識」，池水照出佛堂一副楹聯，字，卻是逆行和顛倒了的；或者，佛法本就顛倒，眾生再把這水中幻影顛倒過來，當是有常的色相。「水靜，而心不清，這些年的修持，算枉費了。」若水喃喃自語。方才，一幫外來善信，埋怨齋菜焦臭，口腹之欲一時未能填塞，就火冒三丈，拍桌子罵娘；他沒有娘，娘三年前就化灰了。

昨天，若蝶來看他。她說，來拜祭母親；而且，她女兒病了。「我女兒病了，我來為她祈福。」她強調那是「她的女兒」，童貞受孕，與旁人無涉。「媽見到你，晚上就死了。」若蝶聲色俱厲：「你告訴我，為什麼要去害她？」「我去看她，是知道她要走了。」「你怎麼知道？」「我『看』到，媽也有這能力，你知道的。」若水說。
「我們這一家，怎麼就我一個，什麼都看不到，聽不到，想不到……」她很懊惱。「你看到的，你看到自己。」若水領她到池邊，問：「看到什麼？」「我和你！」她冷靜下來，抬頭，望着那襲橘黃袈裟上一串細長蜜蠟念珠，心中一動：「這串珠子，我在夢裡見過。」

「我們的心，從來相連。」他想這樣告訴她，一定神，還是把話嚥下，只是說：「池中這片葉，是真的；但載着樹葉的倒影，卻是假的；真和假，皆由心生，有時候，不易分說。」「那就不要說。」她不要他開導，她來，是告別的，生死契闊，她就只有這一位兄長，臨行，還是不能免俗，「陪我坐一會，坐一會，我就回去。」她走近池畔石墩，挨他坐下，半晌，強顏一笑：「我走了，你就可以專心做你的出家人了。」說完，聽到一片沙啞的鳥罵，見遠處松枝上懸着一座鸚鵡架，架上紅嘴八哥兒正瞪着她。

「幹娘親，操妹子……這算什麼樣的鳥？」越聽，她心越煩。

「你走了，我跟這傢伙好生商量一下，牠是不痛快，但罵了幾十年，該住口了。」

暮色來時，他送她出了寺門，回到佛殿在釋迦像前匍伏，為她和阿鎌誦禱。

「勤修戒定慧，怎麼還留下貪嗔癡？」他想起讀過的禪宗故事：宋人張九成，厭惡仕途，棄官還鄉，某日，拜訪喜禪師，笑稱：「我撲滅了心頭的妄火，特地來參大師的喜禪。」喜禪師懶洋洋回一句：「你今兒起得早，依我看，你妻子是去陪人睡覺了。」九成一聽，神識滅了九成，大怒：「你這頭禿驢，敢說這種涼薄話？」喜禪師一笑，反問：「你的心頭火，不是撲滅了嗎？怎麼我一搖扇子，又火熊熊，還冒煙了？」九成羞愧無言。

他，高僧若水，也像這宋朝人一樣，妄火還在，隨時燎原。

若鰈曾說，這天地間，就他兄妹二人，她連身上的毫髮也……也……夜裡，半睡半醒之際，若水覺得妹妹真的要走了，她的女兒，也要走了。他以為可以勘破生死，但生死，惑亂心神。天亮，他看到飯堂裡幾摞乏人取閱的《金鋼經》和《佛經要義》，越看，心頭妄火越盛，「我自己不能消化，看你們能吃多少佛經！」乾脆把書全捧到廚房，當木柴燒了煮齋。焦煙瀰漫，若水站在爐火之前，一身飛灰，心頭的無明，卻是燒之不盡。

「我來這裡，到底是幹什麼的？」一牆之隔，他從破壁偷瞄一眼飯堂裡的空桌子，飽食的，仍舊遠颺，但經文嗆鼻的煙氣，讓他遽然清醒，他明白，他虧欠了她，傷害了她，甚至，糟蹋了她；他的出家，根本就是出逃，他逃避自己的業報。佛門，不是窩藏他這種人的巢穴，釋迦也沒叫人諉過潛逃，「面對孽障，當那是一塊燒焦的木魚吞了，或者，這顆心，才有可能平靜……」他不想再讓癡妄和愧疚蠶食，熄掉爐火，到松下餵了那頭孤苦的惡鳥，再鉸斷繫住鳥腳的長繩，「你要留就留，要去就去，別折磨我了。」說完，一步步走出山門。

推門，一屋水聲煙氣。尾生走向浴室，發現木門敞開，他喊了一聲：「阿鰈！」不管有沒有人在洗澡，搶了進去。浴缸一片紅，若鰈赤條條泡在熱水裡，一隻手搭在缸外，一隻手浸在水中，閉了眼斜靠着，似乎昏過去了。尾生心下瞭然，忙關掉水龍頭，提起她漚在水裡的手，扯下毛巾紮住冒血的手腕，「好在還有氣息。」他七歪八倒的把她抱到床上，抹乾身子，用棉被裹住，要出門到斜路下的咖啡室借電話打到醫院，兩個女人已尾隨而至。

「出事了……」他氣急敗壞，着德蓮娜去電召救護車，自己卻和湖姬奔回睡房。「阿鰈，你醒醒啊……」湖姬見她自殘，感同身受。若鰈稍微睜開眼，氣若游絲：「你們回……回來得……早了。」「振作，別睡着了。」忙亂中，尾生只找到一襲淡紫色棉紗浴袍，兩人扶她坐起，替她穿了衣。「我揹她到門外去等車。」尾生背負若鰈，一步步往外走，出了客廳，候在門外廊簷下。

救護車沒來，尾生不好把她放下，這個忽然變得輕軟的人，對他來說，卻越來越沉重。「我沒有可以做的了……對不起。」若鰈在他耳邊說。

「救護車，」德蓮娜在街對面呼喊：「要三十分鐘才來！」

「讓我背她走，一路跑過去，十分鐘就到醫院。」

尾生聽到聲音，轉頭，見一個僧人已走近門廊，認得那是江鯤，就卸下若鰈由他揹着。

天，好藍，豔陽下，這出了家的禿漢，袈裟黃得扎眼，他背負着一個穿浴袍的女人，不以為恥，不以為忤，忘了世俗，忘了尊嚴，甚至，忘了自身能承受的重量，他不要命地奔走。在通往山頂醫院這條盤曲的路上，蟬噪四起，松濤捲起松風，腳下山壁，嵌着一方方億萬年前凝聚成的花崗岩，岩縫裡，馬櫻丹、藤蔓、地衣和蕨，一路綠着，大概也綠了億萬年，這天，卻隨着這急驟的跫音，一路向上蜿蜒生滅。

尾生殿後，奔逐得同樣忘形，除了這變性人，這修女，這披了浴袍的傷患，這和尚，他一無所見。眼前五色，包括他自己，他制服上的藍，像大地上顫動的音符，高低起伏。

遊山的，見到這不同凡響的配搭，無不退避一旁，瞠目靜觀。

尾生只聽到屬於他和這夥人的旋律，他們骨肉相連，為一個女孩的存亡而奔命。在這片沉重的呼吸裡，生命變得飽滿，悠揚。他的感動，難以言宣。陽光遍照的這一座舞台，蒼老的幃幕拉開，造化的指揮棒早就提起，這個下午，他聽到鋼琴的琤琮，但三世之前，節目單就已經敲定。他是琴師，結合紅、黑、黃、紫四部弦樂，是最完整的五重奏；他們聚在一起，是勢所必然，忘情地演出，更是必然之義。

十分鐘過去，他們回到醫院。

經過搶救，輸了血，若鰈總算保住性命。

江鯤不發一語，閉目合什，杵在病房門外；尾生等三人，見若鰈還在昏睡，就移步到休息室說話。「若鰈在浴室鏡子上，畫了東西。」湖姬說，方才在她家找毛巾，卻發現佈滿蒸汽的鏡面有個圖案。「她畫什麼了？」德蓮娜問。「一顆心。」湖姬答。

尾生聽着，心頭一震：她母女倆行事，怎麼連細節，都這樣相似？想起阿鰜，想起她也曾在鏡子裡獻上那顆心，他愧疚莫名。

「母親做傻事，女兒知道了，只會更加難過。」德蓮娜鬱結難抒。「別讓阿鰜知道，她整天臥床，不會想到母親就躺在隔壁。」尾生勉強穩住情緒。「我去買點日用品，還得找些衣物讓阿蝶替換。」過了一會，湖姬去購物，德蓮娜去陪阿鰜，尾生仍舊回到病房看護若蝶。

入黑，若蝶甦醒過來。

「安心歇着，沒大礙的。」尾生安撫她。「我……我壞了事，還要你們操心。」「別想太多，養好身子再說。阿鰜還好，一時三刻，不會有問題。」「對不起。」若蝶凝望他。「你關心阿鰜，沒人會怪你。」他輕握她的手，以示諒解。「我對不起你，沒徵求你同意，就送了你一個女兒。」「別這樣說，如果這是一份禮物，阿鰜是我這輩子遇到過的，最好的禮物了。」「你不嫌棄就好。」若蝶臉上泛起笑意，又說了一會話，才不經意地問他：「阿鯤呢？」「他知道你沒有危險，回去了。」尾生答。「他回去了……」若蝶側過頭，面向窗戶，凝神望着藍森森的夜空，然後，喃喃地重複着：「他的確該回去了。」

厚簾垂着，就一眼小天窗注下日光，阿鰜坐在床沿，側着頭，看那要在病房生根的光柱子，看得入神，沒察覺尾生就站在床畔。

他輕咳一聲，阿鰜回頭見了他，堆起笑顏。「氣色不錯呢。」他故作從容，問她：「看什麼？」「看塵。」她說。尾生細察那道光柱子，忽閃忽閃的，果然飄滿了浮塵，「塵，有什麼好看？」他挨她坐了。「我讀過一本書，書說，有一種叫蟎的生物，小得可以住在塵土裡。」她停了片刻，待呼吸平順，再說：「或者，將來我也會搬到一粒塵上，那粒塵很小，但勉強能擱一張床，一盞油燈。天黑了，我就點起那盞燈，有了燈，大概就不覺得那麼孤單，可以一輩子一輩子的，在塵世漂流。」

「胡思亂想，對身體不好。」他說。「還可以思，可以想，就好。」她斂了笑容：「記不記得，我媽有一盞床頭燈？那盞燈，她到那裡都帶着，她說，那是她第一個男朋友送的。他傷害了她，傷得好重，可她看到床頭燈光，就覺得日子，不那麼難過了。」阿鰜溫柔地望着他：「你會不會也送我一盞燈？」

「嗯。」他痛苦地點着頭。

「擺在照片旁邊正好。」她說。那三幀生活照，她仍舊擱在床頭櫃上。尾生想學她口吻說：「像個家。」一轉念間，還是把俏皮話嚥了；因為嚥得急，挾帶了眼淚，喉頭陣陣酸苦。

「雖然你會傷害我，不過，我會像媽媽原諒那個男人一樣，原諒你。」她說。「我怎麼會傷害你？我為什麼要傷害你？」他搗着她冰涼的手背。「你會的。」她苦澀地一笑：「沒多久，我變了灰塵，你回家推開窗，說不定，我就會飛進來，在你浴室，你睡房飄來飄去。我可能永遠不會離開那裡，會看着你跟一個又一個女人做那回事；然而，你不知道我在看着你，你永遠不會知道，我在那裡流淚。」

「阿鎌……」他眼眶一熱，別過臉去。「你別難過。我不想死，但我不怕死。」她把他一隻手拉到光柱裡，掌心朝上，「瞧，塵都讓你捧住了，你有沒有看到上面住了個女孩？」她努力笑着，以為能讓他釋慮：「習慣了讓人遺棄，也有個好處，那就是學會把自己看得很輕，看得很小；活着，不活着，都變得很輕，很小，就沒什麼可怕的了。」

「你老說這種話，我要生氣的。」尾生作勢瞪着她。「你生氣，可以打我。」她慢慢翻身，俯臥床上。「你別淘氣。」「女兒亂說話，爸爸打屁股，應該的。」她放聲笑，笑得氣岔，直咳嗽。尾生色變，要撳床頭電鈴召喚看護，她卻平伏了。「是我不好，我太放肆，讓你難堪。」她坐起來，忽然有點哽咽：「爸，你就再慣我幾天，好麼？」

「阿鎌，我們會設法治好你的。」「好多年前，醫生就說，如果我可以長大，心，就會慢慢長出間隔，這個病，就不是問題。在葡國，十六歲就算『長大』；我以為長大了，就沒事了，沒想到……」她不想在暗室裡發愁，着尾生拉開窗簾。樓下花壇幾盆黃薔薇早謝了，午後陽光，卻照得滿園衰草添了顏色。她蹣跚走近窗前，放目遠望，突然感觸地說：「從來沒人問我長大了要做什麼，我就知道，大家對我的未來沒有期望；或者，沒期望我有未來。」

「不是的。大家都遲鈍，沒想到該問一問而已。」尾生說。「你也沒有問。」「好了……你已經長大了，你想做什麼？」「看不看得見那片海？」她問。尾生點點頭。小路盡頭，有一行矮樹，樹後，浮光閃爍。「那片海，看起來好溫暖，我希望跟魚兒們一起，住在那裡。」他明白她意思，心下黯然。阿鎌繼續說：「你送我的望遠鏡，我留在葡國，不能還你了。你得再買一副，要見我的時候，就向這海上望……」

太陽一直沉，墜海之前，再一次，在雲霧裡發酵，變紅。

「以前，這裡該看得見回路環的船吧？」阿鎌問。「該看到的。」他答。「修女說過，我很小的時候，有一次，生病了，你抱着我坐船到這醫院來，是真的麼？」「嗯。」「怪不得……怪不得我總有讓你抱着的感覺；還有，我經常夢見自己晃悠悠的，似乎在一條船上。船上人好多，但周圍白濛濛，沒有涯岸。爸……」「欸？」「抱着我。」她說。他擁她入懷。「到那天……再為我找一艘船，像很久很久以前那樣，抱着我……」她抬起頭，看到他流淚，她安慰他：「這些日子，我覺得好實在，好幸福。媽陪我說了好多話，我不怪她了，或者，她像我一樣，人是長大了，那顆心，可沒長得完全。」說完，不忘囑咐他：「媽好需要人照顧，我走了，你對她多留神一點，別讓她這樣淪落。」見尾生皺眉不語，她問：「媽好幾天沒來過，她還好麼？」

「還好，就是……就是有點瑣事，辦完了就來。」尾生搔搔頭，臨急編不出周全的謊話。「前幾天，」阿鎌想起一事，告訴他：「有個和尚在房門外看我。我裝睡不理他，他一邊看，一邊搖頭，再搖得快一點，我就會以為他是一把電扇。這和尚我覺得面善，就想不起在哪裡見過。」「那和尚，該是……你舅舅。以前，我在佛堂會過他，那天陪我一塊來。他們做和尚的，有些能耐，見了你，回去唸唸經，唸得對頭，病魔就會給驅走。」尾生哄她。

正說着，房門嘎一聲開了。

若鰈臉色蒼白，披一襲呢絨大衣，靠門把撐持着身子，浮浮晃晃的，似乎要進來。尾生搶過去扶她，發現她用大衣罩着病人服，小聲問：「你還可以吧？」「沒事，我想陪陪阿鎌。」她把袖筒又拉低了些，遮住腕上綳帶，讓尾生攙到床邊一張椅子上坐下。「生病了？」阿鎌反客為主，問她母親。「悶慌了，順道做身體檢查，讓他們抽了一桶血。」若鰈以為可以瞞她。「味道會出賣人，住院住上幾天，才會有這種『醫

院味』。」阿鱇牽強地一笑：「我們是臭味相投了。」說着，打發尾生：「你出去一會，
我要和媽說悄悄話。」

尾生找到一座銅燈台上有小天使的桌燈，跟若鰈那盞不一樣，但相似。

店員說，天使是愛神邱比特，因為翅膀折了，賣半價。「有沒有完好的？」尾生問。「古董燈，就這一支，反正銅像的脊樑磨滑了，你不說，誰都不知道。」「我知道。」尾生說，可他還是買下來，配了二十支燭光小燈泡，點亮了，琉璃罩流光溢彩，他帶回家用紗布細刷銅綠和鏽跡，直到沒殘留銅臭，包裹好了，才安心睡倒。

翌日清晨，到了醫院，湖姬正靠着一張長椅打盹兒；長椅，擺在若鰈和阿鰜的病房之間，像一道橋。尾生小聲喚醒她，問：「她倆怎樣了？」「大的沒起來；小的，醫生才巡視過，說精神還好。你去看看，沒睡着的話，陪她聊聊天兒。」湖姬說完，又瞇着眼短寐。

阿鰜躺在床上，窗簾仍舊垂着，床邊鐵管掛着打點滴的瓶子，她聽到聲音，轉過頭來，見尾生背光站在房門口，面目有點模糊，她勉強朝他一笑，告訴他：「你這麼站着，像鬼一樣。」

「點了燈，鬼就變人。」他把燈安置在床邊櫃上，解開那綑電線，就去看牆犄角有沒有插座，「怎麼都是方的？」他有點懊惱，圓腳插頭，遇上扁嘴插座，那是方枘周旋於圓鑿，始終配不上對。「你稍等，我去借個插頭就回來。」尾生在她額上親了一下，保證：「這燈亮起來，可美呢。」他抓起桌燈，轉身要出去，阿鰜卻叫住他：

「爸……」

「怎麼了？」他看着她，一臉溫柔。

「謝謝你。」她的笑容化開了，溶了，黑暗裡，就留下消毒藥水幽甜的氣味。

「我們不供應電器，也不鼓勵家屬帶來電器；不過，」值班護士告訴尾生：醫院有小賣部，可能有他要的東西。

小賣部，出售零食和護理用品，連玫瑰花都有，而且，服務周到：「你要插頭，我們可以代訂，過兩三天就有。」店員說。尾生百般無奈，在醫院亂竄，想到不如跑到山下商店去找，忽然一陣涼風，抬眼望，原來過道上，真有台電扇朝他不住搖頭，電扇旁邊，就一個老頭歪在椅上打呼嚕。他心生一計，回小賣部買了小剪刀和藥水膠布，躡手躡腳，挨近長椅，拔起電扇插頭，鉸斷電線，沒等老頭熱昏，已走到候診室，把裁下的插頭接到桌燈上。

尾生回到樓上病房，見阿鰜側身朝裡臥着，以為她睡着了。他點了燈，本來陰冷的房間，就有了顏色，有了暖意。

他悄悄走出病房，輕輕帶上門。湖姬察覺有人在身旁坐下，睜開睡眼，問他：「剛才，模模糊糊的，我好像看到阿鰜在這裡走過，她不是去找你嗎？」「你做夢了。」尾生感到睏乏，但想到阿鰜醒來，會看到那一室光影，心中，還是禁不住生出一點點歡慰。

池尾生、江若鰈、德蓮娜、湖姬和阿鰜，五個人坐在一條石凳上，看上去，半點不擠迫，因為其中一個，變成了一隻匣子。

對於這隻紫檀匣子，尾生總覺得眼熟，好多年前，他在夢中見過，只是早忘記了。他們沒說話，一個人，變成一隻匣子的荒謬，沉重如鉛，堵得他們不能言語。匣子，就擱在若鰈及膝的絨裙上，裡頭藏着一個骨灰罌，白瓷造的，賣喪葬品的告訴他，這種貨色，百年不遇。「百年不遇，但千年，萬年呢？」尾生問；阿鰜一走，他連話，都支離破碎。

他的愛，因為不純，百感兼備；他的哀慟，攙和了若鰈等人的，在那條石凳上凝結了，像一塊藥泥。

霧，越來越濃重，從海上漫過來。

他們似乎是靠着一個信念，一份堅執，來等待這艘船的。尾生答應過阿鰜，會把她的骨灰撒到海上，他需要一條船，他早就跟一個蜑家人說好了，這會兒該把船開到上角碼頭。打從十年前大橋架起來，廣利號就停航了，連碼頭前這片空闊地，也鮮見行人。煙籠霧鎖，還要等到什麼時候？他們沉默，卻有默契：不能隨便把骨灰撒在海邊，那太敷衍，太無情。

霧，漂白了碼頭，然後抹走，就賸下空地上一條花崗岩長凳，凳上一隻木匣，四個穿黑喪服的人。在這團無始無終的迷茫裡，驀地，一瓣嫣紅浮現，一個女孩，在這樣的日子，竟拽着一隻紙鳶走過他們面前。女孩沒鬆開線桄子，紙鳶離地數丈，不高不低，追着她，不住縈迴；霧，或聚或散，紙鳶，也就若隱若現，隨時要撲下來把人銜走。

「是一隻蜻蜓麼？」若蝶問。尾生點頭。一陣風，撕開了霧，那點紅，像點在死人臉上的胭脂。「我這裡也有一隻，飛不起來的。」若蝶指一指胸口。「我知道。」他說。她指的是心裡；他以為她說的，是左乳上的刺青。船，幹嘛還不來？「我恨死這樣的霧。」若蝶有點心慌，為免大霧封住咽喉，她沒話找話，問他：「有沒有聽過『蜻蜓降』？」

「你怎麼也知道？」尾生心頭一震。「小時候，我聽人說，如果心裡喜歡一個人，想着他，盯着一群蜻蜓，舌頭伸出來，伸上五分鐘，就可以……」紙鳶，在霧裡倏然一現，彷彿要啄下來，她受驚住了嘴，轉臉見尾生定睛看着自己，忙問：「這降頭，你也使過？」

「我沒使過。」尾生詫色未退：「你這是聽誰說的？」

「那年夏天，」若鰈回憶：「一大群中學生到這兒來旅行，這邊一隊男學生，那邊一隊女學生，吵吵嚷嚷的，除了農曆三月和九月，黃花魚汛，埗頭這一帶，從沒見過這麼熱鬧。」她望向榕蔭下一幢單層的葡式建築，問尾生：「那地方，你知道吧？」

「以前，那是『醫生房』。」他上小學的時候，每一年，全校學生都會到那醫療中心去種牛痘。「當年，我就坐在那醫生房門前石階，有一個小伙子，大概……樣子，還蠻帥的。我看了他一會，聽到他向一個同學傳授這法術，就記住了。」

「記住了，也使過了？」他問。「十年之後，使過一次。」她說。尾生沒問她向誰施術，他不敢，那太唐突。但若鰈，她的確想着哥哥江鯤，使上了那古怪的「降頭」；

而且，為了增強效用，還找人在左乳上黥了一隻蜻蜓。「那年我六歲，母親瘋了，哥哥和我過來投靠阿姨，就住在那邊……」她瞄一眼船人街那一溜魚欄。

尾生沒料到，她乳房上那朵刺青，那枚情欲的印記，冥冥中，竟跟自己有點淵源。他也沒告訴她，那個編故事捉弄人的男孩長大了，就歉然坐在她身邊。

「二十七年了，還好像是昨天的事。」若鰈說；今年，她三十三，心上的蜻蜓，為她帶來了一個女兒；然後，她又失去了她。

「是的……就像昨天的事。」他放目空茫，在他遇上趙小瀾的那一天，沒想到，若鰈也曾經在同一個地方出現；或者，他根本就沒離開過坐着的這塊岩石，而藤蔓，不斷在腳下編織羅網。

紅蜻蜓消失了，哀笛，偶然從霧裡傳來，但看不到船。「復活在我，生命也在我……我知道我的救贖主活着……我這皮肉滅絕之後，必得見神……我們沒有帶任何東西到這世界，我們也確定不能帶走任何東西……」德蓮娜小聲叨唸着。這四個人，以為「儀式」可以緩解，或者釋放痛苦，可惜，儀式什麼時候終結，卻由不得他們作主；霧水，讓衣物變得沉重，連記憶，也黏黏搭搭，相互勾纏。

「真希望可以再看到神父召來的登陸艇。」尾生喃喃自語，他覺得自己開始霉壞，她們，也會在這片白茫茫的虛空裡腐朽。

「我恨死這樣的霧。」湖姬同樣埋怨。

過了不知多久，海上風生，碼頭盡處，那盞紅色的霧燈下，已泊了一艘船。「要來的，終於來了。」他說。四個人，同時鬆了一口氣，那一刻，他們臉上，竟然泛起了笑意；雖然很淡，很淺，幾不可見，但他們的確笑了。

人世間所謂的福樂，跟苦海迷霧前這剎那的微笑，後來，尾生一直懷疑，本質上，是不是真有什麼分別？

St. Anthony's Church

變奏十三

「要來的，終於來了。但怎麼會是這艘船？」尾生有點迷亂。

鐘聲鳴響，白霧一路後撤，撤出了碼頭，撤出了眼前淺海。水膜，讓藍帆緩緩撐起，撐得鼓脹，聳拔。倏地，嘩啦啦破開，通體靛藍一條三桅船，就巍然浮現！

藍船舷旁，垂下來長梯。

在碼頭入海的石堤盡處，他看見阿鱇，看見她在浮海白霧上回眸。

「還好，她只是要搭船回去。」要回那重霧裡去嗎？尾生暗忖。繩梯旁，煙氣散開。穿了校服，跟阿鱇一樣年紀的小瀾，竟然也在！卻是來送船的。兩人走在一起，就像孿生姐妹一般，好在綰的馬尾辮子，一束紮着紅圈，一束套了草綠，乍暖還寒，他總算還能辨識。

夜海裡航行，船在面前橫過，他會看到對方左舷的紅燈，或者右舷的綠燈；見紅，就得讓道；但霧裡這一紅一綠，同生同滅，冷熱變換無端，也真教他頭痛。

或者，「花渡」這一個他破譯的詞，一季繁花開落，只是配襯；重點，還是渡。

這不徒然是一個比喻，或者，每個人生來就附帶着一條船，像墨魚生來就蘊育着一塊小舢舨似的灰白內殼。或者，每個人根本就是一條船，形相不同，卻都在遺忘的霧海裡找岸，找亮着綠燈的船；甚至，無視相撞沉溺，不規避亮着紅燈的船。

阿鰜，本來就是他霧海裡的紅燈。

風靜。他聽到小瀾發問：「沒東西要帶回去？」「挎包裡有個瓶子，我逮了一隻尾生蟲帶回去。」阿鰜說：「到了對岸，沒準兒會忘掉這邊的事。瓶子裡那一點綠光，或者，會讓我想起一個人。」說完抓住繩梯，轉過頭問她：「這到底是你的船，要不一起走？」

「走不了。」小瀾回答：「我得留下來辦喪禮。」「誰的喪禮？」阿鰜皺了眉頭：「我才不要什麼喪禮。」小瀾沒再分辯，目送她沿船殼上攀。

那一壁靛藍化去，尾生回身走了幾步，發現平日躲着擂鼓那小崗亭，竟在碼頭一隅，從來就是個蓋在水邊，售票用的。亭上那方窗玻璃，半幅蒙了綠苔。苔上一行字，寫着：「苦瓜到此一遊。」末尾那一個句號好大，像一個「0」。

尾生知道，阿鱇真的走了，這輩子，他不會再見到她。然後，他想起「結髮與君知，相要以終老。」這樣的話；想起氤氳裡，曾經替她束綰住攏起的頭髮，用玻璃上，那忽然褪盡了顏色的髮圈。

主調 47

《爾雅．釋地》：「東方有比目魚，不成雙不行，其名叫鰈。」其實，叫鰈的，是兩眼長在身體右側的魚；鰈之外，還有鰜，鰜目，生在身體的左面；這兩種魚，成雙，才變得完整。

然而，阿鰜死了。

阿鰜死後，江鯤回到菩提禪院。那隻愛說髒話的八哥兒脫掉羈絆，在塵世遊了兩天，驚覺一飲一啄，托庇佛門，原來最是容易，連忙覓路賦歸，原地降落。鳥，算是迷途知返，自此，不思外逃；腳下既無拘繫，幹親娘，操妹子那一類惡罵，也就止了。

德蓮娜回葡萄牙不久，湖姬去找尾生。

「我喜歡男人，不然，修女和我，可真是天生一對。」湖姬笑完，嘆了口氣：「真希望她口中的主題顯靈，搖身一變，變得結實粗壯，讓她幸福。」「結實和粗壯，不一定能讓女人幸福。」「我知道，我看着她一個人上路，有點難過，怕她苦悶而已。」語畢，相對默然，半晌，湖姬問他：「『水動的時候，沒有人把我放在池裡；自己想起的時候，總是給別人搶先。』修女走的時候，背了這一段經文，你知道是什麼意思嗎？」

那段話，載於《約翰福音》，耶路撒冷的羊門，有一座水池，池畔聚了好多病人，瞎眼、瘸腿、癱瘓……各有所苦，其中一個，病了三十八年，耶穌見他躺着，就問：「你要痊癒麼？」那人就說水動，說沒人放他到池裡，答非所問，但耶穌要他站起來，他馬上痊癒，拿起鋪蓋走了。尾生自小上教會學校，知道出處；德蓮娜的心思，他卻不甚了然。

「那人病了三十八年，修女，正好也三十八歲。」尾生推測：「或者，她覺得以前有病，那天之後，病留在這裡，她自己離開了。」

「或者，你池尾生，就是她的『池』。」湖姬語帶憐惜。水，因何而動？尾生不敢妄測。坐了一會，越覺屋中翳悶，廊簷下早設了藤椅小案，就端了茶盤，邀她到外頭去喝茶。

「是苦蘵麼？」湖姬凝神看着庭院裡一盆燈籠草。「種了好多年，一直種不好。」

他說。「我種過，也種不好。」她啜了口帶澀的鐵觀音，沉吟着，忽然想起來問他：「若鰈呢？」

「幹活去了。」尾生告訴她：有位同事不能喝茶，但存了好多陳年普洱，若鰈去學點門道，撿些便宜，打算開家小店賣茶葉。「她和你一起，變踏實了。」湖姬說。「我們捱過窮；窮，回想起來，其實不苦。」小時候，他和若鰈在路環領過教會派的「救濟包」，包裡有衣物、麵條、麵粉、煉奶和肥皂。「我也領過，好像沒有肥皂。」湖姬修補他的記憶。「是沒有，我以為有。我跟若鰈說起，她也以為那是一塊外國肥皂。」「噢……我明白了。」她恍然大笑：「那塊乾酪，你……你們當肥皂了！」「是『肥皂』，用那東西洗衣服，越洗，衣服越肥，就是沒泡泡。」他說。

細雨，隨笑聲飄落。她本想等雨霽了再走，但簷前淅瀝，似斷還續，總沒放晴的意思，「替我問候若鰈，我不等她了。」湖姬站起來告辭。「我到屋裡去替你拿把雨傘。」「我去。」她方才看到書房裡有把紅傘，爽利地取了來，在門前張開，笑盈盈回望他：「沒想到你一個大男人，有這麼嬌貴的東西。」「這……這是……」他想說，這不是尋常雨具，不宜取去。湖姬不知輕重，會心一笑，安撫他：「雨停了，自會還你。」

尾生沒有想到，這竟然是他和湖姬最後的一次會面。

「在這個世界上，你是我唯一覺得抽煙抽得好看的女人。」有一天，尾生這樣告訴若龢。

「不過，我不抽煙，你會覺得更好看，對吧？」她乖巧地一笑，彈掉長長的煙灰。他討厭人抽煙，他母親，就是鄰居一截煙蒂惹火，連帶燒死的；然而，她抽煙的姿勢，卻教他着迷。「有些人，活着，是為了死後香火鼎盛；等不及的，生前，就點起香煙，提早供奉自己；你不一樣，那根煙，是你誘惑人的道具。」他說，他不想她為他改變，他希望她有那麼一點不同，他不要她是別人的影子。

「但你喜歡影子。」她一句話揭破他。尾生愧疚無言。她反過來安撫他：「我願意當影子。」他有點激動，或者，為了報答她，他說：「我愛你，十八年前，刺桐落葉的時候，我就愛你。」那一季的窺視和遐想，算不算愛？他有點惘然；但一時情急，愛了再算。「我是一個壞女人。」她提醒他。「我愛你的壞，越壞越好。」他心亂，語無倫次。「我不僅壞，明兒，還可能病發，變成一個瘋人。」她乾脆以退為進，誘敵深入。「所以，今天，我們要好好的活。」他結了案，順勢包攬了她和她的未來。

若鰈以前住過的藍房子過於老舊，業主廉讓，尾生買了修葺，騰出自家書房讓若鰈暫住。

這天，他清理書房雜物，打開榆木小櫃，發現抽屜裡有一個紅藍相間的籌碼，他早就遺忘了這樣一塊塑料圓餅，乍見，他和德蓮娜初會的情景，驀地浮現眼前。當時，他挑了這一枚鮮亮的，信口說，要拿來做紀念；他一直不知道該「紀念」什麼，歲月如流，命途上的景物清晰了，他才若有所悟：這紅藍二色構成的圓，紀念的，是一個開始。

當然，對同一樣的物事，不同的人，有不同的看法。

「這種東西，就像細菌，人感染了眼紅，城感染了燈白；做鬼的，恐怕都避着這輝煌，要繞遠路回家。」若鰈不再踏足賭場，對籌碼，就很反感。

「這只是一枚種子。」這枚種子，他告訴若鰈，是他遇上小苦瓜那一天，德蓮娜送的。或者，燈光最終會像千年油一樣潑出來，溺死炸熟這一城人，但城陷之前，這枚記憶的種子，還是屬於他的。

這年早春，刺桐，又開滿了紅花，世上的紅蝴蝶，儼然全聚在黑禿的枝條上。他挽着若蝶的手，走到刺桐花下，步調很輕，不敢驚動這一季易散的蜃景。「我們去把苦瓜的種子埋了。」他撿了根枯枝，挖出幾掬黃土，他想，趁暮色未來，也是時候為「開始」找一塊能生根的黃土了。

主調 49

書房裡，晨風撩撥着紗簾。姚溟一年前下世，小瀾無事就清理這個房間，她把不看的書送走，把不用的書架棄掉。四牆粉刷過，白得空泛。就靠東壁黃花梨畫案上，停着十六歲那年，尾生送她的佛山號。白船配了黑檀木底座，穩穩地鎮着一室光陰。舷旁救生圈能解下來，總共十枚，掐住了賞玩，一圈紅與白，忽明忽昧。日影下看着，她總會想起尾生。想起他校園外獻船情景，她還是會失笑；雖然那笑，越來越不是味兒。某天，她摘下一隻套上無名指，大小正好，搭配她的素淡；而且。終究是救生圈，是溺水者一份憑藉，就乾脆戴着。

畫案靠牆，佛山那長煙囪上頭，懸了一幅橫披《心經》。對面掛牆的，是尾生和姚溟發黃的中學畢業照，上百人，層層疊疊，擠在紫檀木相框裡，人人神情木然，彷彿要上戰場，去對付一個原子彈；然而，她總可以輕易把他倆從一樣的衣飾裡認出來。她認過千百次了，後來就是站在窗前回望，感覺上，還是可以在那團模糊的黑白裡，找到連結她過去的標點。

尾生沒把阿鰜夭折的噩耗告訴小瀾，畢竟，事出突然，他覺得沒必要讓她傷心。

小瀾也沒將姚溟的死訊電告尾生，當時，她是不想在葬禮上見到他，她不想喪夫的悲傷，變得不夠專注；後來，她是不知道該怎麼說。她可以說什麼呢？告訴他，你的好朋友，我的丈夫死了。死了多久？三個月，半年……我戴着你送的那紅白戒指，一天天耽誤着。日子，清冷而寂寥，原來一年了。你有暇，有興趣，又沒有新歡，這是難得的機會，不妨來續前緣。怎麼不早說？因為昨天，不知道該怎麼說。她真可以這樣剖白？她和相中標點，是不是真有過「前緣」，她也拿捏不穩，空無憑證。

「就這樣過下去好了。」這幢大宅，有一位孀婦，晴好的黃昏，孀婦到院子裡散步，看老僕慢悠悠掃着一階落花，這不是很清雅的意境，很恬淡的人生麼？可是，她的人生，怎麼不住地緊縮，最終隱匿在這個書房裡了？

有時候，她甚至認為這個房間，根本就是一隻蟲蟻不生的舊衣箱，雲煙山水，是鏤進去的；人情物事，包括那幀照片，那兩個男人，是描上去的；連七情六欲，都凝固了，沉澱了，逃不出方寸謹嚴的天地。「凝固了的世界最寧靜。」她認為：寧靜就好。

這是姚溟去後，她的心態，或者心願。

這天，窗外山色空濛，窗台上，瓶子裡的百合開了，開得好鹵莽，好坦露，每一朵花，那五六條雄蕊，就像針尖上戳着的五六條毛蟲，熬着，顫抖着。她討厭那鏽紅的花粉黏到白裙上，討厭雌蕊那孤挺的花心受到圍困。她仍舊用一條絹子護手，掐去百合的陽性性徵。她掐得好仔細，為每一朵花，摘除不該有的垢穢，直到那浮動的鏽紅不能玷污她的心境。

淨了身的百合，花芯貞潔；然而，一截掉下來的雄蕊，無意間，陷入了花瓣的縫隙；她看走了眼，忽略了，驀地，那毛蟲活起來，騷動起來，撓着嫩瓣，搔得她心亂。她的欲望和愛情，剎那間復甦了。她定睛看着釘在牆上的尾生，那個小黑點，突然又變得好實在，好龐大，漫向透着樟腦味的四壁。她心中雪亮：這隻衣箱，禁錮了好多歉憾，有些埋在箱底，她羞於承認，是屬於她和尾生的，她守在這裡，是為了不讓這些歉憾染塵。

天黑了，她睡一回，醒一回，始終不能安睡，乾脆走到陽台拉了張藤椅靠近圍欄坐着，兩條腿往冰涼的欄面一擱，睡意竟全散了。屋前雜木林黑蜮蜮的，風不動，樹也不動。以前，她會把藤椅推過去，併着姚溟的輪椅坐，看林外幾點螢火聚聚散散一夜糾纏。她盡可能貼近他，讓他感到這兩張椅子之間，沒有鴻溝；或者，沒有不可踰越的鴻溝。

門帘後，《Que Deus Me Perdoe》反複奏着，她很久沒聽這曲子了，赴葡之前，黑膠唱片送了尾生，這是她後來買的，音質是好了，味道，總有那麼一點不同。是什麼不同了呢？突然，她有好多事情想告訴他，想告訴他，她覺得自己變了。因為姚溟的病，她明白人生不是西廂紅樓，她和他，根本是寄生在冊頁裡的蠹魚。情節再迂迴，再曲折，也不是為了要蠹魚感動，是要讓蠹魚啃了溫飽。不論甜苦，不管精粗，從來就不能挑選，只能吞咽。

她想告訴他，她沒那麼多愁善感，不會再為一齣戲，一闋歌，一幀照片，一個聽來的故事，在他面前流淚。

「我硬朗了，總撐得住，不像以前那麼容易就哭了。」她想告訴他，她不覺得自己老了，她和他一樣，需要好長的時間成長；她只是成長了。琴音，依舊縈繞，她聽着那首屬於他們的哀歌，也不哭了。她想告訴他，二十多年前，在姚溟家辦的那場畢業舞會，她為他預備了這首歌，曲子奏起來的時候，其實，她最想和他共舞。

破曉，她決定給自己和尾生一個機會，她鼓起勇氣，給他寫了一封短信，信末附了歸期，「那天，你不到碼頭來接我，我就會一個人回去。」她覺得這句話，夠明白了。

小睡過後，她出門投函去。

她仍舊在花卉市場那個露天茶座喝下午茶，四點鐘，郵差準時來了，在對面的紅郵筒取了信。

這天，雲淡風清，當郵差騎着自行車到了小河沿，草叢裡，竄出來一隻小貓。小貓白毛，藍眼，長尾斑駁如狐。為了閃避牠，郵差失控衝下斜坡，掉入遍佈鵝卵石的河灘。人沒受傷，但郵袋進了水，郵件上，收信人名字和地址，墨有些化了，變得模糊。「信，就是信，一封也棄不得。」郵差拿定主意：能救多少，算多少，就是揹回去半袋壞信，會讓上司解僱，也不願蒙混瀆職。

他翻出郵件，鋪在岩石上曬曝。斜暉，撒了滿河的金箔，他端坐水邊，彷彿為一堆溶化了的心事守靈。

繁花似錦，小瀾只揀了一束雛菊，用藤籃載着，抬頭，天空一片晴藍，她決定散步回家。

到了小河沿，她也遇上那隻小貓，小貓狐尾直豎，喵喵叫着湊近她，用頭和臉挨擦她的腿。小瀾蹲下來，貓不住舔她手背，舔得好親熱。「貓咪餓了？可我沒有吃的啊。」她攤開手，聳聳肩，無奈地搔搔貓脖子，站起來要邁步，可貓就是尾隨不去。

一叢蘆葦的阻隔，她沒看到正在坡下曝信的郵差。

「回去吧。」她轉過頭，揮揮手，「快回去吧！」回心一想：貓，可能根本沒有可以「回去」的地方，貓跟着她，就是要隨她回家。「你不肯走，那是要陪我回去了？」她把貓抱進藤籃，貓也不掙扎，輕喵了幾聲，在花香裡打着呼嚕睡了。

變奏十四

五年前，她坐在那棵橄欖樹下，看着尾生離去。回家，她一直哭，哭掉了一盒紙手絹。事後，她把散落睡房地毯的手絹撿起來，摺成白玫瑰，藏在裹着蕾絲的粉紫色梳妝匣裡。她當那是一副靈柩，一座神龕，擱在結瓔的楠木多寶格頂層供奉着。她告訴自己，那些隱密的感情，已隨着這項儀式的結束而消逝。

她要付運的東西裡，除了尾生的佛山輪、鑲框畢業照、蕾絲梳妝匣、衣物……最大的，要數姚老先生留下的那座自鳴鐘了。兒子身故半年，老先生隨着辭世。這座鐘，說是自鳴，其實每隔兩天，睡前得上滿發條，每天走慢三十分鐘。她習慣按這座鐘的節拍生活，她有她自己的時間，自己的愛恨……有時候，她想，或者就由鐘擺這樣子搖下去，每隔四十八日，顛倒了的晨昏，就會顛倒過來，她總會有一秒鐘的迴光返照；有一秒鐘，她會跟這個人世合拍，能心清目明，觀照古今。

到底有傭人打點安排，不致過度勞累，連小貓的托運手續也提早辦了。離開姚家大宅前一天，午後，小瀾到院子裡巡視，發現會苦池蓋滿綠油油的浮藻，看不到水中魚了。「別要把錦鯉們都悶死了。」她着人清理了大片虛浮的綠意，就回到二樓陽台，歪在藤椅上小歇，望着亂撲到樑柱上的水光，眼花撩亂，不覺迷迷糊糊的，打了個盹兒。

她做了一個夢，夢中所見，跟她後來回歸澳門的情景，大致相同。

現實裡，大船不再停泊內港十六浦碼頭，但她仍舊在那裡登岸，十六浦，仍舊是她離去時的樣子，濁水上，仍舊泊着德星號客輪。

日已西斜，碼頭鐘樓傳來五下鐘聲；然後，是篷篷篷……低沉的悶響。曾經，她對尾生說：「神香溟要走，我沒有留下來的理由。」當年，她沒有留在澳門的理由；今天，她沒有留在塞圖巴的理由。候船室外，小崗亭那窗玻璃上，青苔不見了，尾生寫的那行字，也隨風而逝；可她的心，怎麼就一直讓這兩個男人擺佈？

過了昏黃門廊，鼓聲，更實在了。警察樂隊排練的地方，她記得，就離碼頭不遠。初時，她以為那是自己的心跳，時間點滴過去，她的心好空洞，她的等待，變得好薄，好輕，連提着的兩隻行李箱子，慢慢的，也像充了氣，只要一放手，就會無聲地飄向暮靄。

大鐘敲了六下。她走到門廊下，一座池塘，竟擋在面前。這不是姚家的會苦池嗎？怎麼竟也隨她遷回來了？離開之前，她清除了浮藻，怎麼晃眼間，又鋪上一池的水華？她撥開濃綠，池中，靜水如鏡。鏡中有鐘樓，鐘樓上，浮着幾十個音符。全音符、二分音符、四分和八分音符……三三兩兩，靠攏着，也有離了群，黑點，旋入白鷺與紅霞共舞的碧空。

風吹過來，帶着魚欄的海產腥氣，久違了的味道，撲鼻，竟順勢錐心，要斷人肝腸。一輛三輪車開到池邊，「要不要坐車？」車伕問。「我等人。」她說。車伕拉嚴連着風衣的紅帽，陪她等，胸有成竹，「要來的，早該來了。」他想告訴她：百世修來同船渡，要同車坐，恐怕也得修上幾百年；幾百年啊，何不先回家煮一碗暖肚的長壽麵？

「走吧。」她黯然說。車伕幫她安置了行李，她不死心，回頭張望，一個負傷的二分音符，濕漉漉的，從會苦池裡躍出來，骨碌碌的滾到她腳邊，像一條大蝌蚪。她抱起這個音符，覺得暖暖的好受用，彷彿懷裡睡了一隻胖乎乎的小獸，「反正有空位，你就陪我回去吧。」她忍着淚，跟車伕說了地址。

她把二分音符養在家中浴缸裡，音符和貓，各有天地，倒也相安。可她始終不知道，或者，不願意知道：音符腹大便便，因為懷孕了，胎裡，一直育着尾生和她的愛情。

主調 50

某天，茶人陳無欲胃傷復發，便血，送山頂醫院急治。手術後，尾生和幾個同事去探病，見無欲臉青唇白，瘦得見骨，但到底救活了。看樣子，還可以帶病苟延十餘年，說了些門面話，各自散去。

當年，趙小瀾當學護，奉命為尾生剃毛的那個簡陋手術室，早就改成育嬰間。天熱，門窗擋不住鳳凰木點起的蟬噪，他走近育嬰間，在過道上，越發感受到那滿園子的騷動。他停下來，隔着門玻璃探望，一個年輕女護正替小床上的嬰兒撲滑石粉，斜陽映照，窗前一蓬蓬的野火花；門後，撲眼是黃塵。女護朝他一笑，用手勢問他要不要進去看孩子？他搖搖頭，驀地，看到她灰裙上一塊白影，那些黏附的粉末，剎那間，鹽巴一樣撒進了他眼眶，他淚如泉湧，悲痛得按着門牆，才勉強站穩。

女護拍掉身上粉末，推門出來，問他：「你沒事吧？」他仍舊搖搖頭。「到椅子上歇歇，我去叫醫生。」女護去攙他，尾生清了清喉嚨，告訴她：「那些塵霧……我覺得難受。」「可能，你對滑石粉敏感。」她問：「是什麼時候開始的？」

「一年多了。」他答。

那天夜裡，他看到若鰈那條黑色絨裙上，星星點點的，還附着阿鰜的骨灰。若鰈不是稱職的母親，他更不是稱職的「父親」，他連撒骨灰，都不稱職。霧裡一陣腥風，竟把他用銀杓子舀起來，要送入漩渦的一撮灰送返。他以為儀式完結了，阿鰜的身後事，算辦完了；然而，到那一刻，他才真的感到手足無措。船，開走了，人在岸上，水邊咖啡座，霓虹閃閃，他「女兒」的骨灰，怎麼還在紅塵流連？

他該叫若鰈拍掉那些粉末？當紀念品，一點點撿起來珍藏？他甚至不知道該不該提醒她：阿鰜，還戀戀不去。藍森森的夜，繁星點點，點點扎人心眼。最後，他決定了，他佯裝沒看見，他讓阿鰜附着她，一家人，靜靜走上歸途。

「那天，阿鰜支開我，在病房裡對你說了什麼？」尾生問若鰈。「她要我好好待你。」若鰈說。那時候，她已經住進從前的居處，房子稍為修葺過，四牆剝落的藍，補了新漆，又沉厚了些。刺桐落了葉，尾生仍舊可以在自家睡房裡，透過那些黑瘦的枝枒看她；不同的是，有時候，他會到她那幢藍房子去度宿；要是不用當值，黃昏，大概還會到那裡去坐一會，聊聊天兒，話題，盡可能的，不着邊際。

「你有沒有想過娶我？」若鰈曾經問他。「我們有過女兒，事實上，早就結婚了。」他說。

黑枒上，紅花開過，轉瞬一樹綠油油。

她又問他：「擋在我們之間的這棵樹，你知不知道，背後有個故事？」他說，他以為，那只是一棵樹。

抗戰初期，大陸的軍閥豪門，香港的鄉紳巨賈，帶着家財避居澳門，白銀黑錢，洶湧而來；見獵心喜，謀財害命的人，當然也多。在這座東望洋山的山腰，有日本人把大屋改成私竇，包煙庇賭，好淫逸的，還可以票傳舞小姐去陪賭。富家子某，挾巨資來避難，他出手闊綽，口袋塞滿賭本，銀子露了眼，禍事就來了。

「有個舞女串同轎夫，騙了這羊牯上轎，抬到我們家大門外那條小斜路，就痛下殺手。」若鰈說：轎夫搶了錢，還要奪命，翌日，有人看到一條血路，才發現屍首；舞女可能畏罪，沒幾天，就揀了這棵刺桐上吊。

「好多年過去，拉車的走這條斜路，即使沒客人，還是拉得特別吃力，步步維艱。」她說。「怪不得每趟回家，我都走得氣岔，說不定有人拉着我，要把我扯回她身邊去。」尾生順着傳聞的脈絡補上一筆，說完，心潮湧動。

這株刺桐，當年，還沒這般亭亭如蓋。

「我去打鼓。」尾生說。這天，趙小瀾回來了，他不知道，但心緒，不得寧靜。樂隊不用排練，他卻躲進樂器室，抓起鼓棍，死命擂，要擂掉五內鬱結。巨響，在四壁鼓盪，凝而不散。他瞪着面前一行空凳，燈影裡，竟蹲着幾個黑不溜秋的音符，肥圓飽滿，大概吞掉過多的心事，消化不良。他越看，越覺得納悶，揪心，一掌拍在鼓面，喝問：「你們究竟算什麼？究竟算什麼！」他厭惡自己，厭惡這幫隨他混日子的黑嘍囉，他掀起絨簾，敞開窗戶，深深吸了一口氣，音符，搖搖擺擺的，竟乘隙溜去，隨風飄得遠了。

主調 51

尾生：

抱歉到今天才給你寫信。一年前，我們就回葡國了。我說「我們」，是指我和你口中的「悍匪」；悍匪跟你同歲，不是一個快樂的男人，或者，也不是一個好男人；然而，他願意為我改變，變得快樂，變得好。我們搬到一個你找不到的地方，我不再叫湖姬，他也不再叫……大概你不知道他名字，叫什麼，也就無所謂了。

我們租了一幢小房子，窗外有我們喜歡的風景，後院可以種菜，門前繫一條小舢舨，晴天，可以出海釣魚；這季節，釣到的鱸魚最肥美。住在窮鄉，活得反而容易，我們不納稅，天地，反而向那一扇敞開的破牖送上月影與潮聲。你可能不相信，這個壞男人，竟然很會燒菜；而且，擅長讓女人快活。我愛彈琴，他知道了，某天，竟開着一輛小貨車，載回來一台老舊的鋼琴。我沒問他，車和琴，是不是偷的？或者，是不是在同一個地方偷的？「琴，有人彈，才算是琴。」他說。我彈琴，就是跟他談情。我是他殘敗人生的補償，是他沒想過會遇上的，真正的女人。他好強，沒人能挾迫他，他這麼說，該是由衷的。

我寫這封信，是因為我想認真的說一句：謝謝你。

那天，我的確在墓園裡看到他，我在葉薔的墳前等他。毛毛雨，雨毛毛。我打着你借我的紅傘站在雨裡，他看到我，神情錯愕，半晌說不出話來。他問我是誰？我說，我在這裡等他，我等他好久了。他問我為什麼等他？我可真答不出來。我說，有一個朋友，要我在這裡等他，托我捎一個口信給他。他問，那是什麼樣的口信？「一個警察，他要我告訴你，他原諒了你，他愛你。」對不起，情急之下，我信口胡謅，說你愛他，也實在太彆扭了。我沒理由代你原諒他，雖然，我希望你已經原諒了他。

我到西洋墳去，因為你的故事動人，因為空虛，因為無聊，因為癡妄，我去享受「等一個夢中情人」的幻覺，我沒想到這個「情人」，真的會來。那會兒，我太窘了，羞死了，只盼鑽進墓穴，換出葉薔來跟他相見。「他派你來？」他問。我怕他誤會，我說，我是自願的，自把自為，而且，自憐自傷。

我們是怎樣好起來的？不嘮叨了。或者，那天他格外的空洞，天，又下着雨，我和他，托庇在同一張傘下，就理所當然地，攬在一起了。對過去的事，他三緘其口，不過，我知道他曾經送給葉蕾一把紅傘，那把傘，跟我那天打着的一模一樣。後來，他說：「我幾乎是在看到紅傘那一刻愛上你的。」緣起，緣滅；緣滅了，說不定，又會像野草一樣，從墳頭上長出來。

人生，就是有這樣的巧合：你們兩個大男人，竟然愛上了同色同款的一件雨具。謝謝你借我雨傘，紅傘像一朵紅花，在我們的園子裡開得很好，恕不能還你了。

我的悍匪，他不想我給你寫信，這是唯一，也是最後一封了。他說，那天你一定在墳場裡，他沒看見你，但感覺到你，他相信，你只是狠不了心，下不了手。你在麼？你答應過不來的。再者，他囑我附上一句話，他說，他不愛你，如果見到你，會剮死你。他隨便說說，你不必當真；然而，你最好還是放過他，讓屬於大海的，回到大海；屬於森林的，回到森林；我和他，是屬於這片遺世獨存的小漁村的。

若鰈曾經說過，她總覺得自己是輪盤上的珠子，最理想的下場，是停在一個「0」上。天地蒼茫，誰不是滴溜溜的，從一個大圓滾到一個小圓，然後，躺在那裡，與草木同腐？如今，我們算是住在「O」裡，而且，在這個圈圈上種草蒔花，不肯凋零。

還有，悍匪問你，還記不記得大西洋？這是怎麼回事？大西洋，似乎不是個約會的好地方。同時付郵的這雙帆布鞋，是他要我寄給你的，還說：「讓你賺了。」這種「白飯魚」，現下，實在不好買，真不知道他是從哪裡找到的。

時日過去，我還是常常想起阿鰜，想起若鰈，想起德蓮娜，想起你……甚至，想起那個氣急敗壞的俊和尚。是了，幾乎忘了告訴你，這裡有好多白色的烏鴉，我和他，都叫門前這一大片海鷗做「白烏鴉」。來日難測，請多珍重。

湖姬。一九八六年初夏。

主調 52

「他……他竟然是大西洋？」尾生捧着那雙帆布鞋，鞋很小，那是小五那年他穿的呎碼。都三十多年了，那個本來經不起風浪的大西洋，怎麼還記住欠他的這一隻鞋子？他眼眶一熱，百感錐心，「為什麼要長大？為什麼……」他激動地拉開記憶的抽屜，搜出名為「大西洋」的卷宗，在薄弱的枝節上補入新的內容。

大西洋，是什麼時候知道他當差的？在他槍擊葉薔之前？還是之後？他遲遲不來尋仇，是因為念舊？他奪去了他的葉薔，但送還他一個湖姬。造物在弄人，還是成就人？來日難測，去日，原來同樣不堪回首。

葉薔的忌日，他去上墳，去陪伴母親，算不得食言。他讓檜樹旁一塊黑雲石墓碑掩護，像湖姬一樣，等心目中的悍匪駕臨。午後，他來了。春風風人，春雨，也雨人。尾生不便張傘，早就濕透。他來了，他越發感到寒冷，但子彈，在射程之內。他的槍，一直瞄準他的心臟，像當年他瞄準他的女人一樣；只是這一趟，他警誡自己：要謹慎行事。

他對自己有要求，要求子彈和音符，同樣不能虛發。

他在墳前埋伏，但沒有通知同僚。懸案，今年不破，還有明年。漸漸的，這場押上了性命的捉迷藏，竟變成他和悍匪兩個人的事。那天，他沒決意要逮捕他，他只是想保護湖姬，變故陡生，他才會送上子彈。

有人等待果陀，有人等待悍匪，等的時候，他跪在母親那幀永恆的瓷照之前，趙小瀾、江若鰈和阿鰊的臉容，竟模糊地，跟相中的黑白重疊；這幀瓷照，其實，一直烙在他心裡，成了疤，他一直帶着這塊疤，四出尋人。驀地，他瞿然而驚：故事，原來早在這方墓石上勾勒了藍圖，就等他續上人物和細節。

又或者，用他這一行的術語來說：這是一組和弦。

和弦的構成，由三和弦（Triad）開始；所謂三和弦，是以某一個音做根基，往上各以三度重疊兩個音而形成；這三個音，分別稱為根音（Root）、第三音（Third）和第五音（Fifth），從根音上造成的三和弦，稱為本音三和弦（Fundamental triad）。這幀瓷照，瓷照中哀傷的氣質，毫無疑問，就是這一組和弦的「根音」；弦起緣起，弦滅緣滅，在起滅之間，他只聽到一聲呼召：「不如歸去！」

「不如歸去，不如歸去……」杜鵑鳥，仍舊在杜鵑叢外啼血，仍舊重複着那不變的音節，他忽然明白：原來是為他敲拍子的。

雨，沒妨礙人落葬，數丈外，聚了十餘人，仵工抬過去的那口棺木很小，他從沒見過這麼小的靈柩，像一個小提琴的琴盒，身後蕭條，大概因為早夭，來不及編織人脈，不像他，腳下生出來的藤蔓，即使在那一刻，冥冥中，還是跟悍匪大西洋緊緊勾纏；大西洋「感覺」到他，說不定，是送葬的不安份，老朝他這邊張望。「尾生同學一定躲在碑後，他要射死我，我要不要撲過去剮死他？」當時，大西洋真會這麼想？他，怎麼會變成這樣的一個人？

那一天，他寧願只記得那一朵盛開的紅傘。

變奏十五

尾生沒去接船，因為他根本沒收到趙小瀾的信。那封在葡國寄出的「濕信」，是到了澳門，街名可辨，但門號化了，一直留在郵局，成了一封「死信」。

其實，那家郵局，離尾生住處，不過百餘步腳程。

事隔六個月。某天，陰霾四佈。二十年前，消防隊目黑炭頭，在火場架起雲梯，扛下來一個肥瘦勻稱的赤裸女人，女人持家有道，還替黑炭頭生了十二個孩子，但某夜，女人突然死了。尾生到鏡湖殮房鞠了躬，從震天的哭聲裡出來，一輛三輪車，正泊在門外鳳凰木下。他上了車，忽然覺得眼熟，又或者，他是覺得眼熟，才上車的。車座，車篷，車伕的背影，還有那襲紅風衣，他分明是見過的，然而，是在什麼時候見過了？

過了紅街市，雨，就密敲着篷頂。

尾生不忍車伕淋雨，提議佛堂門前暫避。「今天宜喪葬。有白事，最好一併辦了。」「沒要急辦的。」尾生怪他嘴欠。「不會吧？」車伕稍一回頭，尾生才省起，這人像暴龍，如果暴龍沒離開玉廬，再活十年，就這個風霜模樣。

車伕腳下不停，竟頂着雨，一路向他弘法。「江河湖漢，名雖不同，水性則一。」他像說順口溜：「《五燈會元》有云，無上菩提者，被於身為律，說於口為法，行於心為禪；應用者三，其致一也。譬如……」雨水潑了滿嘴滿臉，他用手抹了抹，接着唸叨：「飛瀑流泉，形相不近，名稱不一，但水性無二。」扭頭瞟一眼褲筒濕透的尾生，笑着添了句：「說這水性多變，老哥你襠下濕涗涗一片雲雨，就是好例子。」

尾生想抗辯，對方卻轉入直路，繼續發揮：「所以說，悲哀、傷痛、淒楚、愁慘、難堪……名雖不同，也是『其性則一』；到頭來，都是苦。」苦，包括：生老病死、愛別離、怨憎會、求不得。尾生都知道。「可以離苦，就得解脫；至於怎樣離苦……」車伕的絮聒，能把人催眠。漸漸的，尾生不聞雨聲，眼前迷糊惝怳，地上，忽然換上浮漾的樹影。

城裡，怎會有偌大一片雞蛋花樹？「我得歇歇。你自便。」他停車樹下。尾生下了車，身後落葉窸窣，回頭，趙小瀾竟黑衫黑裙，亭亭立着，不遠不近看着他。「你怎麼會在這裡？」他問。「等你啊。」她答：「大夥都到了，就你在磨蹭。」「這是……」「阿滇老家院子，你來過的。」她過去囑三輪車伕稍待：「追悼會完了，他想去哪，你載他去。」

追悼會，在姚家那辦過舞會的大廳舉行。小瀾捧回來的一匣骨灰，早撒在庭院那株變種雞蛋花樹下。

警察樂隊的同袍，據說，帶着姚滇的雙簧管回去了。留下來的十幾個舊同學，穿戴非黑即白，手執當年舞會上的螢光星棒，在播了骨灰的樹下肅立。

三個毒舌女生，取笑過他哥兒倆是沉船船長和沉船大副的，這天也在，紅着眼，偷覷着他。雨下起來，撐藍傘的那毒舌走近尾生，抱了抱他，小聲提點：「遮一下小瀾，她裙子濕了。」說完，把雨傘交他手上。

各人在樹下插了小棒，靜靜退下。骨灰上長出來的星子，熒熒綠着。

「阿滇總說，要葬在第一次發羊吊的地方。或者，那天的花香能安撫他，就想一直睡在這樹蔭下吧。」小瀾說。

「是因為在這兒，他第一次咬住你不放。」

「嗯。他跟你說了？」她淒涼地一笑，低了頭，「疼。這麼多年了，還疼。」說着伸出手，要讓他看虎口上那咬痕，轉念一想，印迹早退了，又抽了手。

幾叢七里香後面，老宅屋裡一片昏黑。那些他和姚溟、小瀾合力去遮掩的格子窗，那一方方黑窗紙，彷彿還在。感覺上，舞會還未終結，音樂還在屋裡迴盪；只是這一趟，姚溟讓黑暗羈絆住，出不來，換了他和小瀾在樹下獨處。

花渡哀樂隱約傳來，尾生想拔起一支星棒遞給她，驀地，黑窗紙，卻逐一讓冷風揭起來，紛紛揚揚，一直往上旋飛；到落下來，飄到腳邊，都成了一張張月白紙錢兒。

「我對不起阿溟。」他有點心虛。

「阿溟也對我說過，他對不起你。」小瀾仍舊低了頭，搓着手小聲嘀咕：「他把本來該和你同船的人，帶走了。」這時，尾生才發現她左手無名指上，戴着船上的救生圈戒指。他心頭發暖，因為感動，他只想抱着她，抓緊同一個圓環，沉到最火燙的漩渦裡。半晌，她卻仰着臉，望向老宅曬台那神龕一樣的小圓亭，對他說：「替阿溟去做完最後一件事吧。」說完領他進了屋門，一徑登上屋頂。

「敲吧。」佛山號那小銅鐘，從涼亭縋下來。她着尾生掐住鐘舌，用力敲：「告訴阿溟，下課了！要他放心，我一個人知道回家的了。」

「下課了！阿溟，我們都回去了……」他一下一下敲着，細雨裡，鐘聲傳得好遠。等安靜下來，不見了來追悼的同學；回頭，小瀾也不在了。

下樓，出了園子，車伕還在雨篷下坐着，給他讓了座，兀自去開車。「一轉眼，人就散了。」尾生感慨。「趕下場，都一樣。」他說。一路樓台如畫，都是水墨。以為這車伕還要講些佛理，他卻頭也不回，忽然扔下一句：「到了，該醒了。」

「這是……」尾生睜開眼，景物那樣熟悉，卻是趙小瀾的舊居。「走錯了，我不是要來這裡。」他說。眼前，二樓兩扇百葉窗迎風敞開，但裡頭好陰沉。窗台上，一隻白貓蹲着，長尾圈着腿，一雙藍瞳，好像看透了他。他感到心酸：老屋荒廢久了，原來成了貓窩。

「沒關係，一會我走路回去。」該是恍惚間，誤說了小瀾住址，如數付了車資，就在門前香樟樹下站着發呆。

按鈴，小瀾就會下樓含笑相迎的感覺，那樣的實在，實在得教他腸斷。他看着門鈴，卻不敢觸動那一屋，他以為，已經交由壁虎和野貓看守的心結。

他耷拉着頭，轉身走到對面一爿玻璃店前，夕陽，讓那滿室鏡子割得零碎。趙家那扇窗，傳出來噹噹噹……五下鐘聲，聲音很輕，很久以前，在葡國姚溟家那深院大宅，他聽到過那樣的鐘聲，只是沒有在意；那座鐘，也敲得不合時宜，畢竟，五點鐘早過去了，他根本沒意識到那是一座鐘在報時。

那天之後，他再沒有經過那個地方；那扇窗，那輛把他載到窗下的三輪車，讓他感到愛和恨，一樣的空茫。

一年後，他們總算見過一面。

那時候，島和半島，早連起來了；生活悠揚的旋律，換上了新的節拍。

趙小瀾在路環聖母聖心學校覓到教職，為了往返便捷，她買了一輛車。這天，是一九八四年八月的某一日，暮色來時，她灰藍色的小豐田停在約翰四世馬路一盞紅綠燈前，這幾年，人口暴增到四十萬，連斑馬線上流過的蠟臉，也讓她感覺世情的急變。這幾年，頭等大事，是益隆八一年三月發生過小爆炸，起炮間，橫着六具屍體，其中三男一女，赤條條的，估計是偷渡客，讓人藏在火藥堆裡，準備向家屬勒索。她壓根兒不關心這些事情，但路旁那幾株鳳凰木，本來氣韻生動，到底，開到尾聲了；那星星點點的紅，零落，而且頹敗。

驀地，她在後視鏡裡，看到一輛計程車，看到陷在車廂後座的人影。天黑了，婆娑綠羽，在計程車的擋風玻璃上搖曳。再一次，她想到他；可惜，那只是一個黑影，人太多了，太多的人，會讓她想到他，覺得就是他；她壓抑了太多對他的思念，她習慣了。紅燈仍然亮着，要不是那撩動的樹影，或者，有那麼一剎那，她會看清他的眉目，一剎那就夠了……

風大，花葉撲到玻璃上，紅和綠，同樣的細碎。

尾生抬起頭，看到前面小轎車後視鏡裡的一雙眸子，他覺得那雙眼在瞧着他，眼神，迷惘而悲苦。他不明白為什麼會有那樣熟悉的感覺，那種感覺，喚起他好多回憶。他記得他愛過一個女人，他仍舊像過去一樣愛着她，就像一支蠟燭，愛着一隻蝴蝶，他不會對人說起這段感情，也不會對蝴蝶透露口風，稍一驚動，他知道，就會雲散煙消；於是，他坐在那裡，在鳳凰木下，等自己熄滅。

燈燄轉綠，計程車，駛向新馬路那邊。

她踏下油門，利落地向左轉了一個彎。

兩輛車，開上了不同的方向。

豐田駛向葡京酒店那邊。那年頭，總督阿馬留的銅馬，仍舊擋着澳門人向璀璨的未來邁步。在銅蹄之下，趙小瀾放目遠望，燈塔的光束，正由松山掃射過來。

一年前，她找過尾生，她鼓足了勇氣，在那個晴和的黃昏，努力踏穩每一步，慢慢走近他的家門；然而，她在坡下抬頭，卻看到他和一個女人跪在刺桐樹下，一樹的紅，紅得扎眼。不管是葬花，還是栽花，那個幸福的畫面，同樣教她氣喪。她躲在木棉樹後，待精神回復，才帶着那個畫面，悄悄離開；然後，日子，如常地過着……過着……然後，她減低車速，乾脆停在檸黃的海堤旁邊，下車坐在堤上看燈塔。

松濤，浮起彎月。她記得燈塔下有個小石室，鐵架上，懸着五六個風訊標。黑冷的夜晚，會不會有一盞燈，為室內崢嶸的鐵塊照明？她忽然好想去看它們，好想去陪它們過一個晚上。曾經，她夢見過那些風標，那是好多年前的事了，那時候，她還有夢；如今，她得管束自已，不能再任性了；而且，她的狐尾小貓，也該餓了，在老屋的窗台上盼着她回家。這種貓，壽命可以有十幾二十年，好好養着，說不定，可以陪她終老。

二零一九年十二月二十五日（舞台版完）

附錄 《花渡》的人名和花語

一

尾生，姓池。「《莊子．盜跖》：『尾生與女子期於梁下，女子不來，水至不去，抱梁柱而死。』千百年前，他就跟一個女子有約，他在橋下等她，等得萬念俱灰。」取「尾生」為名，除了要他「薪火相傳，接續上游漂下來的癡妄」，姓，也有深意。初會小苦瓜，他自報：「姓池，『池中物』的池。」當時，「德蓮娜不管池中住了何物」；實在，大家同在池中。

趙小瀾，是池中小瀾；江若鰈，是池中鰈；阿鰜，是池中鰜；德蓮娜，免不了是池中蓮；還有姚溟、湖姬、江鯤、水秀……暴龍本姓沈，同樣離不開水。

若鰈，在池中生鰜。《爾雅．釋地》：「東方有比目魚，不成雙不行，其名叫鰈。」鰈，字典說：是兩眼長在身體右側的魚；而鰜目，生在身體的左面。「這兩種魚，成雙，才變得完整。」

二

佛說人有七苦：生、老、病、死、怨憎會、生別離、求不得。後三苦，是精神上的，要緩解，只能調心。

「『這個池塘，家父遷出之前，用來養鯉魚，魚的數目，實在數不清，死一條，撈一條，大概還有一兩百條在那裡熬日子。』姚溟問尾生：『你知不知道，鯉魚可以活一百年？一百年，漚在這潭渾水裡，是怎麼樣的心情？』『魚，一定也有不想見的魚，不想相見，但朝夕相見，真是一池的怨憎會苦！』尾生無意中為池塘點了題。」

池，既名「會苦」：池中尾生、池中小瀾……自然難有「甘來」之日。

角色一輩子泡在池中，意象，自離不開水。

尾生有夢：「他和趙小瀾躺在『病房』裡，各睡一床，中間隔着床頭小櫃，櫃上瓷瓶養着一大簇水草，熱帶魚在水草裡迴游。『你倆病得好重，臉色發青。』醫生，頭戴潛水罩，話，像從銅鐘裡傳出來……」醫生直肚腸，揭出真相：「『你一直漚在這裡，一直沒離開過這貯滿苦水的房間。』」然後，他「轉身摘下銅罩，咕嚕咕嚕喝了幾口苦水，隨即化為烏有」。

尾生覺得醫生眼熟，那可能是姚溟，姚溟也是「咕嚕咕嚕喝了幾口苦水，隨即化為烏有」的。

三

「『接受自己的懦弱，世上，有好多無腳的人，無翼的鳥，的確比我們堅強；而且，你看！』反嘴鷸招呼他到會苦池邊，要他垂注一鏡靜水：『你看到什麼？』『藍天白雲。』『你走了，這藍天和白雲，就是她的。』」姚溟受到鳥話蠱惑，最後，也投身池中。臨終，他看見自家那扇方窗，「儼然一口枯井，池水灌進去的時候，那幫比他活得長久的鯉魚，金鱗忽閃忽閃，從身邊游過去，搶在他前頭，剎那間，成群竄向井口」。

離不開水，因為都是魚。

尾生還夢見：「海像熬了上億年的一碗茶；茶湯裡，氣泡汩汩冒起，裡頭還好像有一條魚在說話，『你怎麼會在這裡？』魚問。『我……我不在這裡，還可以在哪裡？』他反問魚。『你可以離開。』魚勸他：『這水好苦，我浸漚了上百年，習慣了，但常人不能承受，你還是離開吧。』」要離開，到底不容易。

阿鱇告訴尾生，她腦海裡，總浮着這樣的畫面：「我看到你穿着藍色的制服，扛着一個大鼓在路上走，人好多，每一個，都長着一張魚的臉，我晃晃悠悠的，在魚群裡看你，跟着你走過大街小巷。你每次擂鼓，我都會捣着耳朵，怕一下子就讓你震聾了，怕長大了，聽不到你說愛我，說你一生一世愛我……」

可惜，她沒有「長大」。醫院樓下，「花壇那幾盆黃薔薇早謝了，午後陽光，卻照得滿園衰草添了顏色」。「『看不看得見那片海？』她問。尾生點點頭。小路盡頭，有一行矮樹，樹後，浮光閃爍。『那片海，看起來好溫暖，我希望跟魚兒們一起，住在那裡。』他明白她意思，心下黯然。」鰜，也是魚，這樣交代後事，不失身份。

四

妒恨，讓人狂，狂則種禍；禍起之前，一個陰雨天，尾生遇上葉薔。葉薔，是旁枝，名字，不帶「水性」，但「葉」和「業」同音；尾生遇上的，其實不是人，是業報。就像暴龍愛上的「秦玉」，用國語唸，是「情欲」；秦玉和他同住的「玉廬」，高牆四面，國語是「欲奴」；粵語，更明白了，那叫「欲牢」。在姚家大宅，我同樣伏下一個「豫嫂」；豫，國語也讀成「欲」，解作「歡樂」，變成反諷。

「雨，沒有停下來的意思，腳底的黑和白，那樣含糊。」因為葉薔「身上幽淡的花香」，尾生傍着她，再走一程。「『我再用不着了。』她把傘遞給尾生，輕淺地一笑，轉身開門進屋……」回家路上，「雨，沿斜路沖下，他是魚，負着一朵逆流的玫瑰。」這句「他是魚」，說得白。

「尾生在廊簷下擱了紅傘，仍舊讓傘水溶溶地開着……雨聲淅瀝，這天，他總是神馳物外，難以專注，抬頭隔窗往外一看，簷下那點紅，竟像替這幢陰沉的老屋點睛。」取名取得講究，不外想題旨鮮明，那是替小說「點睛」。

五

這書香港皇冠推出一年，讀戲劇的羅菁博士寫了篇《談鍾偉民花渡》，二零零八年四月，分四天刊在《文匯報》，評論足本後來貼在「新詩.com」網頁。二零一三年北京燕山出的大陸版《花渡》也端雅，當時沒去改動。離初版推出眨眼十幾年，對舞台效果多了考量，這回情節琢磨得又細密了些。想起陳年舊友，想起這麼一個解人，想討來文章，成篇載錄，幾年沒連繫，人不知哪裡找去。說權宜，說要無賴，我是擅自砍頭截腳，大幅徵用了。從來知音稀，《花渡》這書，就由一個羅菁說。

六

羅菁說：鍾偉民的《花渡》選擇了順敘式，加上插敘的回憶與夢境。地點是澳門，夾了一點葡國，時間則是上一世紀的四十至八十年代。這個時空設定，反映了兩重的價值意義：一是史詩式的美好與穩定，二是人物的命運轇轕相繫，排除了其他人物介入的可能。兩者都指向一個密封的、宿命的時空。

作者緬懷童年的澳門，以詩一般的語言，將這個「傷心城市」抹上彩虹。雖然它以墳場為核心，但墳場中心又有教堂，哀樂相連，色相繽紛。雖然那個時空也有打劫金鋪的罪案，又有無欲與有容兩大茶會的爭鬥；但打劫金鋪的主角最後遁入佛門，茶會的爭鬥只是插科打諢，相較於現時的澳門，那時，墳頭上沒有堆上滿滿的籌碼，作者仍然心嚮往之。

書中盡寫半島的風情：尾生與姚溟懷舊，與小瀾私會處，看天地枯成熟黃色，都是山頂燈塔；女主角若鰈的藍房子，門前種着刺桐，都既美麗、又哀愁。釋囚暴龍住的房子，門紅草綠，春意倒是熱鬧。那時，半島因為小，人情味勝於法規：神父讓小學生坐登陸艇旅行，消防隊和警察隊每年比足球；德蓮娜修女視養女如己出；電燈局長為迷路的小孤女，讓全島的路燈閃動五分鐘。美麗如此，溫藹如斯，這是給水手依皈的水岸，旅人回歸的故鄉。

這個世界，隔着距離，不可能把過去全面呈現，精挑細選下，總帶點烏托邦的況味。因着懷念，作者把其中的人物，變成了不同程度的思想家，與當今時空的讀者，距離拉遠。

七

我註釋了人名；她心細，還替眾香解畫。

羅菁說：在內為意，在外為象，情感和意象都是抽象的，寄生在外在的，是具體的五色貝殼。因此只要外在五個感官接觸到的，又帶着感情的，就可以是意象。

例如「花」，這意象夠陳舊了吧；但由一個多愁多病的天才少女來埋葬，便勾起讀者對稍縱即逝的青春興起驚慄與感嘆，提升為一場莊嚴的儀式，這葬花的意象就成了文學的經典。

《紅樓夢》和花草相關的，不止於此，如象徵着寶玉、黛玉前世姻緣的絳珠草；人觀園眾女子命運的千紅一窟和群芳髓；她們群花環抱的住所如蘅蕪院、藕香榭、紫菱洲、荇葉渚、含芳閣……。曹雪芹不惜調動姹紫嫣紅的意象群，開遍整個大觀園，堆金砌玉，來打造一個理想浪漫的國度，給這些少男少女寄托短促的人生。

意象，也可以是佈局，鍾偉民的《花渡》繼承了這個傳統。

《花渡》的引子「變奏一」，也是一場莊嚴的儀式，意象綿密，已為整部小說的情節發展、人物關係、作者的微言大義，鋪下了縱橫交錯的伏線。這場水上安魂曲，和〈葬花〉相同的是主題都涉及生死。比黛玉更小的趙小瀾，在這場安魂儀式上獻花。這花，是白瓣黃蕊的鷄蛋花，象徵她純潔的身子與感情，小時候，小瀾打從心裡已把它獻給了青梅竹馬的尾生。

可尾生不敢接受，連口頭表白也不敢，只敢送她鷄蛋花。因為好友姚溟早把變種鷄蛋花送給了她。那花，長得瓣緣緋紅，長在他那門高宅大的家，叫尾生錯覺小瀾嫁給好友，將得到幸福的依托。兩種不同的鷄蛋花，代表了他們欲斷還連的三角關係。

八

羅菁說：一次，小瀾偷拆丈夫寄給尾生的信，夾了一瓣白瓣黃蕊的鷄蛋花，算是她含蓄的落款。待她寄信回來，姚溟已然自殺，以示他托妻的決心。孀寡的小瀾本來心如槁木，一天，她為窗台前開得坦露的百合，清除雄蕊時，欲望卻騷動起來了。鍾偉民寫百合，其實寫情欲的復活，典故轉出新奇：

淨了身的百合，花芯貞潔，然而，一截掉下來的雄蕊，無意間，陷入了花瓣的縫隙；她看走了眼，忽略了，驀地，那毛蟲（比喻雄蕊）活起來，騷動起來，撓着嫩瓣，搔得她心亂……

然而，當小瀾回澳門與尾生相見時，尾生與另一女子江若鰈的感情，已開花結果。代表若鰈的是開在刺桐上的紅花，像串串火紅的辣椒，開在她住的藍屋前。

九

羅菁說：其他各人物都有代表的花，照顧阿鎌成長的德蓮娜修女是鳶尾花，那本是代表上帝的信使，花色多如彩紅，但看在尾生眼中，就是袍子掩不住的絕色，後者顯然加上了一點鍾偉民式的調侃。

玉蘭樹是若鰈的母親水秀，白色花瓣看在她眼中，是野獸的牙，會把她和兒女吃光。她精神病癒後，心繫兒女，卻玉蘭吐香，展現的是她高潔的一面，她對兒女最後的警語，好像完全來自另外一個境界。

香蘭是紅杏出牆的秦玉，夜來吐出的，才是幽香，渡她的丈夫的罪孽。葉薔是薔薇，撐一朵紅傘而來，帶着淒迷的豔麗，卻被尾生誤殺掉，成了他罪孽的包袱。這朵薔薇，後來轉化為愛情的標記，成就了湖姬的姻緣，也化解了一段恩仇。這朵豔紅在書中，在斷瓦頹垣的人生風景中，是最能結出善果的花了。

只有若鰈的女兒阿鎌沒有任何花作代表，她只是「小苦瓜」，緣自成人種下的苦種子，包括遭受母親離棄之苦，後又救母犧牲，以致瓜落而亡，她向養父尾生的獻身，也沒開出情花，因為她只是瓜。她雖不是花，但寫她的意象，代之以一盞小小的燈，她寄生在塵蟎之中，生生世世地漂流，更是哀怨，筆力一點不輸給有花的人物。

和《紅樓夢》一樣，姹紫嫣紅，開遍一個欲望噪動的季節，待繁華落盡，卻仍是「花」渡無期。人生，看在鍾偉民眼裡，只是一場共業。

十

羅菁說：寫小說，首章便寫夢境，那是險筆。尤其作為故事的解碼；而非引子，那就更險上加險。作家不敢，因為夢境會讓讀者閱讀失重，試想連自己的夢境都尚不可解，何況人家的？鍾偉民不怕，一如曹雪芹不怕。

《花渡》首章，稱為「變奏一」，開始的場景是霧迷津渡，船上人：尾生、女人、眾黑袍修女、與小女孩，迷失在岸與岸之間。這場景已勾勒出全書的題旨：「Fado」是葡國民謠，鍾偉民音譯為「花渡」。十八世紀，水手上船之後，大多不知道目的地，他們飄泊無着，歸鄉無期。

到第五段小瀾捧住花環如音符，修女唱祭文時，熟悉鍾偉民的讀者，便意識眼前的渡頭舟子，是他早期《蝴蝶結》的詩境重現。我翻到下一章「主調1」，準備看完了全書後，回頭再看這夢。熟悉《紅樓夢》的讀者都知道，第一回的「甄士隱夢幻識通靈」的夢境，是用來詮釋書中現實的部分。看了，豈非等於看了謎底。

但《花渡》的夢比《紅樓夢》多得多。五十三章「主調」的實筆，夾以十一章「變奏」的虛筆……（註：到這舞台版，是「主調」五十三章，「變奏」十五章，平添了四個變奏；夜長，夢果然多了。）

花渡

作者：鍾偉民
內頁插畫：雷明
出版：真源有限公司
地址：柴灣豐業街12號啟力工業中心A座19樓9室
電話：（八五二）三六二零三二一一六
電郵：contact@real-root.com
發行：一代匯集
地址：九龍大角咀塘美道64號龍駒企業大廈10樓B及D室
電話：（八五二）二七八三八一零二
印刷：美雅印刷製本有限公司
精裝版一刷：二零二四年五月

ISBN 978-988-76536-2-2